NEW YORK TIMES BESTSELLERAUTORIN

JANA ASTON

JUST ONE WORD

Verrückte Mädchen küssen besser …

Comedy Romance

Aus dem Amerikanischen von
Friederike Bruhn

ROMANCE EDITION

JUST ONE WORD:

Verrückte Mädchen küssen besser …

Jana Aston

8712 Niklasdorf, Austria

1. Auflage
Covergestaltung: © Sturmmöwen
Titelabbildung: © miami beach forever

Korrektorat: Romance Edition

Printed in Germany

ISBN-Taschenbuch: 978-3-903278-27-1
ISBN-EPUB: 978-3-903278-26-4

www.romance-edition.com

1. Kapitel

»Mein Coach sagt, dass wir die Chefs unseres eigenen Lebens sind.«

Hm. Mir gefällt, wie das klingt, also höre ich weiter zu. Ich habe mich bisher noch nie für irgendwelchen CEO-Kram interessiert, insbesondere nicht, wenn es dabei um mein eigenes Leben ging. Aber jetzt, wo ich das höre, klingt es vernünftig. Außerdem kommt der Tipp vom einem echten Life-Coach, also muss da etwas dran sein. Sollte ich vielleicht selbst einen Life-Coach engagieren? Ich wette, erfolgreiche Menschen haben einen. Glückliche Menschen. Menschen, die ihr Leben im Griff haben.

Auf mich trifft das jedenfalls nicht zu. Wenn ich mein Leben im Griff hätte, würde ich nicht in einem Coffeeshop Halt machen und einen Muffin zum Abendbrot kaufen, weil mir bereits mitten in der Woche meine üblichen Lebensmittel ausgegangen sind.

Fairerweise muss man sagen, dass es für mich bisher immer gut funktioniert hat, in den Tag hineinzuleben, aber vielleicht steckt in mir ja viel mehr? Möglicherweise habe ich ungenutztes Potenzial, von dem ich noch gar nichts weiß? Vielleicht könnte ich mit der Hilfe eines Life-Coaches eine dieser Frauen werden, die jede Situation geregelt bekommen und sogar unter der Woche auf High Heels mit zehn Zentimeter Absatz ihren Alltag meistern. Mit gestylten Haaren sowie einem adretten Shirt-Kleid und einem schmalen Gürtel. Genau wie Meghan.

Verfluchte Meghan.

Normalerweise flechte ich meine Haare nach dem Duschen zu einem Zopf und lasse sie an der Luft trocknen, bis ich zur Arbeit gehe. Bevor ich aus dem Auto steige, löse ich meinen Zopf und lockere einzelne Strähnen einfach ein bisschen auf. Ich habe dichtes, blondes Haar und die Sache mit dem Flechten sorgt dafür, dass ich danach einen schicken Beach-Look habe, für den ich viele Komplimente bekomme. Aber vielleicht sind die Leute einfach nur nett? Ich wickle mir eine meiner Locken um den Finger und betrachte sie, ehe ich sie loslasse. Erneut starre ich Meghans Haar an und frage mich, wie es um neunzehn Uhr abends immer noch so seidenglatt aussehen kann.

Ob ihr Life-Coach ihr einen guten Friseur empfohlen hat? Darauf würde ich wetten. Ich wette, er hat ihr alle möglichen tollen Tipps gegeben.

Die Schlange bewegt sich und ich schiebe mich ein paar Schritte vorwärts, zusammen mit Meghan.

»Mein Coach sagt, dass mich innere Widerstände davon abhalten, das Leben zu erschaffen, von dem ich träume.«

Oh mein Gott. Mir geht es genauso. In mir regen sich ebenfalls solche inneren Widerstände. Ich bin mir immer sicher, kurz davor zu stehen, das Leben meiner Träume zu leben, doch dann kommt irgendwas dazwischen. Wie die Realität. Tja, damit ist es wohl eindeutig, oder? Ich brauche einen Life-Coach. Ich frage mich, ob mir Meghan verraten wird, wen sie engagiert hat. Warum sollte sie nicht? Es ist ja nicht so, als würde ich sie kennen, also stehen wir nicht miteinander im Wettkampf, aber man weiß ja nie. Die Leute können echt empfindlich sein, wenn es um so was geht.

Ich höre auf, mit meinem Handy herumzuspielen, und suche stattdessen nach Life-Coaches in Las Vegas, während ich darauf warte, dass Meghan ihren Anruf beendet, damit ich sie fragen kann.

Oh, wow, es gibt Millionen von Suchergebnissen.

Die besten 10 Life-Coaches in Las Vegas, NV
Life-Coach-Therapeuten in Las Vegas, NV
Die Top 17 Life-Coaches in Las Vegas

Das letzte Suchergebnis ist seltsam, oder? Siebzehn? Man beendet eine Liste doch nicht bei siebzehn, das ist einfach kleinlich. Ich wette, dass, wer auch immer diese Liste erstellt hat, den Life-Coach auf Platz achtzehn so sehr gehasst hat, dass er nach Nummer siebzehn Schluss gemacht hat.

Mein Beileid, Nummer achtzehn.

»Heute Abend werden wir daran arbeiten, meine inneren Blockaden zu lösen«, fährt Meghan fort, also konzentriere ich mich wieder auf ihre Worte, während ich auf den Link mit den zehn besten Life-Coaches klicke, weil ich diese inneren Blockaden ebenfalls fühle. Glaube ich. Außer ... Normalerweise tue ich einfach, wonach mir ist, also habe ich vielleicht gar keine inneren Blockaden? Oder hält mich möglicherweise genau das davon ab, etwas Besseres zu tun?

»Wir treffen uns in diesem neuen *Grind Me Café*, das in Henderson eröffnet hat«, sagt Meghan der Person, mit der sie telefoniert, und ich spitze die Ohren. Genau dort befinde ich mich gerade – hinter ihr in der Schlange im neuen *Grind Me Café*!

Als ich gesehen habe, wie das Schild angebracht wurde, habe ich gedacht, dass es sich dabei um einen cleveren Namen für einen Sexshop handeln würde, aber als ich das Geschäft das erste Mal betrat, wurde mir klar, dass sich der Name auf das Mahlen von Kaffee bezieht und nicht auf – na ja, egal. Es ist ein Coffeeshop, und zwar genau der, in dem Meghan ihren Life-Coach trifft. Außerdem gibt es hier hervorragende Bananen-Nuss-Muffins, doch das ist nicht der Punkt, sondern dass es sich bei dieser Situation um Kismet handeln muss, was ein hochtrabenderes Wort für Schicksal ist, aber immer noch das Gleiche bedeutet.

Wie hoch stehen schon die Chancen, dass ich im selben Coffeeshop, in derselben Schlange, zur selben Zeit wie eine Frau stehe, die möglicherweise die gleichen Probleme hat wie ich?

Die Chancen sind gering. Nun, um ehrlich zu sein, habe ich keine Ahnung, wie die Chancen genau stehen, aber einigen wir uns um des Arguments wegen darauf, dass sie sehr niedrig sind.

Da ist noch etwas ...

Die andere Sache ist – ich wette, dass solche Coaches teuer sind. Darüber hinaus ist davon auszugehen, dass Meghan und ich wahrscheinlich ähnliche Probleme haben. Von daher ... sollte ich hierbleiben und schauen, ob der Life-Coach und ich kompatibel sind. Oder? Das macht doch absolut Sinn.

Meghan erreicht das Ende der Schlange und hält ihr Handy ein Stück von ihrem Mund weg, um einen schwarzen, entkoffeinierten, mittelgroßen Kaffee zu bestellen. Eine weitere Sache, die wir gemeinsam haben, da ich ebenfalls Kaffee trinke. Zwar mit Milch und Zucker, aber hey, es bleibt Kaffee.

Ich bestelle das Gleiche wie Meghan und dazu noch einen Muffin, schließlich bin ich hergekommen, um Letzteres zum Abendessen zu kaufen. Meghan hatte wahrscheinlich gegrillte Hähnchenbrust mit Grünkohl als Beilage, weil ihr Leben gecoacht wird. Sie handelt nicht einfach aus dem Bauch heraus und kauft einen Muffin zum Abendessen, weil ihr die *Cheez-Its* ausgegangen sind. Niemals. Ich lasse mir Zeit, während ich etwas Milch und ein Päckchen Zucker in meinen Kaffee gebe, und beobachte Meghan dabei, wie sie an einem der Tische Platz nimmt. Und welch ein Zufall, neben ihr ist noch ein freier Tisch. Glück oder Kismet? Hm? Wie dem auch sei, diese Gelegenheit kann ich mir nicht entgehen lassen.

Also setze ich mich an den Tisch neben ihren.

Ich stecke mir meine Kopfhörer in die Ohren, schalte aber natürlich keine Musik an. Sie dienen nur zur Ablenkung, damit mein Lauschen nicht so auffällt.

Das klingt so schäbig – lauschen. Schließlich handelt es sich hier eher um eine Art Kostprobe, so als würde man in den Supermarkt gehen und dort etwas zum Probieren erhalten. Wenn Meghan nicht gewollt hätte, dass ich testweise an ihrer Life-Coaching-Session teilnehme, hätte sie diese in etwas privaterer Atmosphäre abhalten sollen, nicht wahr? Außerdem hat Kismet entschieden, dass ich dazu bestimmt bin, in diesem Moment hier zu sein, und jeder weiß, dass man gegen Kismet nicht ankämpfen kann.

Keine Ahnung, ob ich den Begriff *Kismet* richtig verwende, aber ich bin mir sicher, dass das die Essenz des Ganzen ist. Zumindest relativ sicher.

Ich stelle den Muffin auf einer Serviette ab, ehe ich einen Stift aus meiner Handtasche krame und eine weitere Serviette glattstreiche, um mir darauf Notizen zu machen. Ich bin einfach nur eine ganz normale Frau, die ihre eigene Gesellschaft bei einem Kaffee und einem Muffin genießt, absolut unauffällig. Ich stopfe mir etwas von dem Süßkram in den Mund und fahre mit meiner Suche nach den besten Life-Coaches in Las Vegas fort, während ich darauf warte, dass Meghans auftaucht. Sollte Meghans Termin heute Abend gut verlaufen, werde ich mir definitiv einen eigenen Coach zulegen.

Es sei denn ...

Ach du heiliger Bimbam! Life-Coaches sind gerade echt beliebt. So richtig beliebt. Auf der Website des beliebtesten Coaches steht, dass Klienten derzeit ein Jahr auf einen Platz warten müssen.

Ein. Jahr.

Seufzend werfe ich meinen Stift auf den Tisch. Ich soll ein ganzes Jahr warten, bis ich mein Leben in den Griff bekomme? Zwar bin ich keine Expertin, was das angeht, doch es klingt nicht sinnvoll. Also besuche ich die Website des zweitbeliebtesten Coaches, wo steht, dass aktuell keine neuen Klienten angenommen werden. Ich kann mich nicht mal auf der Warteliste eintragen.

Mist.

Bei Coach Nummer drei sieht es nicht anders aus. Nummer vier und fünf sagen mir nicht zu, deswegen halte ich mich gar nicht erst damit auf, ihre Wartelisten zu überprüfen. Der Coach auf dem sechsten Platz ist ein attraktiver Mann, der kein Recht hat, irgendetwas anderes als meine Orgasmen zu coachen. Mir gefällt Nummer sieben, aber ... Moment. Einen Augenblick. Stimmt dieser Preis? Ich hatte erwartet, dass solche Coachings teuer sind, aber *so* teuer? Wer zur Hölle kann sich das leisten? Nur eine Person, die ihr Leben bereits gänzlich im Griff hat, sonst keiner. Kismet ist doof. Warum hat es dafür gesorgt, dass ich einen Muffin zum Abendessen wollte, genau an diesem spezifischen Coffeeshop Halt machte und hinter Meghan in der Schlange stand, während sie so laut in ihr Handy sprach, dass der ganze Laden es hören konnte, wenn ich nicht dazu bestimmt war, mir einen Life-Coach zuzulegen? Dass mir gestern die

Cheez-Its ausgegangen sind, kann ebenfalls kein Zufall sein – schließlich war das der Auslöser für all diese Folgeereignisse.

Während ich darüber nachdenke, was das alles bedeutet, esse ich noch einen Happen meines Muffins. Im nächsten Moment taucht Meghans Coach auf, weshalb ich beschließe, das Nachdenken auf später zu verschieben und mich darauf zu konzentrieren, das Essentielle aus dieser Probesitzung herauszuholen. Das ist schließlich der Sinn dahinter, oder? Vielleicht ist Life-Coaching ja auch echt ätzend und Kismet wollte nur, dass ich anfange, mir die Haare zu föhnen. Finden wir es heraus.

Fünfzehn Minuten später hänge ich am Haken. Meghans Life-Coach ist weiblich und die Beste. Sie sorgt dafür, dass ich eine bessere Version von mir sein möchte. Sie lässt mich glauben, dass ich eine bessere Version von mir sein kann! Nun verstehe ich total, warum jemand so einen Coach engagieren möchte. Ich fühle mich bereits jetzt ruhiger und fokussierter, und das nur durch das Belauschen von Meghans Session. Also ... Mir ist bewusst, dass ich jetzt wahrscheinlich gehen sollte. Das sollte ich wirklich. Aber ich habe noch immer keine Lösung dafür, wie ich meinen eigenen Coach bezahlen soll oder wo ich überhaupt einen finde. Es ist ja nicht so, als könnte ich aufstehen, zu ihrem Tisch gehen und um eine Visitenkarte bitten, oder?

Kann ich nicht.

Von daher ...

Ich werde einfach noch ein wenig länger bleiben. Nur ein kleines bisschen. Oder aber die ganze Stunde. Das ist am praktikabelsten. Normalerweise ist Zweckmäßigkeit nicht gerade mein Ding, also ist die Tatsache, dass ich gewillt bin, praktikabel zu sein, doch ein weiteres Zeichen, meint ihr nicht? Ich finde schon. Ich denke, es bedeutet, dass es mir bestimmt war, genau zu diesem Zeitpunkt hier zu sein. Außerdem scheinen Meghan und ich viel gemeinsam zu haben. Wenn ich ein paar Jahre älter wäre, eine bessere Garderobe hätte, mir die Zeit nehmen würde, mir jeden Tag die Haare zu föhnen und zu stylen, und es mir leisten könnte, einen Life-Coach zu engagieren, dann wären wir praktisch die gleiche Person. Zugegeben, das mag nach einer fünfzehnminütigen Kostprobe ihres Lebens vielleicht ein wenig übertrieben sein, aber wir sind uns ähnlich genug. Folglich ist es ein wenig so, als würde sie ihrem bisherigen Ich dazu verhelfen, die beste Version seines Selbst zu werden.

Ich halte inne und wickle mir eine meiner Haarsträhnen um den Finger. Okay, das ist wirklich weit hergeholt.

Trotzdem bleibe ich.

Der Rest der Sitzung ist genauso lebensverändernd wie die ersten fünfzehn Minuten. Wir arbeiten daran, unsere größten Stärken zu identifizieren und herauszufinden, welche neuen Fähigkeiten wir gern entwickeln würden – und es fühlt sich wirklich gut an, meine Stärken zu identifizieren. Ich besitze jede Menge positive Eigenschaften. Zum Beispiel bin ich spontan. Das ist etwas, woran Meghan noch arbeitet. Darüber hinaus bin ich sehr extrovertiert und gut darin, mit dem Strom zu schwimmen. Anpassungsfähig würde Carol das nennen. Nächste Woche werden wir an unserer Entscheidungsfähigkeit arbeiten. Wie es scheint, hat Meghan ein paar unkluge Entscheidungen getroffen, aber dafür verurteile ich sie nicht, denn: wem ist das noch nicht passiert? Außerdem hat Carol gesagt, dass schlechte Entscheidungen oft zu guten Entscheidungen führen, weil wir aus unseren Fehlern lernen. Sie war auch der Ansicht, dass schlechte Resultate nicht immer das Ergebnis falscher Entscheidungen sind oder dass eine richtige Entscheidung manchmal ungute Folgen haben kann, ohne dass man irgendeine Schuld trägt. Deswegen sollte man sich nicht davon abhalten lassen, es erneut zu versuchen.

Ich bin mir ziemlich sicher, dass sie über eine Eigentumswohnung geredet haben, die Meghan gekauft hat, bevor sie nach Las Vegas gezogen ist, aber der Ratschlag lässt sich auch auf all die Typen anwenden, die ich im College gedatet habe. Seht ihr, wie anpassungsfähig ich bin?

Carol ist toll.

Das ist auch der Grund, weshalb ich denke, dass ich nächste Woche vielleicht wiederkommen sollte. Denn mal ehrlich, wer bestimmt schon, wie lang eine Kostprobe dauern sollte?

Ich nicht. Schließlich bin ich nicht die Kostprobenpolizei.

Ich bin einfach nur eine Frau, die in einem Coffeeshop sitzt und aus ihren Stärken einen Nutzen zieht. Die den Sinn und Zweck ihres Lebens freischaltet. Ihre Komfortzonen erweitert. Außerdem ist das nicht mal die schlechteste Idee, die ich jemals hatte. Es ist nicht mal die schlechteste Idee, die ich diese Woche hatte, wobei auch das in Ordnung wäre, denn schlechte Ideen entfachen unsere Kreativität. Zumindest sagt das Carol, und da mir diese Sichtweise wirklich gefällt, übernehme ich sie.

»Ist das hier ein guter Ort, um uns nächste Woche erneut zu treffen?«

Ja. Ja, ist es. Genau genommen hat Carol natürlich Meghan gefragt, aber ein Coffeeshop ist nicht wirklich der Ort für eine Life-Coaching-Session, wenn man nicht möchte, dass Fremde ebenfalls davon profitieren.

»Nächste Woche kann ich Donnerstag nicht«, antwortet Meghan. »Ich bin auf einer Geschäftsreise. Ich werde in meinem Terminkalender nachschauen und dir eine E-Mail schreiben.«

Tja, das war's dann vermutlich. Ich werde niemals erfahren, wann sie sich wieder treffen, und ich kann wohl kaum wie ein trauriger Autor mit einer Allergie gegen Heimarbeit jeden Tag in diesem Coffeeshop herumhängen. Ich mustere eine an einem der Ecktische sitzende Frau, die vor sich hinmurmelt, während sie tippt. Nein, definitiv nicht.

»Der einzige andere freie Termin wäre am Sonntagmorgen um elf«, verkündet Carol.

Problem gelöst.

2. Kapitel

»Heiliger, wer ist das?« Ich halte abrupt inne, sodass Mark von hinten in mich hineinstößt.

Nein, das ist nicht doppeldeutig gemeint, wir sind gänzlich angezogen. Mark ist in mich hineingelaufen, weil er zu sehr damit beschäftigt war, auf sein Handy zu schauen, um zu merken, wo er hinrennt. Möglicherweise auch, weil ich so abrupt stehen geblieben bin, aber als Fußgänger hat man nun mal immer Vorrang, also von daher ... Zugegeben, diese Regel gilt eigentlich im Zusammenhang mit Autofahrern und Fußgängern, die die Straße überqueren, und nicht für Kollegen in Hotelkorridoren, aber ich war schon immer sehr gut darin, Regeln zu meinen Gunsten auszulegen.

»Payton, verdammt. Pass auf, wo du hingehst.«

»Ich? Du bist derjenige, der in mich reingelaufen ist!«

»Weil du mitten auf dem Korridor stehen geblieben bist.« Er sieht an mir vorbei und deutet den Flur entlang, um klarzumachen, wie idiotisch mein unvermitteltes Halten war.

»Ich bin stehen geblieben, gerade weil ich darauf achte, wo ich hingehe«, entgegne ich. »Und ich habe diesen Typen erblickt«, ich nicke in Richtung der Lobby, die von der Balustrade, hinter der wir in der zweiten Etage stehen, zu sehen ist, »und mich dazu entschieden, zu halten.«

»Diesen Typen erblickt? Schön gesagt.«

»Mark.« Ich warte, bis ich seine vollständige Aufmerksamkeit habe. »Ich brauche deine ganze Konzentration.«

»Hast du.«

Ich mag Mark wirklich und überlege, ihn zu meinem Arbeitsgatten zu machen. Es ist zwar noch recht früh dafür, weil ich erst seit zwei Wochen hier angestellt bin, aber bisher sieht es gut aus. Manchmal weiß man einfach, wenn man den richtigen Kollegen trifft.

»Wer ist er?« Ich trete näher an die Balustrade heran, damit ich meinen potenziellen zukünftigen Ehemann besser betrachten kann. »Der tolle Kerl, der mir Canon redet. Kennst du ihn? Arbeitet er hier?«

»Keine Ahnung.«

»Das müssen wir herausfinden, weil ich ihn möglicherweise heiraten und die Mutter seiner Kinder sein werde.«

»Wirklich?«, fragt Mark und sein Ton verrät, dass er mich gerade nicht sonderlich ernst nimmt.

»Ja, wirklich. Es könnte passieren. Er ist genau mein Typ. Groß, dunkelhaarig, gutaussehend und gut bestückt.«

»Hm.« Wieder dieser Tonfall von Mark.

»Was? Glaubst du, dass ich nicht sein Typ bin?«

»Ich habe nicht geglaubt, dass du generell der Typ bist«

»Welchen Typ meinst du?« Ich wende meinen Blick von dem hinreißenden Fremden ab und funkele Mark finster an. Jedoch nur für eine Sekunde, denn Mark kann ich jederzeit angucken, und wer weiß, ob ich meinen potenziellen Ehemann jemals wiedersehen werde?

»Der seriöse, sesshafte Typ Frau, dem es wichtig ist, zu heiraten. Wenn man bedenkt, dass du mir erst gestern gesagt hast, dass die meisten Paare besser dran wären, wenn sie einen Berg Geldscheine in Flammen setzen und das Feuer dazu nutzen würden, ein paar Marshmallows zu grillen, statt zu heiraten.«

»Das war nur, weil wir an der Johnson-McNally-Hochzeit gearbeitet haben und dieses Paar ganz eindeutig mehr davon hätte, eine Menge Bargeld in Brand zu stecken, als es für seine Hochzeit zu verschwenden. Die beiden sind schrecklich. Außerdem hatte ich Hunger und wollte S'mores.«

»Hm.«

»Zudem ist es ein hinreichend bewiesener Fakt, dass Paare, die weniger als tausend Dollar für ihre Hochzeit ausgeben, länger zusammenbleiben.«

»Hinreichend bewiesener Fakt, hm?«

»Dass du meinen Worten misstraust, ist unangebracht. Ich weiß solche Sachen.«

»Na klar.« Mark sagt einen Moment nichts, ehe er nachhakt: »Wo genau hast du diese Information her?«

»Ich habe sie in einem Video in meinem *Facebook*-Feed gesehen.«

»In deinem *Facebook*-Feed? Dann ist es natürlich wahr, ganz klar.«

»Es wirkte ziemlich überzeugend. Es war ein wirklich professionelles Video.«

»Hm.« Schon wieder eines seiner Hms.

»Es könnte wahr sein«, beharre ich. »Es klingt logisch. Ziemlich zumindest.«

»Basierend auf deiner Tausend-Dollar-Regel müsste jede spontan in Las Vegas eingegangene Ehe zu einer langen, glücklichen Verbindung werden.«

»Wer sagt, dass es nicht so ist?«

»Britney Spears, circa 2004.«

»Wow. Du bist ein echter Spaßverderber, Mark.«

»Danke. So stelle ich mich auch immer auf Partys vor. *Hi, ich bin Spaßverderber-Mark*.«

»Damit würde ich nicht mit der Tür ins Haus fallen. An deiner Stelle würde ich mir das für das Ende der Nacht aufsparen, wenn du den Leuten ihre Plastikbecher entreißt, um sie abzuspülen, bevor du sie recycelst.«

»Deine Fantasie muss ein sehr unterhaltsamer Ort sein.« Neben mir legt Mark seine Unterarme auf der Balustrade ab und äugt zusammen mit mir nach unten in die Lobby.

»Auf jeden Fall, Mark. Auf jeden Fall.«

»Also, wie kommt es, dass du an die Planung deiner Hochzeit denkst, wenn dir Hochzeiten eigentlich egal sind.«

»Hör auf, das zu sagen. Wir sind Eventplaner. Event. Planer. Und da hat man nun manchmal mit Hochzeiten zu tun und manchmal eben mit besseren Dingen.« Ich habe bis an mein Lebensende genug von Hochzeiten. »Ich habe gesagt, dass ich diesen Mann vielleicht ehelichen und die Mutter seiner Kinder sein werde. Eine Hochzeit und eine Ehe sind zwei sehr unterschiedliche Dinge. Ein einzelner Tag ist mir nicht wichtig. Wirklich nicht. Mir liegt das *Für immer* am Herzen, nur leider ist ein *Für immer* eine sehr unsichere Sache. Sicher, Hochzeiten machen

Spaß. Wenn man mal die Tatsache, dass die meisten Ehen ohnehin wieder zu Bruch gehen, außer Acht lässt.

»Ein Blick reicht aus und du bist bereit, den Rest deines Lebens mit ihm zu verbringen?«

»Sei nicht albern. Ich habe *vielleicht* gesagt und nicht, dass es bereits beschlossene Sache wäre. Möglicherweise geht er mir tierisch auf den Senkel, wenn wir miteinander sprechen, oder noch schlimmer, er ist furchtbar schlecht im Bett.« Auch wenn ich das bezweifle. Der Mann sieht aus, als hätte er es im Schlafzimmer echt drauf. Er verströmt praktisch Sex und Selbstbewusstsein, und dabei bin ich noch nicht mal in einem Raum mit ihm. Wahrscheinlich würde es mich geradezu außer Gefecht setzen, wenn er mich anschauen würde. »Vielleicht haben wir auch einfach nur eine glühende Affäre und gehen anschließend einvernehmlich unserer Wege.«

»Glühende Affäre? Wer zur Hölle redet bitte so?«

»Ich«, antworte ich. »Genau jetzt. Schließlich habe ich es gerade gesagt.«

»Hm.«

»Das ist ein schicker Anzug, oder? Vermutlich hat er einen vernünftigen Job, sodass er Alimente bezahlen kann, wenn er sich von mir scheiden lässt. »Denkst du, er sieht eher aus wie der Typ, der zu den Fußballspielen der Kinder kommt, oder wie jemand, der sich nur im Urlaub mit ihnen beschäftigt?«

»Deine Gedanken, Payton, heiliges Kanonenrohr.«

»Statistisch gesehen, ist das eine berechtigte Frage.«

»Hm.« Schon wieder.

»Er ist so hübsch«, sage ich sehnsüchtig.

Der Kerl sieht wirklich unverschämt gut aus. Groß. Dichtes, dunkles Haar. Markanter Kiefer. Sein olivfarbener Teint lässt mich vermuten, dass er Italiener ist. Entweder das oder er hat eine Wahnsinnsbräune. Er trägt einen Anzug, der wie angegossen sitzt. Er hat breite Schultern und einen flachen Bauch. Unter seinem Hemd verbirgt er mit Sicherheit jede Menge Bauchmuskeln. Während ich ihn beobachte, schnippt er mit seinem Handgelenk, um seine Armbanduhr freizulegen und einen Blick darauf zu werfen. Haltet mich für verrückt, aber dieses Schnippen mit dem Handgelenk ist mein neuer Anturner.

»Sag das zu ihm, wenn du ihn kennenlernst. Männer lieben es, als hübsch bezeichnet zu werden«, sagt Mark trocken.

»Oje, aber sieh ihn dir doch nur an. Ich glaube, er ist möglicherweise mein Kryptonit.«

»Du denkst, dass dich ein direkter Kontakt so schwächen würde, dass du kurz davor wärst, zu sterben?«

»Nein, das ist nicht richtig. Benutze ich das Wort nicht korrekt? Warum sagen die Leute immer so Sachen wie *Donuts sind mein Kryptonit?* Ein Donut ist kein Kryptonit, sondern ein Geschenk an die Menschheit.«

»Du glaubst also, dass dieser Mann das Geschenk der Menschheit an dich sein könnte? Schlussfolgere ich das richtig?«

»Vielleicht. Das kann man nie wissen.«

»Tja, er verschwindet«, stellt Mark fest.

»Das tun sie immer.« Ich zucke mit den Schultern, ohne von dieser Entwicklung der Dinge sonderlich bekümmert zu sein. Aber ich beobachte ihn noch weiter, denn verdammt, er trägt diesen Anzug und mich überkommt gerade ein schlimmer Anfall von Verlangen.

»Sollen wir nach unten rennen und versuchen, ihn aufzuhalten? Du kannst so tun, als würdest du stolpern, und ihm in die Arme fallen oder so was ähnlich Dämliches. Es wäre mir eine Freude, dir einen Schubs zu verpassen.«

»Nein.« Ich trete einen Schritt von der Balustrade zurück und gehe in Richtung des großen Ballsaals. Wir waren auf dem Weg, ein paar Maße für die gefürchtete Johnson-McNally-Hochzeit zu nehmen, als ich abgelenkt wurde. »Du weißt ja, was man sagt. Wenn man jemanden liebt, lass ihn los. Wenn er zurückkommt, heirate ihn.«

»So lautet das Sprichwort nicht, und außerdem ist das bei einem Mann, den du noch nicht einmal kennengelernt hast, irrelevant.«

»Sagst du.«

»Wenn ich jemals wegen Stalkings gegen dich aussagen muss,

werde ich nicht für dich lügen können.«

»Das wirst du nicht müssen, da du eheliche Privilegien genießt.«

»Wir sind nicht verheiratet.«

»Noch nicht, aber bis dahin werden wir eine Arbeitsehe führen.«

»Arbeitsehe?«, wiederholt Mark langsam, als wäre ihm dieses Konzept gänzlich fremd. »Werde ich mitbekommen, wann das stattfindet? Sind diese langen Spaziergänge entlang der Hotelkorridore ein Brautwerberitual, dessen ich mir nicht bewusst bin? Wird es eine Zeremonie in der Cafeteria geben, wenn es offiziell ist, damit ich weiß, wann wir unseren Hochzeitstag haben?«

»Oh, ein Hochzeitstag für Arbeitsgatten! An so etwas habe ich noch nie gedacht! Siehst du, Mark, das ist der Grund, weshalb du im Rennen um die Position bist. Du unterstützt mich und hast tolle Ideen.«

»Im Rennen?« Marks Ton ist ausdruckslos. »Ich habe Konkurrenz, wenn es um eine Pseudoehe am Arbeitsplatz geht?«

»Nicht viel, falls das hilft. Du liegst in Führung«, verkünde ich, als ich den Ballsaal betrete und dabei einem der Bauarbeiter ausweiche.

Das Hotel, in dem wir arbeiten, hat erst seit kurzem geöffnet. Wir sind immer noch in der Phase, die wir Soft-Opening nennen, was bedeutet, dass vor allem Reisejournalisten und Führungskräfte aus der Branche kostenlos in den Zimmern einchecken. Die Casinoebene ist bereits für den Betrieb geöffnet, aber die große Eröffnungsfeier wird erst in zwei Wochen stattfinden. In den meisten der Eventräume werden zudem noch letzte Arbeiten ausgeführt und Mängel behoben. Farbausbesserungen werden vorgenommen, Kronleuchter aufgehängt und letzte Einbauten ergänzt. Es ist das reinste Chaos und ich liebe jede Minute davon.

»Lass uns diese Abmessungen vornehmen«, sage ich zu Mark. »Ich bin am Verhungern und heute gibt's Fleischklöße in der Cafeteria.«

»Geh einfach.« Mark seufzt und wedelt mich mit einer Handbewegung fort. »Ich kann mich darum kümmern.«

»Mark!« Ich strahle ihn an. »Weißt du was? Lass es uns offiziell machen. Der heutige Tag kann ab jetzt unser Hochzeitstag sein. Herzlichen Glückwunsch. Ich habe gehört, dass das traditionelle Geschenk zu einer Hochzeit am Arbeitsplatz eine Box voll *Cheez-Its* ist. Die kannst du mir morgen mitbringen.«

»Das hast du nicht gehört, sondern dir gerade eben ausgedacht.«

»Stimmt, aber fairerweise muss man sagen, dass jemand erst einmal damit anfangen muss, es zu sagen, damit man es irgendwann gehört haben kann.«

»Na sicher.«

»Ich bin der Ansicht, dass es gute Chancen hat, Anklang zu finden«, füge ich hinzu. »Es haben sich schon viel dümmere Sachen durchgesetzt, von daher ist das möglich.«

»Das ist *eine* Weise, das Ganze zu betrachten.«

»Vertrau mir, ich verfüge über eine Menge einfallsreiche Wege, die Dinge zu betrachten.«

3. Kapitel

»Denkst du jemals darüber nach, dass man einen Erwachsenentest bestehen sollte, bevor man seine erste eigene Wohnung beziehen darf?« Ich werfe mir einen *Cheez-Its*-Cracker in den Mund und beobachte meine Mitbewohnerin dabei, wie sie sich Marmelade auf einen English-Muffin streicht.

»Ähm, nein?« Lydia wirkt irritiert von meiner Frage, als sie ihr Messer abwischt und es in der Spülmaschine platziert. Okay, vielleicht liegt das auch nur an mir. Ihr Frühstück besteht aus einem English-Muffin, wohingegen ich Cracker mit Käsegeschmack esse. Möglicherweise handelt es sich also eher um ein persönliches als ein generelles Problem, das alle Mitzwanziger haben.

Trotzdem.

»Du findest es kein bisschen besorgniserregend, dass wir jeden Tag zum Frühstück *Chocolate Cheerios* essen können und niemand da ist, der uns davon abhält?«

»Gibt es *Chocolate Cheerios* wirklich?« Sie kräuselt die Nase und setzt seine zweifelnde Miene auf.

»So was von wirklich.«

»Hm.« Sie isst einen weiteren Bissen ihres normalen Frühstücks, während ich den allerletzten meiner Käsecracker auffuttere – die Box ist leer. Ich muss anfangen, die Familienpackung zu kaufen, oder lernen, die Menge an Crackern, die ich zwischen meinen Trips zum Supermarkt esse, besser zu rationieren.

»Wer würde den Test leiten?«, fragt sie schließlich, weil sie eine gute Freundin ist und gute Freundinnen immer über deine Ideen nachdenken, ehe sie sie ablehnen.

»Mrs Butterworth.«

Blinzelnd starrt mich Lydia an. »Eine Plastikflasche in der Form einer alten Lady soll darüber richten, wer in der Lage ist, sich wie ein Erwachsener zu verhalten?«

»Wer würde es sonst tun? Der Regierung können wir schließlich kaum vertrauen, eine faire Entscheidung zu treffen.«

»Da ist wahrscheinlich was dran.«

Wir schweigen eine Weile, in der Lydia erwachsenen Gedanken nachhängt und ich darüber nachgrüble, welche Fragen ich in einem solchen Test stellen würde. Brauche ich eine Rentenversicherung? Wie genau ist ein Ablaufdatum zu nehmen? Ist es wirklich so schlimm, Cracker mit Käsegeschmack als Mahlzeit zu essen?

»Fahren wir heute gemeinsam zur Arbeit?«, fragt Lydia und hängt sich ihre Handtasche über die Schulter, ihre Schlüssel baumeln bereits an ihrem Finger.

»Definitiv«, bestätige ich, schnappe mir meine eigene Tasche und folge ihr aus der Tür. Wir haben den gleichen Arbeitsort und bilden daher öfter eine Fahrgemeinschaft. Außerdem ist heute Freitag, was bedeutet, dass Lydia auf dem Nachhauseweg nicht an einem Secondhand-Laden Halt machen kann, wenn wir gemeinsam unterwegs sind. Denn so würde sie ihre Freitagabende verbringen, wenn ich nicht intervenieren würde.

Wir haben beide in unserem letzten Jahr an der *LSU* auf einer Jobmesse auf unserem Campus einen Job gefunden, und das ist eine ziemlich große Sache für uns. Richtige Jobs. Jobs mit Rentensparplänen und anderen Sozialleistungen in einem brandneuen Resort am Vegas Strip. Ich arbeite im Eventmarketing, was praktisch nichts anderes bedeutet, als dass ich Leuten dabei helfe, Events zu planen. Events, die in Vegas in einem schicken Resort abgehalten werden. Wie cool ist das denn bitte sehr? Mal abgesehen von meiner Frühstücksproblematik verhalte ich mich doch absolut erwachsen.

Lydia und ich haben entschieden, dass wir uns ein Appartement teilen würden, als wir nach Las Vegas gezogen sind, was sich als tolle Entscheidung erwiesen hat, da wir zwar in ähnlichem Alter sind, aber über ganz unterschiedliche Fähigkeiten verfügen. Wir gleichen einander wie zwei Erbsen. Wenn eine der Erbsen eine unberührte Bio-Erbse und die andere eine gebratene Erbse in einer köstlichen Soße wäre. Moment, nein. Ich denke gerade an diese knusprigen grünen Bohnen von *P.F. Chang's*, also keine Erbsen. Egal, ihr versteht, was ich meine.

Sie ist eine Brünette.

Ich bin eine Blondine.

Sie ist noch Jungfrau.

Ich nicht.

Sie war bis zur zwölften Klasse eine Pfadfinderin und hat sich alle Life-Skill-Abzeichen verdient, die es gibt.

Ich wiederum wurde wegen einer mehr oder vielleicht auch weniger kleinen Schummelei mit den Abzeichen bei den Pfadfinderinnen rausgeschmissen. Was in Ordnung ist. Ich wollte ohnehin nie dort hingehen. Nicht wirklich zumindest.

Der Punkt ist, dass ich ihr helfe, ein wenig aus ihrem Gutmädchen-Dasein auszubrechen, indem ich sie dazu animiere, das Leben ein bisschen zu genießen. Mit den süßen Typen am Pool zu sprechen. Einen Fremden in einer Bar zu küssen. All die Spaß-Abzeichen zu verdienen, wenn man so möchte. Es ist ein laufender Prozess, aber ich denke, dass ich in ihrem Leben wirklich etwas bewirke.

Wir haben uns erst im ersten Collegejahr kennengelernt und vor Vegas noch nie zusammengewohnt. Sonst hätte ich schon früher gemerkt, dass sie meine Hilfe braucht. Events zu planen und Menschen dabei zu helfen, mehr unter Leute zu kommen und sich zu öffnen, ist praktisch das Gleiche. Oder zumindest ist es das, wenn ich es mache. Beziehungsweise wird es das bald sein. Denn als frische Collegeabsolventin organisiere ich noch nicht die wirklich tollen Events, hatte an den Projekten, die man mir bisher anvertraut hat, aber trotzdem jede Menge Spaß.

Beispielsweise organisiere ich gerade das Ehrendinner für eine Gruppe des amerikanischen Dermatologieverbands, der kommendes Frühjahr eine einwöchige Konferenz bei uns gebucht hat. Ich weiß, ihr denkt, das klingt langweilig, aber es wird ein absolut herausragendes Ereignis sein, wenn ich damit fertig bin. Zudem arbeite ich an ein paar Hochzeiten, was für mich immer am schlimmsten ist, aber natürlich leiste ich dennoch meinen Beitrag als Eventplanerin. Irgendwann werde ich mich zu den wirklich guten Veranstaltungen hochgearbeitet haben – wie Launch-Partys für die Jeanslinien von irgendwelchen Stars oder

Kosmetikkonferenzen. Events, bei denen ich nicht zwischen Braut und Bräutigam vermitteln muss, weil sich die beiden über Menüoptionen oder darüber streiten, wo man den Onkel hinsetzt, der nie die Klappe hält, während ich mir auf die Zunge beiße, um vor Frust nicht laut aufzuschreien.

Eine Hochzeit ist nur ein Tag. Ein nerviger Tag, an dem man krampfhaft versucht, den besten Tag seines Lebens zu haben, was jedoch unmöglich ist, weil die besten Tage im Leben nicht geplant werden können. Die besten Tage passieren immer dann, wenn man sie am wenigsten erwartet.

»Ich mache mir Sorgen wegen Rhys«, sagt Lydia, als wir den halben Weg zur Arbeit hinter uns gebracht haben.

»Warum das?« Rhys ist ihr Angebeteter. Zudem ist er ihr Boss. Und meiner. Er ist von allen Mitarbeitern der Boss, da er der Geschäftsführer des *Windsor* ist, des Hotels, in dem wir beide arbeiten. Sie daten sich nicht wirklich, aber er steht auf sie, kämpft jedoch dagegen an, was ich nicht kapiere, da Lydia toll ist und sie am Ende sowieso zusammenkommen werden. Manchmal müssen Männer die Dinge aber einfach auf ihre Art und Weise herausfinden.

»Die, ähm ... Sache in der Bar ist jetzt zwei Wochen her, und ich habe allmählich das Gefühl, dass das mit uns nichts wird.«

Bei der Sache in der Bar handelt es sich um einen Orgasmus. Zwar im Back Office, aber trotzdem. Ich war superstolz auf sie, weil das für sie weit außerhalb ihrer Komfortzone lag. Als wir an dem Abend nach Hause gekommen sind, habe ich ihr ein Bar-Abzeichen gemacht, was so viel wie ein Pfadfinderinnenabzeichen für Erwachsene ist. Schmutzige Erwachsene.

»Aber gleichzeitig«, fährt sie fort, »habe ich das Gefühl, dass wir füreinander bestimmt sind. Ich kann doch nicht all diese Gefühle ohne Grund haben, oder?« Sie hält nicht lang genug inne, als dass ich antworten könnte, daher nehme ich an, dass ihre Frage rhetorisch gemeint war. »Ich weiß, dass er es auch fühlt. Ich weiß es einfach. Ich verstehe nur nicht, warum er nichts unternimmt. Er küsst mich, als würde er es ernst meinen, Payton. Niemand hat mich jemals zuvor so geküsst, weißt du?

Es ist etwas gänzlich anderes.«

Das kann ich nicht sagen, weil ich Rhys nicht geküsst habe, aber ich habe gesehen, wie er sie ansieht, von daher hat sie wahrscheinlich recht. »Wir werden das Ganze schon hinbiegen«, verspreche ich ihr. »Ich werde mal ein paar Erkundigungen einholen. Ich kenne eine Menge Leute im Hotel.«

»Du kennst eine Menge Leute?« Lydia sieht mich an, als sie an einer roten Ampel hält. »Wir haben beide am gleichen Tag angefangen. Wen kennst du, den ich nicht kenne?«

Ich wische ihre Zweifel einfach beiseite. »Du bist in der Personalabteilung, ich im Eventmanagement. Vertrau mir, ich höre den heißen Klatsch. Dir wiederum erzählt keiner was.«

»Da hast du womöglich recht.«

»Bis zum Mittagessen habe ich herausgefunden, was es mit Rhys auf sich hat. Alles wird gut werden.«

»Glaubst du wirklich?«

»Höchstwahrscheinlich. Höchstwahrscheinlich wird alles gut werden. Spätestens heute Nachmittag werde ich herausgefunden haben, was hinter Rhys' Verhalten steckt. Vielleicht steht er ja auf irgendwelchen komischen Kram. Vielleicht steht er ja auf Pelzspielchen im Bett oder so. Was natürlich in Ordnung ist, ich verurteile niemanden. Aber ich weiß nicht, ob du den Nerv hast, dich als Pandabär zu verkleiden, um es ihm zu besorgen, von daher ist es für dich persönlich möglicherweise nicht in Ordnung.«

»Was?« Lydia wirft mir einen weiteren Blick zu und völlige Verwirrung zeichnet sich auf ihrem Gesicht ab.

»Ähm, vergiss es.« Ich glaube nicht, dass sie schon bereit dafür ist, zu erfahren, wie irritierend Dating wirklich sein kann.

4. Kapitel

»Bist du sicher, dass du das tun möchtest, Lydia?« Meine überragenden Geselligkeits-Skills wollen, dass sie Ja sagt. Ja, weil es spaßig werden wird. Ja, weil es verrückt ist. Ja, weil wir nichts Besseres fürs Wochenende geplant haben. Aber als ihre beste Freundin möchte ich, dass sie noch mal darüber nachdenkt. Genau aus den gleichen Gründen.

Es ist Samstagmorgen und wir sitzen im Auto auf dem Parkplatz des *Double Diamonds*. Dabei handelt es sich um einen Stripclub. Gentlemen's Club. Wie auch immer. Die Website des Clubs sah gar nicht so schäbig aus, wie ich erwartet hatte, aber es handelt sich immer noch um einen Stripclub. Wir sind hier, weil meine noch jungfräuliche beste Freundin reingehen und den Besitzer bitten möchte, ihr dabei zu helfen, ihre Jungfräulichkeit zu versteigern. An Rhys, um genau zu sein.

Ich weiß.

Das klingt zu verrückt, um wahr zu sein.

Es ist völlig irrsinnig.

Aber ja, das passiert hier gerade wirklich. Ich habe gestern ein wenig rumgefragt, und wie es scheint, verbringt Rhys eine Menge Zeit in diesem Gentlemen's Club. Außerdem gab es Gerüchte um Professionelle. Und damit meine ich Prostituierte. Ich habe Lydia diese Informationen beim Mittagessen erzählt und am Abend hatte sie bereits einen Plan. Den eben genannten Plan, ihre Jungfräulichkeit bei irgendeiner Art Auktion an Rhys zu versteigern. Unter keinen Umständen wird dieses Vorhaben tatsächlich umgesetzt werden. Nein, nein und noch mal nein. Lydia ist das gute Mädchen. Die gute Freundin. Die gute Tochter. Die Gute bei allem. Weshalb ihre Idee auch völlig durchgeknallt ist. Nicht dass ich denke, dass Rhys nicht anbeißen würde. Denn das wird er. Ich denke nur nicht, dass wir gleich einem Stripclubbesitzer mit einem Herzen aus Gold gegenüberstehen werden.

Wie dem auch sei.

Auf ins *Double Diamonds.*

Ich erwarte, dass wir rausgeschmissen werden. Oder wegen Anstiftung zur Prostitution verhaftet werden. Oder gefesselt und in ein Flugzeug Richtung Mexiko verfrachtet werden.

Was denn? Ich habe halt eine lebhafte Fantasie.

Stattdessen werden wir gefragt, ob wir jeweils einen Bewerbungsbogen ausfüllen möchten, was, um ehrlich zu sein, ein wenig schmeichelhaft ist. Klar, ich habe schon einen Job, aber man weiß ja nie, wann mein einen Backup-Plan braucht.

»Ich möchte gern mit dem Besitzer sprechen«, erwidert Lydia mit gestrafften Schultern und hoch erhobenem Kopf.

»Ich auch«, füge ich hinzu, weil ich sie da nicht allein reingehen lassen kann, falls der Boss hier ist und uns tatsächlich ein Treffen gewährt wird. Grund Nummer eins: Ich bin eine gute Freundin und eine gute Freundin würde dich niemals allein ins Back Office eines Stripclubs schicken. Lydia ist blind vor Liebe und ich kann sie keine Entscheidung treffen lassen, die sie später bereuen wird. Grund Nummer zwei: Die ganze Sache hat das Potenzial, sehr unterhaltsam zu werden, und das werde ich mir auf gar keinen Fall entgehen lassen.

Ich stopfe den Bewerbungsbogen in meine Handtasche und Lydia bedenkt mich mit einem skeptischen Blick. Ich zucke mit den Schultern – schließlich habe ich den Bewerbungsbogen behalten, weil ich neugierig bin, und nicht, weil ich mich wirklich bewerben werde. Zumindest höchstwahrscheinlich nicht.

Wir werden an einigen erhöhten Plattformen mit den üblichen Polestangen in der Mitte vorbeigeführt, einen langen, dunklen Flur entlanggeleitet und durch eine Tür hindurch gebracht.

Die Tür führt zu ... einem Büro. Es ist ein schönes Büro. Wirklich schön. Es ist ruhig und eine Reihe von Fenstern flutet den Raum mit natürlichem Licht. Von hier aus sollte man den Parkplatz sehen, da wir einen Block vom Strip entfernt sind, aber stattdessen blickt man auf eine Art Innenhof. Es wirkt so, als habe man einen Teil des Parkplatzes abgeteilt und in eine Außenterrasse verwandelt. Die Mauer blockiert von unserem

Blickwinkel aus die Sicht auf das, was dahinterliegt, daher kann ich nur einen Blumengarten und einen Brunnen erkennen. Einen verdammten Brunnen. Das ist echt enttäuschend, weil ich mir einen dunklen Raum mit schlechter Beleuchtung und einen übergewichtigen weißen Mann mit einer Zigarre im Mund vorgestellt habe, der hinter einem Schreibtisch sitzt und von einer Reihe von Schlägertypen umgeben ist, die ihn beschützen, sollte es notwendig sein.

Vor uns befindet sich eine Sitzecke aus Ledersofas und einigen Fauteuils. In deren Mitte steht ein Couchtisch, der offenbar aus recyceltem Holz in Fischgratmuster besteht und von einem schmalen Metallrahmen gestützt wird. In die Seitenwand des Raumes ist eine Kaffeebar eingelassen – bestehend aus einer hölzernen Anrichte mit Marmorplatte sowie einem Kaffeeautomaten und Gläsern mit Zuckerpäckchen und Müsliriegeln.

Und es gibt einen Schreibtisch.

Nur einen.

An dem eine kurvige Frau in den Fünfzigern sitzt, die uns anstrahlt und mir das Gefühl gibt, als würde ich gerade nach der Schule bei einer Freundin vorbeischauen, statt ins Hinterzimmer eines Stripclubs geführt zu werden.

Das ist ebenfalls eine kleine Enttäuschung, wenn ich ehrlich bin. Ich dachte, dieses Treffen würde ein bisschen dramatischer verlaufen, aber diese Frau sieht aus, als würde sie einen Buchclub leiten, und nicht einen Stripclub. Einen Buchclub, in dem nur Bücher mit angedeuteten Sexszenen oder, noch schlimmer, ohne jegliche Romantik besprochen werden. Bäh. Lydia braucht mich hier nicht. Diese beiden werden Schmortopfrezepte austauschen, während sie mit dieser Pseudoauktion Rhys' Leben auf Vordermann bringen.

Ich hasse es, nicht gebraucht zu werden.

»Ich bin Sally«, sagt die Frau und erhebt sich mit einem weiteren Lächeln von ihrem Stuhl. »Ihr Ladys wollt zu Vince? Kann ich euch einen Kaffee oder ein Wasser anbieten, ehe ihr zu ihm geht?«

Vince. Okay, das ist doch mal ein Wort. Vince klingt, als

könnte er ein mieser Typ mit Zigarre im Mund sein. Er könnte in einem spärlich beleuchteten Büro sitzen, das nach Verzweiflung riecht und wie das Set eines Mafia-Dramas von *HBO* aussieht.

»Nein, danke«, lehnt Lydia ihr Angebot höflich ab.

»Ich brauche ebenfalls nichts«, sage ich, halte meinen halbleeren Becher mit Eiskaffee in die Höhe und lasse das Eis darin klirren. »Ich arbeite noch immer an dem hier, danke.«

Die Frau nickt und umrundet ihren Schreibtisch, wobei sie auf eine geschlossene Tür deutet. Als sie diese erreicht, öffnet sie sie und winkt uns hindurch, während sie Vince über unser Anliegen, mit ihm zu sprechen, in Kenntnis setzt. Die Tür fällt hinter uns sanft ins Schloss.

Das ist es. Das Büro. Und da sitzt der Boss.

Es gibt keinen Rauch.

Auch keine Schlägertypen.

Und Vince? Vince ist nicht so, wie ich es erwartet habe. Nicht mal annähernd.

5. Kapitel

Heilige Mutter Gottes. Vince ist heiß. Jung und heiß. Na ja, nicht soo jung – ich nehme an, dass er in den Dreißigern ist, aber ich hatte einen dicken Kerl um die siebzig erwartet, von daher ist er vergleichsweise jung. Außerdem ist er der Mann, den ich vor ein paar Tagen in der Lobby des *Windsor* mit Canon sprechen gesehen habe.

Was bedeutet, dass er zu mir zurückgekommen ist, nicht wahr? Ich denke schon. Sicher, es könnte Zufall sein. Könnte es. Canon ist mit Vince befreundet, also ist er im Hotel vorbeigekommen. Lydia mag Rhys, also sind wir jetzt hier im Stripclub. Bla, bla, bla. Zufall? Nein. Denn *Fügung* ist letzten Endes nur ein anderes Wort für *Schicksal*. Wirklich, es stimmt, schlagt es nach.

Ich grinse wie ein Honigkuchenpferd.

Ich hatte nie was für ältere Männer übrig. Ich war nie das Mädchen, das davon fantasiert hat, seinen Lehrer, seinen Trainer oder den besten Freund des älteren Bruders zu verführen. Ehrlich gesagt, habe ich nie davon fantasiert, irgendjemanden zu verführen, denn meiner Erfahrung nach sind Typen nicht so schwer zu bekommen. Ich habe immer Jungs an meiner Schule gedatet und es war immer einfach, festzustellen, ob eine gegenseitige Anziehung bestand, bevor ich zu sehr darin verwickelt wurde, mich in jemanden zu verlieben.

Vince ist zum Anbeißen. Er ist jede unanständige Fantasie, die ich nie hatte, in einer Person.

Dieser Tag verläuft schon jetzt so viel besser, als ich jemals hätte erwarten können. Vielleicht ist Lydias Plan am Ende doch nicht so verrückt, wie zunächst gedacht. Seht ihr! Eine weitere Fügung! Wer verkauft schon seine Jungfräulichkeit? Verdammt noch mal niemand. Insbesondere nicht zweiundzwanzigjährige Frauen mit Jobs und einer *Gutes-Mädchen*-Vergangenheit.

Und dennoch sind wir jetzt hier.

Vince blickt auf, als Sally unsere Ankunft verkündet, und als sein Blick auf mir landet, ist er genauso verheerend, wie erwartet. Nur dass ich nicht denke, dass verheerend das richtige Wort ist. Ich muss mir später ein gänzlich neues Wort für seine Augen ausdenken. Ein Wort, das ausdrückt, dass ich sofort die Mutter seiner Kinder werden möchte.

Vielleicht. Schließlich ist es immer noch möglich, dass er mir auf die Nerven geht, wenn er den Mund aufmacht, also gibt es keinen Grund, vorschnell zu agieren. Es ist auch kein Problem, wenn es zwischen uns nicht klick macht, weil wir trotzdem noch miteinander ins Bett gehen können. Solang er gewillt ist, seine Klappe zu halten.

Ich frage mich, worauf er steht. Er leitet einen Gentlemen's Club, also muss ich eventuell offen für neue Dinge sein. Doch da ich immer stolz auf meine Anpassungsfähigkeit war, habe ich diesbezüglich ein gutes Gefühl.

Lydia geht auf ihn zu und streckt ihm zur Begrüßung die Hand entgegen.

Ach du meine Güte. Wenn sie eine Präsentation für dieses Treffen vorbereitet hat, werde ich hier und jetzt tot umfallen. Ich stelle mich neben sie, als sich Vince erhebt und ihre Hand schüttelt. Er hat eine höfliche, aber gleichgültige Miene aufgesetzt und checkt nicht mal ihre Brüste ab.

Dieses Treffen ist kein bisschen so, wie ich es erwartet habe.

»Payton«, stelle ich mich vor und strecke ihm ebenfalls die Hand entgegen. Sein Blick wandert abwechselnd zwischen Lydia und mir hin und her, als er sie schüttelt. Meinen Brüsten schenkt er ebenfalls keine Beachtung, was enttäuschend ist. Gentlemanlike, aber enttäuschend. Denn meine Brüste sind echte Hingucker. Man muss aber auch fairerweise sagen, dass ich mich für ein Treffen mit einem alten Perversling angezogen habe und nicht für ein Treffen mit meinem zukünftigen Ehemann.

Dieses Büro hier sieht dem Empfangsbereich, aus dem wir gerade gekommen sind, ziemlich ähnlich. Es strahlt teure Neutralität aus. Der Schreibtisch wirkt, als würde er sich gut auf den Seiten eines Katalogs für hochwertige Möbel machen. Davor stehen zwei schicke Stühle für Besucher und dahinter eine edle

Kommode, auf der eine einzelne Pflanze in einem Blumentopf thront. Ich nehme an, dass dieser Touch von Sally stammt.

Es ist ein schönes Büro. Elegant, wie Vince selbst.

Es gibt nicht mal eine Castingcouch.

Wir setzen uns und Vince schnippt mit dem Handgelenk, um auf die Uhr zu sehen, bevor er verkündet, dass wir fünfzehn Minuten haben.

Ich sehe zu Lydia hinüber, in der Erwartung, dass sie zu reden anfängt, aber sie sieht aus, als würde sie sich am liebsten übergeben. Keine Sorge, deswegen bin ich ja hier. Ich werde Vince ablenken, bis sich Lydia wieder gefangen hat. Und mit ablenken meine ich, dass ich ihn besser kennenlernen werde.

»Haben Sie mehrere Freundinnen?«, frage ich.

»Wie bitte?« Vinces Gesichtsausdruck bleibt nahezu unverändert, aber er richtet seine Aufmerksamkeit auf mich. Den Kopf hat er leicht zur Seite geneigt, und ich weiß genau, dass er mich sehr wohl verstanden hat. Angesichts der Tatsache, wo wir uns befinden, ist das noch nicht einmal eine sonderlich seltsame Frage.

Er verengt die Augen, nur ein bisschen, während er mich mustert, und ich versuche, nicht zu grinsen.

»Sie wissen schon, wie Hugh Hefner damals?«

»Ich leite einen Stripclub, kein Lifestyle-Magazin«, entgegnet er nach einem Moment, ohne meine Frage wirklich zu beantworten.

»Das ist dasselbe.« Ich zucke mit den Schultern und schüttle den Kopf. Die Bewegung sorgt dafür, dass sich eine meiner Haarsträhnen löst und mir ins Gesicht fällt. Ich puste sie zur Seite, während ich meinen Becher mit Eiskaffee an die Lippen hebe und einen Schluck trinke. »Wie dem auch sei, haben Sie mehrere Freundinnen?« Ich schüttle den Becher, um auch den Rest meines Getränks umzurühren, eine lästige Angewohnheit, die das Eis darin zum Klirren bringt.

Vinces Blick wandert von dem Getränk zu meinen Lippen, als ich einen Schluck daraus trinke. Vermutlich wird ihm die Sache mit dem Schütteln der Eiswürfel noch vor unserem ersten Jahrestag mächtig auf den Sack gehen.

Ich lasse meinen Unterarm auf der Armlehne des Stuhls ruhen, halte den Becher lose in der Hand und lehne mich zurück. Es ist ein wirklich gemütlicher Stuhl. Ich frage mich, ob die Mädels auf diesem sitzen und um Gehaltserhöhungen feilschen. Dann überlege ich, ob Stripperinnen überhaupt Gehaltserhöhungen bekommen. Das sollten sie, aber ich werde ihn erst später danach fragen, weil ich nicht möchte, dass er denkt, ich würde ihm bei unserem ersten Date vorschreiben, wie er seinen Laden zu führen hat. Wahrscheinlich werde ich ihm irgendwann sagen, wie er ihn zu führen hat, aber das ist jetzt nicht der Punkt.

Vince schweigt und Lydia rutscht noch immer unruhig auf ihrem Stuhl hin und her, weshalb ich die Stille damit fülle, ihm zu erklären, warum wir hier sind. Ich berichte ihm, dass Lydia in Rhys verliebt ist und dass Rhys sich auch in Lydia verlieben wird, wenn er das nicht bereits getan hat. Außerdem erzähle ich ihm, dass sie bei Rhys einziehen wird und ich dann eine neue Mitbewohnerin brauche.

Ich weiß, dass die Sorge bezüglich einer neuen Mitbewohnerin egoistisch ist, aber der Gedanke ist nun mal beunruhigend. Mit Lydia zusammenzuwohnen, ist, als hätte man Mary Poppins als Mitbewohnerin. Sie ist praktisch in jeder Hinsicht perfekt. Ich werde niemals eine andere Mitbewohnerin finden, die ihr das Wasser reichen kann, wie man so schön sagt. Es wird ätzend werden, wenn sie auszieht. Und das wird sie, das weiß ich genau. Rhys wird sich in sie verlieben und sie im Handumdrehen zu sich locken, sodass ich allein zurückbleibe.

Mir ist bewusst, dass das weit hergeholt ist, aber das Schicksal ist ein launisches Biest, und wer bin ich, es in Frage zu stellen?

Darüber hinaus hätte ich gern Sex mit Vince, von daher ...

Ich kann mir nicht vorstellen, dass er in mein Appartement in Henderson einziehen möchte, was aber absolut in Ordnung ist, da er mit Sicherheit ein schöneres Zuhause hat als ich und man manchmal eben einfach Kompromisse eingehen muss. Die Leute verwenden das Wort *Kompromiss* häufig in Situationen, in denen sie eigentlich alles bekommen, was sie wollen. Genau wie ich gerade.

»Ich könnte Ihre dritte Freundin sein«, biete ich an.

Hef hatte drei Freundinnen, vielleicht hat Vince auch eine Villa voller Partnerinnen? Möglicherweise käme ich damit zurecht. Das kann ich schließlich nicht beurteilen, bevor ich es nicht ausprobiert habe, richtig? Ich bin eine ziemlich unabhängige Frau, von daher könnte ich mir vorstellen, dass ich entspannt damit umgehen würde, meinen Freund mit anderen Frauen zu teilen. Wenn es drei Freundinnen gäbe, würde ich ihn immer noch zwei Komma drei Nächte pro Woche für mich haben, sodass ich die übrigen Nächte dafür nutzen könnte, mit meinen Freunden zu Abend zu essen, mir die Beine zu waxen oder ein paar Folgen von *Love Island* nachzuholen.

Es sei denn, er hat sieben Freundinnen. Ich brauche mehr als nur einen Abend Aufmerksamkeit pro Woche.

»Ich wäre offen dafür, Freundin Nummer drei zu sein«, stelle ich noch einmal klar, für den Fall, dass er sieben Freundinnen hat. »Freundin Nummer eins oder Nummer zwei will ich nicht sein, das klingt nach zu viel Verantwortung, verstehen Sie? Außerdem hätte ich gern mein eigenes Zimmer. Macht man das so? Haben alle Freundinnen ein eigenes Zimmer? So hat es zumindest Hef gehandhabt. Haben Sie ein schönes Haus? Denn ich teile Sie nicht mit jemand anderem, wenn Sie in einer beschissenen Bude mit Münzwaschmaschinen wohnen.«

Hugh Hefner ohne die Villa wäre seltsam gewesen. Für den alten Playboy-Inhaber galten aufgrund der Villa, der Partys und des Zimmerservices andere Regeln. Könnt ihr euch vorstellen, in einem Haus zu wohnen, in dem man in der Küche anrufen und sich Essen auf sein Zimmer liefern lassen kann? Ich schon. Ich kann es mir definitiv vorstellen, weil ich es in einer der Folgen von dieser Show, die Hef mit seinen Freundinnen gemacht hat, gesehen habe.

Oder was ist mit dieser Sendung, in der ein Haufen Frauen gleichzeitig um einen Typen kämpft? In welcher Welt passiert so etwas? Ein Kerl, der achtundzwanzig Frauen auf einmal datet?

Während sie alle im selben Haus leben? Dieser Scheiß würde auf einem Collegecampus ganz sicher nicht funktionieren, das kann ich euch versichern. Nicht einmal dann, wenn jedes der Mädels sein eigenes Zimmer hätte und der Typ der Star der Footballmannschaft wäre. Nein. Aber wenn man alle in eine Strandvilla in Malibu steckt, ist es plötzlich normal.

Wahrscheinlich sollte ich weniger Reality-TV schauen.

»Meinen Sie das ernst?« Vince sieht mich aus zusammengekniffenen Augen an und seine Miene ist mit einem Mal nicht mehr so neutral. Ich bin mir nicht sicher, was gerade in ihm vorgeht, aber das ist in Ordnung, denn er fühlt definitiv etwas, und das ist alles, was wirklich zählt. Ich habe Emotionen in ihm ausgelöst. Vielleicht kämpfen Aufruhr und Erregung in diesem Moment noch gegeneinander, aber es ist ein Anfang. Außerdem ist er mit Sicherheit richtig gut im Bett, wenn es um Hate-Sex geht. Lieber Gott, warum ist er nur so attraktiv?

»So ernst wie ein Hai«, antworte ich, während ich versuche, das Bild, wie er meine Handgelenke mit einer Krawatte fesselt und mich über seinen Schreibtisch beugt, aus meinem Kopf zu vertreiben.

Ich weiß, ich weiß. Er trägt gar keine Krawatte. Verflucht sei meine hyperaktive Fantasie.

»Diesen Spruch gibt es ja nicht einmal«, erwidert er, hebt seinen Kaffeebecher an seine Lippen und beäugt mich über dessen Rand hinweg. »Das heißt todernst.«

»Sind Haie etwa nicht ernst zu nehmen? Versuchen Sie mal, mit einem Hai zu schwimmen, und dann sagen Sie mir, wie wenig ernst zu nehmen die sind.« Ich lasse die Eiswürfel in meinem Becher klirren und trinke einen weiteren Schluck, weil ich mir sicher bin, dass ich mein Argument überzeugend rübergebracht habe.

»Ihnen ist schon klar, dass er mit all diesen Frauen geschlafen hat, oder?«

»Was denn sonst?«, erwidere ich. Schließlich bin ich keine Idiotin.

»Sie sind wirklich ein heißer Feger, was?«, fragt Vince, stellt seinen Becher auf der Schreibtischplatte ab, lehnt sich nach vorn und stützt sich mit den Armen auf dem Tisch ab. Er trägt ein weißes Hemd ohne Krawatte. Ich finde diese Wahl für einen Samstagmorgen wirklich unwiderstehlich. Die meisten Männer würden ein T-Shirt tragen. Er hat die Ärmel seines Hemds bis zu den Ellenbogen aufgerollt, was ich hammermäßig sexy finde. Die oberen Knöpfe sind geöffnet und ich kann einen Anflug seiner Brust erkennen. Wenn ich denken würde, dass er es zuließe, würde ich jetzt auf seinen Schoß klettern und mir an den anderen Hemdknöpfen zu schaffen machen. Mir ist bewusst, dass das hier weder die Zeit, noch der Ort dafür ist, und dass mein sofortiges Verlangen jeglicher Plausibilität entbehrt, aber er stellt einfach irgendetwas mit mir an. Etwas Ursprüngliches. Etwas Anrüchiges. Aus der Nähe sieht er sogar noch besser aus als von meinem Beobachtungspunkt auf dem Balkon vor ein paar Tagen.

»Ich bin sehr vielseitig, da ist was dran.« Ich wette, das ist genau das, was mein Life-Coach damit meinte, sich seine Stärken zu Nutze zu machen. Ich habe ein gutes Gefühl, was das hier angeht.

»Payton, oder?«, hakt er nach und ich strahle ihn an. Er erinnert sich an meinen Namen. Okay, ich habe mich ihm erst vor drei Minuten vorgestellt, aber ich mag Männer, die aufmerksam sind. Das ist ein gutes Zeichen für seine Qualitäten im Bett.

»Ja?« Ich weiß, dass ich bisher den Großteil der Unterhaltung geführt habe, aber ich würde sagen, dass es gut läuft, und mein Verlangen nach ihm ist auch noch zu einhundert Prozent vorhanden. Vince sieht so aus, als könnte man mit ihm viel Spaß haben, und genau danach suche ich. Spaß ist eine gute Basis und vielleicht wird daraus ja mehr. Auch wenn das unwahrscheinlich ist, weil er einen Stripclub besitzt und ich ziemlich problembehaftet bin.

»Warum sind Sie hier?«

Pfui, Vince. Das war unhöflich. Ich habe doch gerade praktisch erklärt, warum ich hier bin. Na gut, vermutlich war das eher eine Erklärung, warum Lydia hier ist. Es ist ja nicht so, als wäre ich mit dem Angebot, seine Freundin zu sein, hierhergekommen, da ich bis dato ja nicht einmal wusste, dass er hier sein würde. Das war alles Schicksal.

»Ich verdiene mir das Beste-Freundin-Abzeichen«, erläutere ich mit einem kleinen Schulterzucken. Um ehrlich zu sein hätte ich gegen ein solches Abzeichen tatsächlich nichts einzuwenden. Schließlich ist mir während meiner kurzen Zeit bei den Pfadfinderinnen durch mein Debakel das ein oder andere Abzeichen durch die Lappen gegangen.

»Vince«, unterbricht Lydia, die nun endlich den Mut gefunden hat, dieses Gespräch in die Hand zu nehmen. Was gut ist, da ich mir sicher bin, dass Vince bereits überlegt, ob er uns aus seinem Büro werfen soll. »Ich habe ein Angebot für Sie.«

»Ich bin ganz Ohr, Miss Clark«, sagt Vince und richtet seine Aufmerksamkeit wieder auf Lydia. »Sie haben noch neun Minuten. Wenn Sie etwas möchten, dann kommen Sie besser auf den Punkt. Und zwar schnell.«

Das ist der Teil, wo Lydia mit ihrem Plan herausplatzt. Der Teil, in dem sie den Besitzer eines Stripclubs – einen Mann, den sie bis eben noch nie zuvor getroffen hat – darum bittet, ihre Jungfräulichkeit zu versteigern. Aber nur, wenn Rhys am Ende als Gewinner unter den Bietern hervorgeht.

Heiliger, wie konnte ich nur zulassen, dass sie mit dieser Idee im Kopf unser Appartement verlässt? Ich verdiene kein Beste-Freundin-Abzeichen.

Als sie fertig ist mit ihren Ausführungen, starrt Vince sie nur schweigend an, während er mit den Fingern auf dem Schreibtisch herumtrommelt. Scheiße, hier liegt gerade ganz schön Anspannung in der Luft. Ich hasse Anspannung. Nervös ziehe ich an dem Strohhalm, der in meinem Eiskaffee steckt, aber der Becher ist leer, sodass nur dieses rasselnde und dumpfe Geräusch durch den Raum hallt, das entsteht, wenn man einen Miniaturwindkanal in einem Becher erzeugt. Das und das Klirren der Eiswürfel, als ich mal wieder den Becher schüttle. Vince starrt mich finster an, aber ich ziehe erneut an meinem Strohhalm, in der Hoffnung, dass das Schütteln vielleicht den ein oder anderen Extratropfen freigesetzt hat. Doch das ist nicht der Fall.

»Echt jetzt?«, fragt Vince, den Blick immer noch unverwandt auf mich geheftet.

»So was von echt. Und genauso echt sind auch meine Brüste.« Die er sich immer noch angucken muss. Ich werde dieses Top nie wieder tragen. Der Mann bestreitet seinen Lebensunterhalt durch das Betreiben eines Etablissements mit nackten Frauen und er kann nicht mal einen Blick auf mein Dekolleté werfen? Das ist beleidigend. Und schlecht fürs Geschäft. Meine Brüste sind phänomenal. Das sollte er registrieren, für den Fall, dass ich jemals diesen Bewerbungsbogen einreichen sollte. Idiot.

Er starrt mich noch einen Moment lang an, ehe er einmal kurz den Kopf schüttelt und sich wieder an Lydia wendet. »Das hier ist kein Puff«, sagt er zu ihr. »Prostitution ist nicht legal in Clark County.«

»Natürlich nicht. Aber das *Double Diamonds* ist doch ein profitorientiertes Etablissement, oder, Mr ...?«

»Vince«, antwortet er mit ausdruckslosem Gesicht.

»Okay, Mr Vince, Sie sind doch im tiefsten Inneren ein Geschäftsmann, oder? Also lassen Sie uns einen Deal machen. Ich verspreche, es wird sich für Sie lohnen«, fährt Lydia fort.

Gott, diese Frau. Ein Korb voll frisch gebackener Kekse würde ihn nicht überzeugen können. Das hier ist mehr als nur eine Nummer zu groß für sie.

»Pfadfinderehrenwort«, sage ich und zwinkere Vince dramatisch zu, mit zur Seite geneigtem Kopf und einem kleinen Tss, das ich mit der Zunge mache. »Im Sinne des Urban Dictionary, großer Junge.«

Lydia dreht ihren Kopf zu mir und funkelt mich jetzt ebenfalls böse an. Himmel, ich habe doch nur versucht, ihr zu helfen! Es ist ja nicht so, als hätte ich sie für sexuelle Gefälligkeiten angeboten. Unter keinen Umständen würde ich das tun, denn Vince gehört mir und ich muss ihn bereits mit diesen anderen beiden Freundinnen teilen. Moment mal, Letzteres hat er ja gar nicht bestätigt, oder? Hm, er ist wirklich nicht sonderlich offenherzig, was persönliche Informationen über ihn angeht. Er trägt keinen Ring am Finger, aber vielleicht hat er ja schon eine Freundin. Eine echte, die er liebt und nicht betrügt.

Was für ein glückliches Mädchen.

Vince lehnt sich auf seinem Stuhl zurück und streicht sich mit zwei Fingern über die Lippen, während er uns mit neu erwachtem Interesse mustert. »Sie arbeiten also im *Windsor*? Sie beide?«

Wir nicken.

»Dann lassen Sie uns übers Geschäftliche sprechen.«

Und das ist die Geschichte, wie eine Jungfrau einen Stripclubbesitzer dazu überredete, ihr zu helfen, sodass sie glücklich bis ans Ende ihrer Tage lebte.

Doch das ist nicht meine Geschichte.

6. Kapitel

Ich lasse Lydia im *Double Diamonds* zurück und fahre allein zurück zu unserer Wohnung. Eine der Stripperinnen des Clubs führt sie herum, dann werden sie gemeinsam einkaufen fahren, um Lydia etwas Passendes zum Anziehen zu besorgen, ehe sie ihre Haare und ihr Make-up gemacht bekommt.

Mein kleines Mädchen ist jetzt erwachsen geworden.

Vor der Auktion heute Abend werde ich wieder hinfahren, um sie zu unterstützen. Um doppelt sicherzugehen, dass sie das wirklich durchziehen möchte. Um dreifach sicherzugehen, dass ihr bewusst ist, dass man beim Blasen nicht wirklich bläst. Um halt all die regulären Pflichten einer besten Freundin wahrzunehmen.

Ich klappe das Visier herunter, um die Sonne auszusperren, als ich vor unserem Appartementkomplex einbiege, und die Einladung, die ich dort vor ein paar Tagen verstaut habe, fällt mir entgegen.

Eine Hochzeitseinladung. Für in weniger als einem Monat. Ich bin ja keine Expertin für Etikette, aber ich bin mir sicher, dass man nicht so kurzfristig einlädt. Insbesondere wenn es sich um die Hochzeit der eigenen Mutter handelt. Allerdings ist es ihre dritte Hochzeit, vielleicht werden also die Anstandsregeln mit der Zeit immer weniger strikt? Ich glaube, es ist auch die dritte Hochzeit ihres Verlobten. Sie haben also eigentlich ganz viel gemeinsam.

Als ich einen freien Parkplatz vor unserem Wohnhaus entdecke, parke ich dort, stelle den Motor jedoch nicht ab. Ich habe heute nichts weiter zu tun und habe keine Lust, allein nach drinnen zu gehen, was natürlich doof ist. Ich bin wunderbar dazu in der Lage, mich selbst zu unterhalten, das war schon immer so, darum verstehe ich nicht, warum ich heute so von der Rolle bin.

Vince.

Er ist der Grund.

Er hat dafür gesorgt, dass ich so einen inneren Aufruhr verspüre, und ich freue mich wirklich, ihn wiederzusehen.

Werde ich heute Abend ja bestimmt.

Gott, was, wenn er an Samstagabenden gar nicht arbeitet? Moment, das ist albern, ihm gehört der Stripclub, von daher wird er wohl am Samstagabend arbeiten. Wobei, er war heute Morgen ja auch schon da. Ich wette, er arbeitet immer hart. Scheiße, das ist heiß. Auch wenn seine Arbeit daraus besteht, nackte Titten und Ärsche feilzubieten, ist es wichtig, stolz auf seine Arbeit zu sein. Mir gefällt die Vorstellung von ihm. Er ist der ultimative Bad Boy, und das turnt mich verdammt an. Ich weiß, dass ich meinen Fokus darauflegen sollte, einen guten Typen zu finden, aber die bösen sind halt einfach so verlockend.

Ich glaube, wir sind füreinander bestimmt.

Und damit meine ich im Bett. Bestimmt dafür, miteinander ins Bett zu gehen.

Sex zu haben.

Auch auf seiner Couch. Seinem Schreibtisch. Mir ist ziemlich egal, wo, solang dieser schöne Mann nur seine Lippen irgendwo auf meinen Körper presst.

Möglicherweise daten wir uns danach und ich lebe mit ihm meine Bad-Boy-Fantasien aus. Ich werde Poledance-Unterricht nehmen und ihm eine private Show liefern. Wir werden Sex in seinem Büro im Club haben. Er wird mich für eine Tour auf seinem Motorrad mitnehmen. Oder vielleicht sehe ich ihn auch nie wieder, wer weiß das schon. Ich kann ihn mir nicht mal auf einem Motorrad vorstellen, von daher ist das eher ein Rohentwurf meiner Fantasie.

Zum Glück bin ich flexibel, was das angeht. Das sollte ich nicht unerwähnt lassen. Ich trommle mit den Fingern auf dem Lenkrad herum, während ich grüble. Ich hoffe, dass er meinem Sexplan zustimmt, und damit meine ich meinen Plan, dieses Wochenende verflucht heißen, bedingungslosen Sex mit ihm zu haben. Dass er ablehnen wird, kann ich mir nicht vorstellen, weil das ein gutes Angebot ist. Andererseits kenne ich ihn auch nicht genug, um das einschätzen zu können, nicht wahr?

Ich weiß nahezu nichts über ihn, außer der Tatsache, dass er heute viel netter zu Lydia und mir war, als er es hätte sein müssen. Und dass er attraktiv ist. Wirklich wahnsinnig attraktiv. Allerdings bin ich mir auch recht sicher, dass ich ihn dabei erwischt habe, wie er mir auf den Hintern geguckt hat, als ich mich vorhin auf dem Weg aus seinem Büro noch einmal umgedreht habe, um einen letzten Blick auf ihn zu erhaschen. Das ist immerhin etwas. Offenbar steht er auf Ärsche, denn das ist die einzig logische Erklärung für sein mangelndes Interesse an meinen Brüsten.

Aber er ist interessiert.

Vielleicht.

Ich schalte den Motor aus und gehe nach drinnen, weil ich keins meiner Probleme lösen werde, indem ich in meinem Auto auf dem Parkplatz rumsitze. Außerdem sind meine Optionen für den Tag absolut offensichtlich. Ich kann shoppen gehen, ein Geschenk für die anstehende Hochzeit meiner Mutter finden und das von meiner To-do-Liste streichen. Oder ich kann mich auf Vince fokussieren.

Die Wahl ist ziemlich eindeutig.

7. Kapitel

Der Umkleidebereich im *Double Diamonds* erinnert mich an ein Spa. Es gibt hier verschiedene Umkleideräume, Duschen und eine lange Anrichte, an der man sich schminken kann. Um die Ecke stehen eine Reihe von Spinden, doch sie knarren und quietschen nicht, wenn man sie aufmacht, weil sie nicht aus Metall, sondern aus Holz gefertigt sind. Außerdem müssen sie sanft dämpfende Verschlussmechanismen aufweisen, da ich noch keinen von ihn habe zuschnappen hören.

Direkt hinter der Eingangstür befindet sich eine Sitzecke. Clubsessel umgeben einen Couchtisch und an der hinteren Wand stehen zwei Ohrensessel, zwischen denen eine gepolsterte Sitzbank Platz gefunden hat. Auch hier gibt es eine Kaffeebar ähnlich jener in Vinces Büro. Darunter reihen sich mehrere Minikühlschränke mit Glasfronten, in denen sich Wasserflaschen, Energydrinks und Softgetränke tummeln. Auf dem Couchtisch steht sogar eine Obstschale. Das Einzige, was fehlt, sind flauschige weiße Bademäntel mit dem Logo des *Double Diamonds* darauf.

Bisher bin ich noch nie in einem Stripclub gewesen, aber das kann nicht normal sein. Im vorderen Bereich sah der Laden genau so aus, wie man es von einem Stripclub erwarten würde, und hatte auch ein entsprechendes Flair. Laut und dunkel. Rundumscheinwerfer und tanzende Frauen. Klirrende Gläser und donnernde Beats. Der hintere Bereich wiederum passt überhaupt nicht zu meinen Erwartungen. Hier ist es ruhig und friedlich. Zwischen den beiden Bereichen wurde auf jeden Fall eine schalldichte Isolierung eingebaut, so viel ist sicher.

Nichts hinter den Kulissen im *Double Diamonds* ist so, wie ich es erwartet habe.

Ich lasse meine Handtasche auf einen der Sessel fallen und gehe hinüber zu Lydia, die vor einem Make-up-Spiegel am Schminktisch sitzt. Der Umkleidebereich ist erstaunlich leer. Doch vielleicht ist das gar nicht so verwunderlich, sondern einfach nur erneut entgegen meinen Erwartungen. Ich höre eine Dusche laufen und bin an einer der Frauen vorbeigegangen, als ich den Umkleidebereich betreten habe, aber ich habe mir einen Raum voller halbnackter Frauen vorgestellt, die hier überall herumwuseln und sich möglicherweise darüber zanken, wer heute Abend die gute Polestange abbekommen hat.

Ich muss meine Fantasie wirklich unter Kontrolle bekommen.

»Du siehst toll aus, Babe«, sage ich zu Lydia, als ich sie erreiche. Denn das tut sie. Rhys wird keine Chance haben.

»Du auch«, entgegnet Lydia und betrachtet mich im Spiegel.

»Ja?« Gespielt überrascht sehe ich an mir herunter, als wäre es eine Art Zufall, dass ich heute Abend gut aussehe. Ist es nicht. Ich habe heute ein zweites Mal geduscht und mein Haar gewaschen, nur damit ich es im Anschluss föhnen konnte, bis es seidig glatt war. Ich habe wirklich dicke Haare, weshalb ich sie nicht jeden Tag bis zur Perfektion föhne und style. Auch dass ich mich von Kopf bis Fuß eincreme und ein wunderschönes Pink auf meine Lippen auftrage, das geradezu *Nimm mich* schreit, ist nicht alltäglich. Genauso wenig wie mein tief ausgeschnittenes Top, das sich an meinen Körper schmiegt, oder die tiefsitzende Jeans, die meinen Hintern perfekt betont. Möglicherweise habe ich zudem noch etwas schimmerndes Körperpuder aufgetragen, um mein Dekolleté zu betonen.

»Gehst du später ins *Hennigan's*?«, fragt Lydia und bezieht sich dabei auf eine Bar in der Nähe unseres Appartements. Ganz offensichtlich versucht sie herauszufinden, warum ich mich so in Schale geschmissen habe, wenn sie doch heute Abend die Hauptattraktion der Auktion ist.

»Ähm, ich weiß nicht, vielleicht?« Ich hoffe nicht. »Also, wie sieht der Plan aus? Ist Rhys schon hier? Bist du dir sicher, dass du das durchziehen willst, Lydia?«

»Ja, das bin ich. Wenn Rhys auftaucht, werde ich es machen. Die Sache ist, Payton, dass er mich einfach umhaut. Ich glaube, dass er möglicherweise mein Schwan ist.« Ich schwöre, dass über ihrem Kopf kleine Herzchen tanzen, als sie mir davon erzählt, dass Schwäne ein Leben lang mit ihrem Partner zusammenbleiben, weil sie ihn mit Bedacht auswählen.

Möglicherweise bin ich dann ein Stachelschwein. Ich habe einmal gelesen, dass das Stachelschwein-Weibchen die Männchen zu sich lockt und eins von ihnen auswählt, es dann aber so lang warten lässt, bis sie bereit ist für die Paarung. Sobald sie genug hat, macht sie dem Männchen klar, dass es sich verpieseln soll, weil sie lieber allein sein will. Natürlich beschreibe ich das Verhalten des Stachelschweinweibchens mit meinen eigenen Worten, aber ihr versteht, was ich meine.

Lydia ist ein monogamer Schwan.

Ich wiederum bin ein pedantisches Stachelschwein.

»Falls wir später nicht mehr reden können, sage ich dir jetzt, dass ich wirklich stolz auf dich bin, Lydia.« Ich ziehe sie ihn eine Umarmung, passe dabei aber sorgfältig auf, dass ich nicht ihre Haare oder ihr Make-up ruiniere. »Es ist völlig irre, aber ich bin stolz auf dich, weil du das verfolgst, was du möchtest.«

»Sei jetzt noch nicht stolz auf mich. Wir wissen ja noch nicht einmal, ob es funktioniert. Vielleicht endet das Ganze damit, dass Vince mich an einen zwielichtigen Händler aus Iowa verkauft. Das wissen wir schließlich noch nicht, oder?«

»Apropos Vince, hast du ihn heute Abend schon gesehen? Er wird hier sein, oder?«

Bitte, bitte, bitte sei hier. Bei meinem Glück wäre es so typisch, wenn er einen Geschäftspartner hätte, der sich abends und nachts um den Stripclub kümmert, damit er seine Samstagabende mit einer Person, die definitiv nicht ich bin, verbringen kann.

Ein Räuspern lässt uns wissen, dass wir nicht allein sind. Es ist Vince. Er hat seine Hände in seine Hosentaschen geschoben und grinst. Keine Ahnung, was ihn amüsiert, denn ich habe meine Gedanken ausnahmsweise mal alle für mich behalten. Was mein Herz anlangt, sieht es anders aus, denn das möchte mir bei seinem Anblick förmlich aus der Brust springen. Mein Puls hat sich mit seiner Ankunft auf jeden Fall beschleunigt. Verknallt sein ist seltsam.

Er hat jetzt ein anderes Hemd an als zuvor. Das vorige hatte kaum erkennbare Streifen, aber dieses hier ist strahlend weiß. Darüber trägt er jetzt zudem ein schwarzes Jackett. Es lässt ihn sexyer aussehen, als es einem Mann erlaubt sein sollte. Intellektuell. Einflussreich. Sinnlich. Ich sollte mir wohl besser ein anderes Hobby zulegen, als jedes Detail an Vince zu analysieren, aber zu einem anderen Zeitpunkt. Vielleicht nächste Woche. So etwas wie Kalligraphie oder das Ausmalen von Malbüchern für Erwachsene.

»Iowa ist wirklich schön. Es sind die aus Maryland, vor denen du dich in Acht nehmen solltest.«

Oh Scheiße. Er hat Lydias Worte gehört, als sie gesagt hat, dass er sie womöglich an einen zwielichtigen Geschäftsmann aus Iowa verschachern würde, der nicht Rhys ist. Nicht dass Rhys zwielichtig wäre. Ist er nämlich nicht, zumindest nicht wirklich. Eventuell ein bisschen blöd, aber nicht zwielichtig. Moment, das ist nicht nett. Schließlich weiß ich, dass er schlau ist. Er ist halt nur gerade etwas liebesdoof. Aber das ist schon in Ordnung, denn Lydia wird ihn wieder zurechtbiegen.

»Haha, du Witzbold«, versucht Lydia abzulenken. Es ist offensichtlich, dass sie sich unwohl fühlt, weil er es gehört hat, und sie sich immer noch nicht ganz sicher ist, was die ganze Sache angeht.

»Ich meine es ernst«, erwidert er und richtet seinen Blick auf mich. »So ernst wie ein Fallschirmspringer.«

Oh mein Gott, er hat sich an unser erstes Gespräch erinnert. Ich frage mich, ob er heute an mich gedacht hat, während ich gleichzeitig an ihn gedacht habe. Ich glaub, ich falle gleich in Ohnmacht. Zwischen uns beiden fliegen auf jeden Fall die Funken. Wir ziehen einander an. Eine herrliche Anziehungskraft ist hier am Werk.

Ich befeuchte meine Lippen und bringe mich innerlich wieder ins Gleichgewicht, ehe ich ihn anlächle. »Ja, der war gut. Die Sicherheit ist beim Fallschirmspringen ja definitiv gegeben.«

Vince nickt mir zu, den Hauch eines Schmunzelns im Gesicht, dann wendet er sich wieder an Lydia. »Es hat funktioniert«, sagt er. »Er ist hier.«

Anschließend verschwindet Lydia mit Vince, um die Liebe ihres Lebens zu ködern, sie bei der Auktion zu ersteigern und mit nach Hause ins Bett zu nehmen. Ködern ist vielleicht etwas zu hart ausgedrückt, schließlich ist es zu seinem Besten. Auf jeden Fall ist es verdammt viel Mühe, nur um flachgelegt zu werden, so viel ist mir klar.

Ich plumpse auf einen der Sessel und lasse meine Beine über der Lehne baumeln, ehe ich mir auf die Unterlippe beiße, um mich davon abzuhalten, wie eine Irre zu grinsen. Weil. Vince. Hier. Ist. Ich werfe den Kopf in den Nacken und denke über all die Dinge nach, die ich mit ihm anstellen möchte. Oder von denen ich möchte, dass er sie mit mir macht. Ich muss herausfinden, ob er Single ist, bevor ich mich noch mehr in ihn verknalle.

»Ist alles in Ordnung?«

Die Frage kommt von Staci. Sie ist eine der Tänzerinnen hier, jene, die Lydia heute zum Einkaufen begleitet und ihr dabei geholfen hat, sich für den Abend fertig zu machen.

Ich richte mich auf und lächle sie an. »Ja, mir geht's gut. Ich hänge nur meinen Tagträumen nach ... Ähh, ich warte auf Lydia, meine ich. Sie ist gerade rausgegangen.« Ich deute in Richtung der Tür, um meine Worte zu unterstreichen.

»Cool«, sagt Staci und wirft ein Make-up-Täschchen auf die Schminkanrichte. Dann kramt sie darin herum. Sie trägt eine Yogahose und ein T-Shirt. Ihr Haar ist feucht und glatt gebürstet. Folglich nehme ich an, dass sie sich gleich auf den Heimweg machen und nicht auf die Bühne gehen wird.

»Fertig für heute Abend?«, frage ich, als sie einen Spritzer Feuchtigkeitscreme auf die Fingerspitze gibt und sich das Gesicht eincremt.

»Jap.« Sie nickt und wirft die Gesichtscreme zurück in ihr Täschchen, bevor sie das Ding in ihrer Handtasche verstaut. »Zu Hause warten nur Netflix und Entspannung auf mich. Ich kann es kaum erwarten. Es war eine lange Woche.« Sie schiebt sich ihre Handtasche über die Schulter und mir wird klar, dass das meine Chance ist, ein paar Informationen über Vince zu bekommen.

»Hey, kann ich dich etwas fragen?«

»Klar.« Sie nickt abwesend, während sie ihr Gewicht verlagert und ihr Handy aus ihrer Tasche kramt, ehe sie sich zu mir umdreht und mich ansieht.

»Was weißt du über Vince?«

»Vince?« Sie wirkt ein wenig irritiert, so als habe sie eine derartige Frage nicht von mir erwartet. »Tja, er ist mein Boss?« Sie beendet den Satz wie eine Frage, scheinbar unsicher, welche Art von Informationen ich möchte. Keine Ahnung, wie das möglich ist, ich meine, man muss sich ihn doch nur angucken.

»Hat er eine Freundin?«

»Ahh.« Jetzt lächelt sie und betrachtet mich mit neu erwachtem Interesse. »Ich glaube nicht.«

»Wie kann das sein?«

»Ich weiß nicht.« Sie lacht. »Ich denke, er arbeitet einfach sehr viel. Er ist ein recht ernster Typ, findest du nicht?« Sie zuckt mit den Schultern, so als hätte sie noch nie darüber nachgedacht.

»Also datet er keine von euch Tänzerinnen?«, bohre ich nach, da ich wirklich wissen muss, wofür ich heute Abend gewappnet sein muss. »Ganz ungezwungen vielleicht?«

»Nein, definitiv nicht. Das ist hier eine Art unausgesprochene Regel. Vince überschreitet diese Grenze nicht.«

Was ich höre, ist, dass ich freie Bahn habe, um mit Vince ein paar Grenzen zu überschreiten. Er wird mit jeder Sekunde interessanter.

»Ich glaube nicht, dass er seit Gwen eine ernsthafte Beziehung hatte«, ergänzt sie und wirft mich damit aus der Bahn.

War Gwen eine Tänzerin, die ihm das Herz gebrochen hat? Ist sie mit einem Kunden durchgebrannt? Hat sie sich den Knöchel gebrochen, während sie ihre Stripper-High-Heels getragen hat, sich in Arizona zur Ruhe gesetzt und Vince dadurch gezwungen, diese Regel einzuführen, keine Beziehung am Arbeitsplatz zu führen? Oder hatte Gwen mit dem Club gar nichts zu tun? Vielleicht war sie ja seine Jugendliebe ... und ist mit seinem besten Kunden durchgebrannt – einem Techniknerd, der Millionen mit seiner eigenen App verdient hat.

Ich muss meine Fantasie wirklich in den Griff bekommen.

Ich möchte gerade nach weiteren Informationen bezüglich der Sache mit Gwen fragen, als Stacis Handy klingelt. Sie nimmt den Anruf entgegen und entschuldigt sich bei mir, weil sie dringend losmuss. Ich nehme mir einen Bund Trauben und lehne mich wieder im Sessel zurück. Dann werfe ich mir die Trauben in den Mund, während ich warte. Praktisch sofort nach Stacis Verschwinden geht die Tür wieder auf und Lydia eilt herein. Kaum ist die Tür hinter ihr ins Schloss gefallen, lässt sie sich dagegen sinken.

Sie trägt ein Männerjackett über dem Negligé, in dem sie auf die Bühne gegangen ist, und es braucht keinen Astrophysiker, um zu erkennen, dass es sich dabei höchstwahrscheinlich um Rhys' Jackett handelt. Nicht dass hier ein solcher rumhängen würde, um seinen Senf zu dieser ganzen Angelegenheit zu geben. Wobei, wer weiß? Möglicherweise hängt unten sogar eine ganze Gruppe von Astrophysikern herum. Vielleicht ist Astrophysik ein Fachgebiet, in dem es vor *kinky* Arschlöchern nur so wimmelt, aber ich wette eher auf jede Menge Jungfrauen, die noch bei ihren Müttern leben. Allerdings liege ich das ein oder andere Mal auch gern mal falsch, von daher verlasst euch nicht auf meine Worte.

»Schickes Jackett«, begrüße ich sie, ehe ich mir eine weitere Traube in den Mund stecke.

»Payton.« Sie stemmt sich von dir Tür ab und kickt sich ihre High Heels nacheinander von den Füßen. Sie landen geräuschvoll auf dem Boden, und Lydia atmet keuchend aus. »Das war schrecklich.«

»Was ist passiert?« Ich setze mich auf und bereite mich innerlich auf das Schlimmste vor, aber um ehrlich zu sein, wette ich noch immer darauf, dass es sich bei dem Jackett um das von Rhys handelt. Weil er es nicht ertragen konnte, sie öffentlich in noch weniger als einem Badeanzug stehen zu sehen, also hat er sie in Neandertalermanier mit seinem Jackett bedeckt. *Du Frau. Ich Mann.*

Mein. Grunz.

Irgendwie liebe ich solchen Mist. Es ist süß.

»Lawson ist da draußen. Und Canon!«

»Oh.« Ich mache es mir wieder in meinem Sessel bequem. »Nun ja. Sie sind Freunde, das macht also Sinn.«

»Warum ist es mir nicht durch den Kopf gegangen, dass sie möglicherweise hier sein würden? Ich schäme mich so.« Sie zieht das Jackett enger um sich und knabbert besorgt auf ihrer Unterlippe herum.

»Hat dich Rhys bekommen, oder was?«

»Ich weiß nicht.«

»Wie kannst du das nicht wissen?«

»Weil ich es nicht weiß. Eben noch stand ich mitten im Scheinwerferlicht auf der Bühne und plötzlich wickelt er mich in sein Jackett und befiehlt mir, mich anzuziehen.« Sie dreht sich um, um aus dem Negligé zu schlüpfen und sich rasch etwas überzuziehen.

»Klingt, als würdest du mit Rhys gehen.«

Sie werden wirklich hübsche Babys bekommen. Lydia wird selbstgemachte Biobabynahrung herstellen und sie in winzigen Portionen in einer Vintage-Eiswürfelschale, die sie bei *Goodwill* erstanden hat, einfrieren; und Rhys wird sie für den Rest ihres gemeinsamen Lebens mit einer Mischung aus Erstaunen und Verehrung ansehen. Ich wiederum werde hin und wieder babysitten, mit den Kindern Eis essen gehen, das nicht bio, dafür aber unter Bergen von Süßigkeiten begraben ist, und sie dann mit einem Zuckerrausch, schokoverschmiert und vollgekrümelt wieder bei ihren Eltern abliefern.

Ganz offensichtlich werde ich mir für diese Ausflüge eines ihrer Autos ausleihen müssen.

Lydia faltet sorgfältig Rhys' Jackett zusammen, als die Tür geöffnet wird.

Es ist Vince. Vince, der tatsächlich ein echtes Lächeln im Gesicht hat. Er hat seine Hände in den Hosentaschen vergraben und seine Körperhaltung ist entspannt, ganz im Gegensatz zu Lydias Haltung vor einigen Minuten. Sein Blick ruht einen

Moment auf mir, ehe er seine Aufmerksamkeit auf Lydia richtet. Er hat neugierige Augen, so würde ich sie jedenfalls beschreiben. Ein Funken Interesse liegt darin, wenn er mich ansieht. Amüsiertes Interesse, aber das finde ich gut. Natürlich kann es auch sein, dass ich das nur hineinprojiziere, weil ich es darin sehen möchte. Aber wenn ich schon mal dabei bin, dann würde ich sagen, dass er außerdem ausgeruht aussieht. So als könne er eine ganze Nacht wachbleiben, wenn es sein muss.

»Nach einem kleinen Bietergefecht habe ich ihn auf fünf hochgehandelt«, berichtet Vince Lydia.

»Wen auf fünf hochgehandelt?«, fragt sie und hat dabei einen verwirrten Ausdruck im Gesicht, so als hätte sie schon wieder vergessen, warum sie hier ist.

»Rhys«, sagt Vince und sieht sie an, als sei sie verrückt. »Ging es nicht genau darum, Lydia?«

Genau! Das ist genau das, was ich gerade beschrieben habe! Vince und ich sind so dermaßen auf einer Wellenlänge. Gott, die heutige Nacht wird der Wahnsinn werden.

Lydia lässt sich in den Sessel neben meinem fallen und streitet mit Vince darüber, wie viel Rhys für sie hätte bezahlen sollen. Wie es scheint, dachte Vince, dass er großzügig war, weil er Rhys nur Fünfhunderttausend statt einer Million für sie abgeknöpft hat. Und Lydia dachte, dass Rhys sich mit einem *Groupon*-Deal aus der Affäre ziehen würde.

Mein Leben ist eindeutig viel unterhaltsamer geworden, seit ich mit Lydia zusammengezogen bin. Das hatte ich nicht erwartet, um ehrlich zu sein. Denn sie ist eher der ruhige Typ und vor allem braver als ich. Allerdings nur, wenn sie nicht gerade ihre Jungfräulichkeit an ihren Boss verkauft, versteht sich.

»Denkt er, er bekommt dafür eine Sexparty?«, fragt Lydia an Vince gewandt, als ich mich wieder in ihr Gespräch einklinke. Ich war davon abgelenkt, jedes Detail seines Aussehens in diesem Anzug zu analysieren. Ist es komisch, die Art und Weise zu mögen, wie das Jackett seine Schultern umspannt? Ich stehe nämlich ziemlich darauf. »Denn ich werde es nicht mit seinen Freunden treiben oder so etwas Komisches. Unter keinen

Umständen.« Scheinbar vertritt sie da einen festen Standpunkt.

»Ich würde es tun«, flöte ich dazwischen. »Man lebt ja nur einmal, habe ich recht?«

Vince hält inne und starrt mich eindringlich an, ehe er sich mit der Hand über den Kiefer reibt und seufzt. »Ich habe keine Ahnung, worauf der Mann abfährt«, antwortet er. »Ich bin mir sicher, dass ihr beiden das schon klären könnt. Allein. Ohne mich.« Sein Ton verrät mir, dass er am Ende ist, was diese Scharade hier angeht. Ich kann es ihm nicht verübeln, es ist ja nicht mal eine echte Auktion. Klar, es ging um echtes Geld, aber die Auktion war ein Fake.

»Du akzeptierst die Bedingungen. Es ist an der Zeit, dass du dir dein Rhys-Abzeichen verdienst.«

»Was zur Hölle ist ein Rhys-Abzeichen?« Vince sieht zwischen uns hin und her, ehe er den Kopf schüttelt. »Egal, ich will es im Grunde gar nicht wissen. Er ist draußen und wartet auf dich. Du hast die Wahl. Sein Geld werde ich ihm aber nicht zurückgeben. Der Idiot hat wahrlich mehr, als er braucht.« Den letzten Teil murmelt er nur noch, sodass man ihn beinah nicht versteht.

Da sind wir uns definitiv einig. Rhys verdient es, eine halbe Million Dollar zu verlieren, da Lydia vor ein paar Wochen umsonst mit ihm nach Hause gegangen wäre. Ich liebe es, wie wir schon jetzt der gleichen Meinung sind, was unsere Freunde betrifft. Wie ein Team. Wir haben so viel gemeinsam, dass es schon fast lächerlich ist.

Weniger als fünf Minuten später verabschieden wir uns von Lydia, die ihren ersten Schultag hat, ähh, Quatsch, die heute das erste Mal Sex haben wird. Schließlich haben wir noch keine Kinder, da es nicht möglich ist, schwanger zu werden, nur weil man jemandem mit den Blicken die Kleider vom Leib reißt.

Ich umarme Lydia ein letztes Mal, während Vince ihr die Tür aufhält. Ich glaube kaum, dass Vince meine Hilfe dabei bräuchte, sie hinauszubegleiten, aber ich habe nicht vor, ihn auch nur für einen Moment aus den Augen zu lassen. Lydia ist nicht die Einzige, die heute Nacht flachgelegt wird.

»Hals- und Schwanzbruch!«, rufe ich Lydia hinterher, als sich die Tür hinter ihr schließt.

Und dann bin ich mit Vince allein.

Endlich.

Die sexuelle Spannung zwischen uns ist jenseits von Gut und Böse. Aber so was von.

Ich wette, wir werden direkt hier im Flur Sex haben. Bestimmt kann er sich nicht lang genug zurückhalten, damit wir es zurück in sein Büro oder in die Besenkammer schaffen, was okay ist, da ich bereit bin. So dermaßen bereit.

Er steht so dicht hinter mir, dass ich die Hitze und die Energie, die zwischen uns hin und her surrt, spüren kann, ohne dass wir einander überhaupt berühren. Ich lasse mir Zeit, bevor ich mich umdrehe. Ich will diesen Moment auskosten und für immer in Erinnerung behalten. Ich befeuchte meine Lippen, als ich mich schließlich umwende und mich auf Augenhöhe mit seiner Brust befinde. Er ist so herrlich groß, breit gebaut und männlich. Ich stoße den Atem aus und lasse meinen Blick nach oben wandern, bereit, meinen Kopf für einen Kuss zurückzulehnen.

Doch er lacht.

Über mich.

8. Kapitel

»Es heißt *Hals- und Beinbruch*«, sagt er. »Das Sprichwort. Nicht *Hals- und Schwanzbruch*.«

Frustriert stöhne ich auf. Jetzt ist nicht die Zeit für Wortklaubereien. »Als wäre es nicht viel schlimmer, sich den Schwanz zu brechen«, entgegne ich verärgert. Ich kann nicht glauben, dass das die Unterhaltung ist, die wir in diesem Moment führen.

»Argument«, stimmt er nickend zu und grinst noch immer über das ganze Gesicht, was mich wütend genug macht, um meine Worte näher auszuführen.

»Fürs Protokoll ...« Ich halte einen Finger in die Höhe, bereit, mein Argument vorzubringen, doch ich werde unterbrochen, bevor ich sonderlich weit damit komme.

»Fürs Protokoll«, wiederholt er und zieht amüsiert eine Braue nach oben. »Brauchen wir einen Gerichtsstenographen? Soll ich jemanden anrufen?«

Boah, dieser Typ, ey.

»Fürs Protokoll«, beginne ich erneut und bedenke ihn mit einem Blick, der sagt, dass er mich besser hätte ausreden lassen, »das Sprichwort *Hals- und Beinbruch* ist ein paradoxer Ausdruck für *Viel Glück*. Von daher ist es eine ziemlich brillante Abwandlung, jemandem *Hals- und Schwanzbruch* zu wünschen, der nachher Sex haben wird.« Triumphierend verschränke ich die Arme, denn wenn man recht hat, hat man nun mal recht. Und ich habe so was von recht. Vielleicht reiche ich diese Abwandlung sogar beim Urban Dictionary ein, denn ich denke, dass sie eine ziemlich gute Chance hat, populär zu werden.

Vince lacht lauthals los, ehe er den Kopf schüttelt und auf dem Absatz kehrtmacht, um den Weg zurückzugehen, den wir gekommen sind. Seine Schritte hallen auf dem polierten Hartboden wider.

»Du bist durchgeknallt. Süß, aber echt durchgeknallt.«

»Nein, ich bin wirklich lustig. Das war der Beweis dafür.« Ich eile die Stufen hinauf, damit ich ihn einholen und mich ihm auf dem Treppenabsatz in den Weg stellen kann. »Außerdem hat mich niemand mehr süß genannt, seit ich zwölf war. Ich bin deutlich älter als zwölf.«

»Das sehe ich«, erwidert er nach einer bedeutungsschwangeren Pause und senkt seinen Blick für einen Moment auf mein Dekolleté.

Gott sei Dank zeigt dieses schimmernde Bodypuder endlich Wirkung.

»Gut. Was möchtest du noch sehen?« Ich lasse meine Hand auf dem Geländer ruhen und hindere ihn so daran, die Flucht anzutreten. Den Kopf habe ich zur Seite geneigt und hoffe, dass diese Einladung mehr als nur offensichtlich ist.

»Wie bitte?« Eine beeindruckende Falte bildet sich auf seiner Stirn, als er mich aus zusammengekniffenen Augen ansieht. Der Hauch eines Grinsens umspielt seine Mundwinkel und kämpft mit dem ungläubigen Ausdruck auf seinem Gesicht, was dafür sorgt, dass ich ihn küssen will. Möglicherweise werde ich sterben, wenn er mich nicht bald küsst. Indem ich vor sexuellem Verlangen vergehe. Tod durch die Verweigerung seiner perfekten Lippen.

»Ich würde dir nur allzu gern deinen Schwanz brechen«, sage ich und zucke dann zusammen. »Okay ...« Ich nehme die Hand vom Geländer und strecke sie aus, um der Situation Einhalt zu gebieten. »Ich gebe zu, dass diese Abwandlung nicht wirklich funktioniert hat.«

»Nicht ganz.« Lächelnd schüttelt er wieder den Kopf und ich trete einen halben Schritt näher an ihn heran. Verdammt, er riecht gut. Er sieht gut aus, er riecht gut und ich bin mir ziemlich sicher, dass er auch gut schmecken wird, wenn er mich nur endlich küssen würde. Oder ich an ihm lecken könnte. Vielleicht würde ich mich zu diesem Zeitpunkt mit Letzterem zufriedengeben, wenn ich nicht denken würde, dass es die Sache zwischen uns komisch machen würde.

»Wie dem auch sei. Du verstehst die Kernaussage«, wispere ich und lehne mich ihm ein wenig entgegen. *Küss. Mich.*

»Nein danke.«

Moment, bitte was?

Ich bin mir sicher, dass gerade ein Bild von meinem Gesicht neben der Definition von *Fassungslosigkeit* stehen würde, wenn man den Begriff nachschlagen würde. Es wäre eines dieser GIFs und das einzige, was sich bewegen würde, wären meine Augenlider, die sich blinzelnd immer wieder öffnen und schließen.

Mein Verlangen lässt etwas nach und das verschafft meinem Gehirn etwas Zeit, um seine Worte zu verarbeiten.

»Nein?«, wiederhole ich.

»Kennst du dieses Wort nicht, Payton?«

»Du führst einen Stripclub.« Ich bin sprachlos. Was zur Hölle passiert hier gerade?

»Also glaubst du, ich würde wahllos jede ficken, die sich mir anbietet?« Er sagt das ganz ruhig, als würde es ihn nicht weiter kümmern, aber er braucht einen Moment zu lang, um zu antworten, und sein Blick erreicht nicht ganz meine Augen, als er das sagt.

»Nein!« Na ja, irgendwie schon. Ja. Das habe ich irgendwie gedacht. Gott, ich bin schrecklich. Aber mal ehrlich? »Es ist nicht so, dass ich gedacht hätte, dass sich dir viele Frauen anbieten«, versuche ich, mich zu erklären.

Er zieht die Brauen in die Höhe und lacht, ehe er sich an mir vorbeischiebt und die zweite Treppe hinaufsteigt.

»Ich meinte so direkt«, protestiere ich und laufe ihm hinterher. »Offensichtlich werfen sich dir viele Frauen an den Hals. Sieh dich an, natürlich tun sie das.«

Ich bin mir auch nicht sicher, ob das wirklich richtig rüberkam.

»Es ist ein sehr schmeichelndes Angebot«, ergänze ich, weil ich nicht weiß, was ich sonst sagen soll. Das ist es nämlich wirklich. Einerseits bin ich absolut nicht hässlich und andererseits habe ich nicht unrecht, was die sexuelle Spannung zwischen uns betrifft. Davon liegt genug in der Luft, um all die Neonlichter von Vegas damit zu speisen.

Wir haben das Ende der Treppe erreicht. Er bleibt stehen, dreht sich zu mir um und heftet seinen Blick auf meine Lippen.

Endlich, endlich, endlich. Doch dann schüttelt er erneut den Kopf, als würde er sich selbst zur Räson rufen, und öffnet schweigend die Tür.

Dieser Idiot.

»Warum zum Teufel bitte nicht?« Ich gleite an ihm vorbei in den Flur und baue mich vor ihm auf. »Das war ein großartiges Angebot.« Ich unterstreiche diese Worte mit meinem Finger, den ich ihm unter die Nase halte. »Die meisten Männer wären begeistert von so viel Direktheit.«

»Wären sie das?« Das Grinsen ist zurück auf seinem doofen, perfekten Gesicht. »Machst du dieses Angebot oft, Payton?«

Oh, nein, das hat er nicht wirklich gerade gesagt, oder? »Hör zu, Arschloch. Das geht dich wirklich kein bisschen was an. Ich kann so viele Freifahrtscheine verteilen, wie ich will. An wen auch immer ich möchte und wann immer ich möchte. Die Anzahl an Freifahrtscheinen ändert nichts an meinem Wert als Frau, also spar dir deinen sexistischen Bullshit für jemanden, den er interessiert. Ich werde mich nicht dafür entschuldigen, dass ich die Verantwortung für meine eigene Sexualität übernehme und nach dem frage, was ich möchte.«

»Ein Freifahrtschein. Heiliger, ich werde aus dir einfach nicht schlau.«

»Tja, das geht mir genauso. Du datest ja nicht mal jemanden. Was also hält dich bitte schön davon ab?«

»Ich date niemanden?« Diese Offenbarung lässt ihn interessiert aufhorchen und er zieht erneut die Brauen nach oben, ehe sich seine Lippe zu einem amüsierten Grinsen verziehen.

»Datest du doch jemanden?« Scheiße, ich sollte meine Informationen durch mehr als eine Quelle verifizieren lassen, bevor ich mich in eine Sache hineinstürze. Genau wegen so was wurde ich in der zweiten Klasse bei den Pfadfinderinnen rausgeschmissen. Na ja, nicht exakt. Aber irgendwie schon. Nein, das ist nichts dergleichen.

»Nein«, bestätigt er schulterzuckend. »Tue ich nicht.

»Du bist so eine Nervensäge.«

»Also«, sagt er langsam, als hätte er es nicht eilig. Mir ist aufgefallen, dass er immer so gelassen spricht. Ich frage mich, ob er bei jedem so ist, so selbstsicher, dass sein Gegenüber abwartet, was er zu sagen hat. »Ich soll dir auf Verlangen zur Verfügung stehen, weil ich mit keiner anderen zusammen bin? Ist es das, was du sagst? Ist das nicht ebenfalls sexistisch?«

»Wäre es«, stimme ich zu, »wenn du dich nicht genauso zu mir hingezogen fühlen würdest, wie ich mich zu dir.«

»Tue ich das?«

Himmel, nicht diese Leier schon wieder.

»Ja«, bekräftige ich selbstbewusst. Gott hilf mir, wenn ich diesbezüglich falschliege, aber ich stecke jetzt schon so tief in dieser Sache drin, dass es keinen Sinn mehr macht, einen Rückzieher zu machen. Dann kann ich auch einfach *all in* gehen – immerhin sind wir ja in Vegas. Außerdem war ich noch nie ein schüchternes Mädel. Von daher ... »Ich mache dich neugierig«, sage ich. »Du siehst mich an, als wäre ich interessant. Oder *allermindestens* hübsch.«

Irgendwann in diesem Gespräch ist er einen halben Schritt nähergekommen, aber er berührt mich noch immer nicht.

»Du magst meinen Po«, füge ich in einem letzten Bemühen hinzu, da er weder etwas sagt, noch mich küsst.

Dann tritt er noch ein wenig näher an mich heran und lächelt. Ich muss meinen Kopf in den Nacken legen, um ihm in die Augen sehen zu können, und halte den Atem an, da die sexuelle Spannung zwischen uns gerade wieder siedend heiß brennt.

»Ich sehe dich so an, weil du durchgeknallt bist, und ich bei dir nie weiß, was als Nächstes aus deinem Mund kommen wird.«

»Oh.« *Oh.* Ich blinzle. Wow, lag ich daneben. Diese Tatsache treibt mir die Schamesröte ins Gesicht und ich senke den Blick auf seine Schultern. Ich stehe noch immer sehr darauf, wie sein Jackett sie umspannt. Es ist perfekt geschnitten und die Naht, die von seinem Hals bis zum Ärmel des Jacketts verläuft, hat es mir wirklich angetan, da haben wir's.

»Und du bist wunderschön.«

Oh. Okay. Gemischte Signale also. Ich beiße mir auf die Unterlippe und riskiere einen weiteren Blick in sein Gesicht.

»Bahnbrechend schön.« Er wispert diese Worte ganz dicht an meinem Ohr. »Wahrscheinlich verrückt und mit Sicherheit eine Herausforderung.« Diese Worte wispert er an meinen Lippen.

Und dann küsst er mich.

9. Kapitel

Er hebt mein Kinn nicht mit einem Finger an. Nein, er umfasst stattdessen mein Kinn, während die Finger seiner anderen Hand sich in meinen Nacken brennen, und presst seine Lippen, weich und fest, warm und perfekt, auf meinen Mund. Und er küsst mich mit an Sicherheit grenzender Wahrscheinlichkeit nicht so, als wäre ich ihm egal, sondern als würde er schmutzige Dinge mit mir anstellen wollen.

Ich liebe es, wenn ich recht habe.

Das ist fast so befriedigend wie Vinces Zunge, die meinen Mund erkundet, aber kein *Ich hab's dir ja gesagt* dieser Welt könnte diesen Kuss toppen. Er schmeckt minzig und riecht, wie ein Mann riechen sollte. Würzig und maskulin. Wie ein Wald an einem regnerischen Tag, komplett mit Baumhaus und Strickleiter zum Hochklettern. Er ist warm und die Hitze seines Körpers fühlt sich angenehm an. Denn bis ich an ihn gedrückt dastand, habe ich gar nicht bemerkt, wie kühl es hier drinnen ist.

Das Jackett, das ich so sehr mag, ist weich in meinem Griff, aber Vinces Körper darunter ist fest und hart. Und damit meine ich nicht seinen Penis. Wenn er eine Erektion hat, reibt er sie auf jeden Fall nicht wie ein rattiger Teenager an mir. Vor einer Minute hätte ich das noch okay gefunden, aber jetzt nicht mehr. Jetzt, wo ich mitten in diesem perfekten Kuss gefangen bin, möchte ich nichts anderes mehr. Meine Unterarme werden gegen seine Brust gepresst und ich genieße das Gefühl seines Körpers, der an genau den richtigen Stellen hart und muskulös ist. Es gibt mir das Gefühl, in Sicherheit zu sein. Als ob ich plötzlich eine Art vorgeschichtliche Wertschätzung für Stärke, Männlichkeit und Muskeln entwickelt hätte. Aber vielleicht liegt es auch einfach an dem Bild, wie er mich mühelos hochhebt und gegen eine Wand fickt, das sich vor mein inneres Auge geschoben hat.

Er schiebt seine andere Hand in mein Haar und zieht daran, um den Winkel des Kusses zu verändern, was eine Hitzewelle durch meinen Körper jagen lässt. Ich spüre seine Finger auf meiner Kopfhaut und nehme alles zurück, was ich vorhin gesagt habe. Ich will mehr, egal was, Hauptsache, es passiert genau jetzt. Schließlich unterbricht er den Kuss und tritt einen Schritt zurück, sodass ich widerwillig meinen Griff um sein Jackett lösen muss. Ich lasse meinen Rücken gegen die Wand sinken, von der ich bis eben gar nicht gemerkt habe, dass er mich dagegen gepresst hat, und bin dankbar für den Halt, den ich dort finde. Wir atmen beide heftig und starren einander an. Irgendwo in der Ferne fällt eine Tür ins Schloss und ein Handy klingelt. Dann herrscht Stille.

»Ich hab's dir ja gesagt«, stoße ich hervor, da ich nicht anders kann. Er hat gute fünf Minuten damit vergeudet, einen auf schwer zu kriegen zu machen, in denen wir hätten rummachen können. Außerdem ist jeder ein Lügner, der behauptet, *Ich hab's dir ja gesagt* zu sagen, wäre nicht befriedigend. Darüber hinaus war dieser Kuss sogar viel besser, als ich ihn mir vorgestellt hatte, und glaubt mir, in meiner Vorstellung war er bereits phänomenal.

»Das hast du«, bestätigt er, da er ein kluger Mann ist. Dann reibt er sich mit dem Daumen über die Unterlippe, was mich an den Rand meines Verstands bringt.

»Also, zu dir oder zu mir?« Ich würde lieber zu ihm, da ich bereits weiß, wie meine Wohnung aussieht, und ich neugierig bin. »Dein Büro?«, schlage ich vor, als er nichts erwidert. »Gibt es hier irgendwo eine Abstellkammer? Ich habe das Gefühl, dass du zu groß bist, um Sex mit mir im Stehen zu haben, aber ich würde es ausprobieren, wenn du es möchtest. Es sei denn, du hast irgendwo ein Sexzimmer mit einer Schaukel oder vielleicht einen Schemel.«

»Ein Sexzimmer«, wiederholt er langsam, den Kopf leicht schräg gelegt, »mit einer Schaukel?«

»Okay, wow. Angesichts deines Tons nehme ich an, dass das ein Nein ist. Kein Grund, mich deswegen zu verurteilen.« Er ist derjenige, der einen Stripclub führt, und dann verurteilt er mich dafür, dass ich nach einer Sexschaukel frage? Dieser Kerl ...

»Keine Sorge. Das ist mehr ein Punkt auf meiner To-do-Liste als ein Dealbreaker.«

Er starrt mich einige Sekunden lang an, blinzelt ein paarmal und schüttelt erneut den Kopf, so als würde er versuchen, wieder klar zu denken. »Es ist an der Zeit, dass du nach Hause gehst«, sagt er, macht auf dem Absatz kehrt und geht davon. Weg von mir. Schon wieder.

Unglaublich. Es ist unglaublich, weil dieser Kuss herausragend war und ich weiß, dass er das auch gespürt hat. Hätte eine Nonne uns heimlich beobachtet, hätte sie das gespürt, um Christi willen! Hm, ich frage mich, wie schlimm es ist, an Nonnen zu denken, während man im selben Atemzug dem lieben Gott entsagt? Gut ist es wahrscheinlich nicht. Hätte eine Nonne uns heimlich beobachtet, hätte sie das auch gespürt, um Gottes willen! Ist das jetzt besser? Ich weiß es nicht. Der Punkt ist, dass er scheinbar eine Art Selbstbeherrschungsfetisch hat. Oder er ist möglicherweise katholisch, das ist ein und dasselbe. Wie dem auch sei, ich muss auf jeden Fall meine Pläne für die Nacht überdenken.

Vince geht nicht zum Umkleidebereich, sondern in die entgegengesetzte Richtung, doch ich folge ihm, weil ich nichts anderes vorhabe und nicht allein sein möchte. Lydia und ich wohnen erst seit ein paar Wochen zusammen, aber ich bin ihre Gesellschaft gewohnt und die Vorstellung, ohne sie zurück zum Appartement zu fahren, ist ätzend. Es ist nicht so, dass ich partout nicht allein sein kann, aber ich bevorzuge es nicht. Ich könnte im *Hennigan's* vorbeischauen, wie Lydia angenommen hat, aber allein in eine Bar zu gehen, ist irgendwie traurig. Ich könnte nach Hause fahren und im Whirlpool baden, aber ich habe mir heute Nachmittag nicht wie blöd die Haare geföhnt und frisiert, um allein heimzukehren und in einem Blubberbad zu sitzen, vielen herzlichen Dank auch. Außerdem schließt der Pool um dreiundzwanzig Uhr und ich habe einen Energydrink getrunken, bevor ich die Wohnung verlassen habe, also wird es eine lange Nacht werden.

Vince erreicht eine Tür und dreht sich ein wenig zu mir um.

Seine Schulter hat er gegen den die Tür gepresst, um sie aufzustoßen. »Du bist ja immer noch hier«, weist er unnötigerweise auf das Offensichtliche hin, denn wo sollte ich sonst sein?

»Entspann dich. Ich respektiere deine zölibatären Lebensentscheidungen. Mach, was auch immer du möchtest.« Dann schlüpfe ich an ihm vorbei in den Raum, da ich mir von seiner Haltung nicht den Abend verderben lassen werde. Ich mag eine Frau sein, die weiß, was sie will, aber ich weiß auch, wann ich aufgeben muss. Wenn er kein Interesse hat, dann Pech gehabt. Der Abend ist noch jung und jede Menge Spaß möchte noch erlebt werden.

Ich bin in einer Art Privatzimmer gelandet, der kleinen Bühne und der einzigen Polestange nach zu urteilen. Weniger als ein Dutzend Sesseln umgeben die Bühne, die leer ist. Die Sessel wiederum sind es nicht. Zwei davon sind von zwei Führungskräften meiner Arbeit besetzt. Rhys' Kumpel. Lydia hat erwähnt, dass sie hier wären, und das sind sie. Sie lümmeln in den Sesseln, haben jeweils einen Drink in der Hand und unterhalten sich mit einer der Kellnerinnen. Diese hat sich mit dem Hintern auf den Bühnenrand gepflanzt, ein leeres Tablett unter dem Arm, und lacht über etwas, das gesagt wurde, bevor ich den Raum mit Vince betreten habe.

Canon Reeves und Lawson McCall. Ich habe sie noch nicht persönlich kennengelernt, aber natürlich weiß ich, wer sie sind. Ich habe sie auf der Arbeit schon mal im Vorbeigehen gesehen, aber musste bisher noch nie mit ihnen interagieren, da keiner von ihnen in meiner Abteilung arbeitet. Selbst wenn sie es tun würden, wären sie mir in der Nahrungskette meilenweit voraus, also ist es nicht so, als würden wir an denselben Meetings teilnehmen oder so.

»Hi, ich bin Payton.« Ich gehe zu den Männern hinüber und stelle mich vor, während sich Vince ächzend neben sie in einen Sessel fallen lässt.

»Lydias Freundin«, stellt Canon fest und steht auf. »Du arbeitest im Eventmarketing.«

Natürlich weiß er das. Er ist der Securitychef im *Windsor*.

Sobald wir uns einander vorgestellt haben, setze ich mich auf den Rand des Couchtisches, um alle im Blick zu haben. Ich schlage die Beine übereinander und beuge mich ein wenig nach vorn – und das nicht umsonst. Canon fallen meine Brüste ins Auge. Zu schade, dass ich kein Interesse an ihm habe. Diese ganze Boss-Sache ist nicht mein Ding.

»Die erste Regel von *Fight Club*«, beginne ich, verschränke die Hände ineinander und stelle sicher, dass ich die Aufmerksamkeit aller Anwesenden habe, »lautet, dass das, was im Fight Club passiert, im Fight Club bleibt.«

»Das ist nicht die erste Regel von *Fight Club*, Payton«, erwidert Vince trocken. Sein Arm ruht auf der Armlehne des Sessels und seine Stirn hat er gegen zwei seiner Finger gelehnt. »Du redest nicht von *Fight Club*, sondern verwechselst es mit *Was in Vegas passiert, bleibt in Vegas*.«

»Warum kann ich nicht über *Fight Club* reden?« Ich bin empört. »Fang nicht schon wieder mit deinem sexistischen Bullshit an, Vince. Wenn ich über *Fight Club* reden möchte, dann tue ich das. Du bist nicht mein Boss.« Hm, vielleicht könnte diese Boss-Sache doch was für mich sein.

»Ich meinte das Sprichwort, Payton. Der Satz aus dem Film heißt *Die erste Regel des Fight Club lautet: Ihr verliert kein Wort über den Fight Club*.«

»Oh. Tja, ich habe den Film nie gesehen.« Ich winke ab, da die Details für mich unwichtig sind. »Außerdem ist das praktisch das Gleiche.«

Vince starrt mich an und ich bin mir sicher, dass er kurz davor ist, mich rauszuschmeißen.

»Hey, ist das Bourbon?« Canon hält ein Glas mit einer bernsteinfarbenen Flüssigkeit und einem einzelnen Eiswürfel darin in der Hand. »Den wollte ich schon immer mal probieren.« Ich entwende ihm das Glas und kippe den Inhalt in einem Zug hinunter, bevor ich das leere Glas mit verzerrter Miene neben mir auf dem Tisch abstelle. »Whoa, das hätte ich in kleinen Schlucken trinken sollen, oder?«

»Ja«, bestätigt Canon grinsend. »Aber mir gefällt dein Style.«

Meine Brüste gefallen ihm auch, daher sollte ich ihn wohl besser auf andere Gedanken bringen.

»Danke.« Ich nicke angesichts seines Kompliments. »Es ist schön, wertgeschätzt zu werden.« Ich bedenke Vince mit einem entsprechenden Blick und einer gerunzelten Stirn, ehe ich meine Aufmerksamkeit wieder auf Canon richte. »Kommt ihr oft her?« Ich klimpere auf dramatische Art und Weise mit den Wimpern.

»Warum reden wir überhaupt über Fight Clubs?«, unterbricht Vince, als Canon lacht.

»Oh, richtig!« Ich trommle mit meinen Händen rhythmisch auf meinen Oberschenkeln herum, um die Spannung zu steigern. »Lasst uns eine dieser Nächte haben, wo wir am nächsten Morgen mit einem Tiger im Zimmer aufwachen!«

»Wie in *Hangover*?«, fragt Lawson.

»Ganz genau wie in *Hangover*«, bestätige ich, tippe mir gegen die Nase und deute mit einem Zwinkern und zu einer Pistole geformten Fingern auf ihn.

»Okay, ich bin dabei«, stimmt Canon mit einem gelassenen Schulterzucken zu.

»Das ist eine wirklich großartige Idee.« Diese Worte kommen von Vince, dessen Stimme vor Sarkasmus nur so trieft.

Canon und ich sehen uns an und verdrehen die Augen. Mir ist bewusst, dass das wie eine schlechte Idee klingt, aber mein Life-Coach hat gesagt, dass schlechte Entscheidungen zu guten Entscheidungen führen können, weil man aus seinen Fehlern lernt, und ich wette, das ist genau die Art von Szenario, die sie damit meinte. Ich frage mich, ob ich Vince wohl davon überzeugen könnte, sich einen Life-Coach zuzulegen.

»Ihr habt eure gute Tat für heute bereits getan. Lass uns Spaß haben«, erwidert Canon, woraufhin ich nicke und eine Runde Kurze bestelle. »Außerdem ist es ja nicht so, als würdest du hier unbedingt gebraucht werden. Du hast jemanden, der den Club für dich managt.«

»Ist es ein heißer Manager?«, frage ich, denn hey, Vince hatte seine Chance.

»Der Club wird von einer Frau gemanagt«, entgegnet Vince.

»Hör auf, mich zu verurteilen«, motze ich.

Canon sieht zwischen uns hin und her und lacht erneut.

»Hör zu, Vince«, sage ich. »Ist es nicht besser, jemanden geliebt und verloren zu haben, als nie geliebt zu haben?«

»Was zur Hölle soll das jetzt bitte bedeuten?« Er kippt einen Kurzen hinunter und stellt das leere Glas geräuschvoll auf dem Couchtisch ab, ehe er es sich wieder in seinem Sessel bequem macht. »Ich habe keine Ahnung, welches Sprichwort du dieses Mal ruinierst.«

»Weißt du, ich bin mir auch nicht sicher. Ich dachte, das würde irgendwie Sinn ergeben, aber du hast recht, das tut es nicht.« Ich zucke mit den Schultern, da man nun mal nicht immer gewinnen kann. »Der Punkt ist, dass wir heute Abend eine tolle Zeit haben werden.«

»Ist das so?«

»Oh ja, ich bin mir ziemlich sicher. Oder wir werden verhaftet und jemand muss meine Haare halten, während ich kotze. Es könnte sich so oder so entwickeln. Schließlich ist es das Ungewisse, was die Sache erst spaßig macht, meinst du nicht?«

Scheiß drauf. Ich ordere bei der Kellnerin ein neues Tablett voll Kurzer. Diese eine Runde, die wir bisher hatten, wird auf jeden Fall nicht dafür sorgen, dass der Abend Fahrt aufnimmt. Außerdem geht der Alkohol auf Vince.

»Wir könnten nackt im Brunnen des *Bellagio* baden«, beginne ich all die fantastischen Ideen aufzuzählen, die ich für den heutigen Abend habe. Was beeindruckend ist, da ich in dieser Nacht eigentlich Sex mit Vince haben wollte. Zum Glück bin ich anpassungsfähig und kann schnell andere Pläne schmieden.

»Ähm, das können wir leider nicht machen«, wendet Canon ein. Das tut weh, da ich dachte, dass er heute Abend der Spaßvogel an meiner Seite sein würde. Moment, das ist nicht richtig. Ich dachte, er würde mein lustiger Sidekick sein. Wie ein Wingman eben. »Die Sicherheitsvorkehrungen dort sind heftig. Wir würden verhaftet werden, bevor wir uns auch nur zur Hälfte ausgezogen hätten.«

Das ist mal eine berechtigte Rückmeldung.

»Sie, Sir«, ich deute auf ihn, »sind soeben befördert worden. Trinken Sie noch einen weiteren Kurzen.«

Wir alle trinken einen.

»Okay, Nummer eins«, fange ich noch mal von vorn an. »Es gibt hier einen Ort, an dem wir schicke Rennwagen mieten und damit so schnell wir wollen eine Rennstrecke entlangbrettern können. Wie echte Rennfahrer!«

»Die haben schon vor Stunden zugemacht, außerdem haben wir Alkohol getrunken, weshalb sie uns nicht fahren lassen würden«, stellt Lawson klar.

Himmel, diese Typen.

»Na toll«, murre ich. »Ich nehme an, dass das bedeutet, dass der Ort, wo man einen Bulldozer bedienen kann, ebenfalls raus ist.«

»Wahrscheinlich ja«, stimmt Lawson zu. »Aber *TopGolf* hat auf.«

»Oh, kommt schon!« Frustriert werfe ich die Hände in die Luft. »Ich trage *Fuck-me*-Heels, da werden wir mit Sicherheit Golf spielen gehen. »Du«, ich deute auf Lawson, »trink noch einen Kurzen.« Ich blicke die drei finster an. »Wenn einer von euch jetzt auch noch ein Vier-Dollar-neunundneunzig-Cent-Buffet vorschlägt, dann weiß ich nicht, was ich tun werde ...«

Vince lächelt mich an. Wobei sein Lächeln eher ein Grinsen ist, ein kleines sexy Grinsen, das mir förmlich einen Schlag in die Magengrube versetzt und mich vergessen lässt, dass ich eigentlich bereits über ihn hinweg bin. Ich starre noch einen Moment länger auf seine Lippen und erinnere mich daran, wie sie sich auf meinen angefühlt haben. An die Straffheit seiner Brust, an den sanften Druck seiner Finger, mit denen er mein Kinn umfasst hatte. Mein Puls schnellt in die Höhe und ich lecke mir über die Lippen, als ich diesen verdammt perfekten Kuss nochmal vor meinem inneren Auge abspiele. Ich bin so was von nicht über ihn hinweg. Aber mal ehrlich, als würde ich das Schicksal infrage stellen. Schließlich bin ich nicht die Schicksalspolizei. Außerdem sind seit dem Kuss erst etwa zwanzig Minuten vergangen. Ich bin ja nun nicht aus Stein.

»Nummer eins«, setze ich erneut an, halte dann aber inne. Ich muss dieses Trio behandeln, wie ich normalerweise Bridezillas behandle. »Vergesst die Nummern. Ab jetzt arbeiten wir mit Buchstaben. Ihr habt die Wahl zwischen A und B. Verstanden?«

Canon und Lawson nicken. Vince zwinkert mir zu.

»Du.« Dieses Mal deute ich auf Vince. »Warum zwinkerst und flirtest du hier rum und bist darüber hinaus noch so hübsch und anziehend? Ich habe versucht, dir direkten Zugang zu gewähren, aber du hast abgelehnt! Trotzdem schaust du mich weiter an und sitzt da so nachdenklich und geheimnisvoll rum wie der wahr gewordene Bad-Boy-Traum einer jeden Frau. Siehst mich mit deinem perfekten Gesicht und deinen zum Dahinschmelzen braunen Augen an. Ziehst mich mit deinen Blicken praktisch aus, als würde dir gefallen, was du siehst. Du machst mich verrückt! Guck einfach«, ich wedle mit den Händen in der Luft herum, »irgendwo anders hin.«

»Direkten Zugang?« Jetzt lacht Vince lauthals und versucht nicht einmal meiner Forderung nachzukommen, er möge mich nicht länger ansehen. Nein, stattdessen schaut er mir direkt in die Augen und sein Grinsen wird zu einem trägen Schmunzeln, ehe er seinen Blick meinen Körper hinunter- und dann wieder hinaufwandern lässt. Langsam. Ganz bewusst. Aufreizend.

»Hör auf, mich anzugucken!«

Tut er nicht. Er sieht mich so an, als würde ich ihn faszinieren, und das ist mein Kryptonit. Moment, habe ich je herausgefunden, ob ich dieses Wort korrekt verwende? Ich glaub nicht. Wie dem auch sein, auf jeden Fall mag ich, wie er mich ansieht. Ich glaube nicht, dass mir dieser Blick von ihm einen langsamen und qualvollen Tod bescheren wird. Nein, definitiv nicht.

Vielleicht.

Okay, wahrscheinlich schon.

»Konzentriert euch, Leute«, ermahne ich. »Zurück zu euren Wahlmöglichkeiten. Option A: Wir können vom Dach des *Stratosphere* in die Tiefe springen, oder Option B: Wir fahren eine Runde mit der New Yorker Achterbahn.«

»Was ist Option C?«, fragt Canon mit zusammengezogenen

Brauen. Ich glaube, er ist nicht sonderlich beeindruckt von meinen Ideen.

»Es gibt keine Option C.« Ich funkele ihn finster an. »A oder B. Schluss, Aus, Ende.«

10. Kapitel

Wie sich herausstellt, ist Option C Fremont Street. »Old-school Vegas«, sagte Canon.

Egal, wir werden trotzdem Spaß haben. Achterbahnen und Alkohol sind sowieso keine gute Kombination. Wir fahren mit einem der Autos, die vor dem Stripclub bereitstehen, da es scheinbar zum Geschäft gehört, Kunden eine kostenlose Autofahrt zu offerieren. Ich habe Vince offenbart, dass seine Kunden mit Sicherheit kein Geld für Lapdances haben, wenn sie nicht mal ein paar Dollar für ein Taxi ausgeben wollen. Er hat das nicht lustig gefunden. Da liegt er falsch, aber das ist schon in Ordnung, denn ich bin nicht nachtragend.

Eigentlich ist es bis Fremont nicht weit, aber es ist Samstagabend in Vegas, also brauchen wir für die knapp fünf Kilometer zwanzig Minuten. Zwanzig Minuten, die ich auf dem Rücksitz gegen Vince gepresst verbringe. Zwanzig harte, lange Minuten.

Zumindest für mich. Keine Ahnung, was Vince dabei fühlt.

Ich liebe es, so gegen ihn gedrückt dazusitzen. Auf der Rückbank ist mehr als genug Platz, sodass ich nicht so gut wie auf seinem Schoß sitzen müsste, aber warum nicht eine Gelegenheit beim Schopfe packen, wenn sie sich einem bietet? Er ist warm und weich und gleichzeitig hart und zum Anbeißen. Ich weiß, dass ist ein Oxymoron – weich und hart zugleich. Aber er ist so perfekt maskulin. Groß und stark, aber dennoch ist seine Schulter ein so wunderbares Kissen für meinen Kopf.

»Hast du's gemütlich?«

Also ist meine Anschmiegsamkeit nicht unbemerkt geblieben.

»Nicht so gemütlich, wie ich es auf deinem Schreibtisch gehabt hätte«, antworte ich.

Er schnaubt und ich frage mich, ob er auf einer Art selbstauferlegtem Sexentzug ist, so wie Menschen, die auf Zucker oder Gluten verzichten, nur hundertmal schlimmer.

Auf meiner anderen Seite scrollt Canon durch sein Handy und ignoriert uns. Lawson sitzt vorn und unterhält sich mit unserem Fahrer über Hockey. Zumindest glaube ich, dass es um Hockey geht. Auf jeden Fall ist es etwas Irrelevantes, das steht fest.

Wir halten vor dem *Golden Nugget*. Der Bürgersteig ist auf Canons Seite, darum lasse ich mir Zeit beim Aussteigen, da ich weiß, dass Vince meinen Hintern anstarren muss, wenn ich mich ein wenig hinabbeuge, um aus dem Auto zu klettern. Zufrieden mit meinen Verführungstechniken, bleibe ich auf dem Bürgersteig stehen, und wackle ein wenig mit dem Po, während ich meine Haare über meine Schulter streiche und einen Schritt zur Seite trete.

Aber Moment mal.

Vince ist einfach auf der anderen Seite ausgestiegen und hat meine gesamte Performance verpasst. Ich seufze hörbar und Canon dreht sich zu mir um.

»Entspann dich«, sagt er. »Das hier ist besser als Sky-Jumping, vertrau mir.«

»Es ist toll.« Ich zwinge mich zu einem Lächeln, denn er hat recht. Ich wollte ja nicht mal wirklich zum Sky-Jumping. Auch wenn ich nicht drauf rumreiten möchte, aber meine Haare sitzen heute super und meine Fönaktion wäre völlig umsonst gewesen, wenn ich vom Dach eines Gebäudes springen würde.

Wir machen uns auf den Weg und Canon dreht sich grinsend zu mir um. »A oder B«, stellt er mich vor die Wahl und lächelt dabei. »A heißt, wir spielen Craps. B heißt, wir spielen Bakkarat.«

Ich zucke mit den Schultern. »Ich kenne keins dieser beiden Spiele, also sage ich einfach A.«

Wie sich herausstellt, bin ich ziemlich gut im Craps. Logisch gesehen weiß ich, dass man nicht gut in etwas sein kann, bei dem es einfach nur ums Glückhaben geht, aber ich bin nicht wählerisch und ganz offensichtlich habe ich ein echtes Faible, wenn es darum geht, die Zahl Sieben zu würfeln.

Ich habe auch ein Faible fürs Spaßhaben.

EIN TEQUILA ...

»Auf die Tiger!« Ich hebe mein Glas zum Toast. »Prost!«

Verdammte Großkatzen.

Ich gebe den Tigern für alles, was als Nächstes passiert, die Schuld.

Die Schuld auf den Tequila zu schieben, wäre logischer, aber nichts von den kommenden Geschehnissen ist logisch, von daher können die Tiger auch die Verantwortung tragen.

ZWEI TEQUILA ...

»Was möchtest du, Payton?«

»Spaß. Ich möchte Spaß haben.«

»Vielleicht bin ich nicht an Spaß interessiert.« Vince steht ganz dicht vor mir, hat seinen Blick fest auf mich gerichtet und sein Gesichtsausdruck ist schwer zu lesen.

»Du führst einen legitimisierten Stripclub. Spaß ist praktisch dein zweiter Vorname.«

»*Legitimisierten*?« Vinces Wundwinkel heben sich und ein amüsiertes Funkeln tritt in seine Augen. Dunkelbraune Schokoladenaugen mit Flecken aus Bernstein, Honig und Begierde darin. Begierde ist eine Farbe, vertraut mir.

»Ja, das ist, wenn etwas zu cool ist, um damit aufzuhören.«

»Nein, ist es nicht.« Vince schüttelt den Kopf und grinst von einem Ohr zum anderen.

»Ich bin mir ziemlich sicher, dass das damit gemeint ist«, entgegne ich, werde aber unterbrochen, weil seine Lippen plötzlich auf meinen liegen. Er schmeckt nach teurem Alkohol und großartigen Ideen.

DREI TEQUILA ...

»Wir zwei zusammen sind eine hervorragende Idee«, sage ich zu Vince.

»Sind wir das?«

»Die beste Idee überhaupt.«

»Hm«, murmelt er an meinem Ohr, weil er gerade an meinem Ohrläppchen saugt. Heiligt den Herrn!

»Weißt du, was wir machen könnten?«

»Was denn?«

»Wir könnten hinter dieser Pinball-Maschine da rummachen.« Wir sind gerade in einer Spielhalle, denn mal ehrlich, wer mag keine Spielhallen? Außerdem war Option A Seilrutschen und das wollte keiner der Männer.

Geständnis: Mir war klar, dass sie keine Lust dazu haben würden, was auch der Grund ist, warum ich es als Option zusammen mit der Spielhalle genannt habe. Ich habe eine echte Schwäche für Skeeball.

»Ich glaube nicht, dass das funktionieren würde.«

»Warum nicht?«

»Weil die Pinball-Maschine kein Tarnumhang und öffentliche Unzucht in Las Vegas illegal ist.«

»Oh mein Gott. Du kannst Dirty Talk! Das ist so viel mehr, als ich verdient habe. Sag noch einmal Unzucht.«

VIER ...

»A oder B?«, verkünde ich mindestens zum zehnten Mal heute Abend und werfe die Arme in die Luft. Der riesengroße Slushy, den ich in der Hand halte, würde wahrscheinlich überschwappen, wenn ich ihn nicht schon zur Hälfte getrunken hätte. Überschwappen, so ein tolles Wort. »Wir haben noch immer keinen Tiger gefunden.« Traurig blicke ich die Fremont Street hinauf und hinunter. Keine Wildkatze in Sicht.

»Ich glaube nicht, dass ein Tiger ein vernünftiges Ziel für heute Nacht war, Süße«, kommentiert Vince, der neben mir steht.

»Niemand wird mir sagen, wie groß meine Träume sein dürfen, Vince.« Diesen Rat habe ich während meiner Life Coaching Session gehört. Jetzt scheint der perfekte Zeitpunkt, um ihn in die Tat umzusetzen.

»In Ordnung«, antwortet er einsichtig.

»Ich werde mir einen auf den Arsch tätowieren lassen. Das wird zählen.«

»Du wirst nichts dergleichen tun.«

»Ich wusste, dass du meinen Hintern magst. Ich wusste es! Übrigens habe ich nichts gegen Butt-Stuff.«

»Das hast du mir schon vor einer Stunde gesagt.«

»Habe ich das? Oh.«

»Was ist B, Payton?« Vince grinst, als wäre er ein besonders cleverer Bursche. Als würde mich die Wahl zwischen einem simplen A oder B von meinen Tigerplänen ablenken. »Wenn Option A ist, dass du dir einen Tiger auf den Arsch tätowieren lässt, was ist dann Option B?«

»Heiraten.« Gott, er hält sich für so wahnsinnig schlau – tja, nimm das, Mr Schlaumeier.

»Scheint eine klare Entscheidung zu sein, nicht wahr?«

»Mhm.« Ich denke, ich werde etwas Geschmackvolles wählen, wie einen Tiger mit einem Pinnchen in der Pfote. Etwas, das mich an diese Nacht erinnert.

»Also Option B.«

Ihr wisst, was man über Vegas sagt, oder? Frag nichts, sag nichts.

Nein Quatsch, ich mache nur Spaß.

Ich werde euch alles erzählen.

Gebt mir nur einen Moment. Und eine Aspirintablette.

11. Kapitel

Oh Gott.

Okay, gebt mir eine Sekunde. Ich komme damit klar – natürlich tue ich das. Schließich bin ich keine Amateurin, verdammt noch mal, ich vertrage einiges an Alkohol. Womit ich sagen will, dass ich nicht soo betrunken war. Was wiederum heißen soll, dass ich keinen Blackout hatte. Was bedeutet, dass ich noch genug weiß, um mich daran zu erinnern, wie ich in der Honeymoon-Suite des *Windsor* gelandet bin. Die Details sind vielleicht ein wenig unklar, sicher. Aber das bedeutet nicht, dass man sich nicht erinnert. Es bedeutet nur, dass die Details in der entsprechenden Situation mehr Sinn gemacht haben als am nächsten Tag. Das ist alles.

Ich bin verheiratet. Mit Vince. Dieser Teil wäre auch ohne den glänzenden, goldenen Ehering an meinem Finger, der unverrückbar davon zeugt, absolut klar. Ich erinnere mich an das meiste, wenn auch vielleicht etwas verschwommen. Ich bin mir sicher, dass diese Situation gestern Nacht mehr Sinn ergeben hat, aber Tequila macht nun mal solche Dinge mit dir.

Canon war meine Brautjunger. Dieser Teil ist ein wenig verschwommen, aber ich entsinne mich, dass er *Shotgun, Brautjungfer!* gerufen hat, um sich den Vordersitz im Auto zu sichern. Dann hat er sich um die Fotos gekümmert und darauf bestanden, uns eine kostenlose Übernachtung in der Honeymoon-Suite zu schenken. Außerdem war er wirklich sehr auf diesen Bullshit fixiert, dass man zur Hochzeit mit etwas Altem, etwas Neuem, etwas Geliehenem und etwas Blauem aufwarten soll, die restlichen Details sind mir leider entfallen.

Moment, es ist die Suite. Er sagte, sie sei neu, weil hier noch nie wirklich jemand übernachtet hätte. Und geborgt, weil er sie uns für die Nacht zur Verfügung stellte. Er meinte, dass Vince das Alte sei, das man dabeihaben sollte. Aber was zur Hölle war das Blaue? Wartet – es war die Dusche. Alle Suiten in diesem Hotel verfügen über Badezimmer mit blauen Fliesen. Ich stöhne so leise wie möglich, um Vince nicht zu wecken, und lege eine Hand über meine Augen.

Die verdammte Dusche. Ich glaube nicht, dass ich je wieder duschen kann, ohne erregt zu werden. Niemals. Wahrscheinlich muss ich es mir für den Rest meines Lebens bei jeder Dusche einmal selbst besorgen, weil ich jetzt darauf konditioniert bin, das Duschen mit dem Anblick von Vince zu verbinden. Nackt. Nackt und nass und schaumig – und darüber hinaus sehr großzügig mit seiner Zunge.

Mit *großzügig* meine ich talentiert und vermutlich im Besitz magischer Kräfte.

Wissenschaftler sagen, dass es einundzwanzig Tage dauert, bis man eine Gewohnheit entwickelt hat, aber niemand von denen hatte jemals Vinces Zunge an seiner Klit, von daher denke ich, dass sie keine Ahnung haben, wie schnell man eine Angewohnheit entwickeln kann. Denn oh, heiliger Herr im Himmel, vertraut mir, wenn ich euch sage, dass es nur eine Nacht mit Vinces Zunge braucht, um sie regelmäßig zu wollen. Wobei, wenn ich jetzt so darüber nachdenke, dann stammt die Angabe mit den einundzwanzig Tagen doch aus einem *Facebook*-Post, also stimmt sie wahrscheinlich gar nicht. Vinces Zunge hingegen ist eine wahre Offenbarung, das kann ich euch versprechen.

Es war eine wirklich tolle Nacht.

Eine perfekte Nacht.

Die beste, die ich je hatte.

Ich muss diese Erinnerungen festhalten, da mich Vince umbringen wird, wenn er aufwacht. Und ganz ehrlich? Das kann ich nicht ertragen. Noch nicht. Nicht nachdem er mich gestern Nacht so angesehen hat. Als wäre mich zu heiraten die beste Entscheidung seines Lebens gewesen. Letzte Nacht hat er mich daran glauben lassen, dass Liebe auf den ersten Blick, Märchen, Happy Ends und ewige Verbundenheit tatsächlich existieren. Zugegeben, es könnte auch am Tequila gelegen haben. Wie dem auch sei, ich kann mir jedenfalls nicht vorstellen, dass er heute aufwachen und mich fragen wird, ob ich seine Mutter kennenlernen möchte. Auf einer Skala von eins bis zehn liegt diese

Wahrscheinlichkeit bei eins. Er wird aufwachen und mich ansehen, als wäre ich ein Fehler, den er in betrunkenem Zustand begangen hat. Und dann fordern, dass wir die Ehe so schnell wie möglich annullieren.

Was ich verstehen könnte, wirklich. Ich kenne ihn seit einem Tag und es ist ja nicht so, als wären wir ineinander verliebt oder so was. Das wäre dämlich. Auch wenn solche Situationen hin und wieder mal vorkommen. Vor allem in Filmen, aber manchmal passiert es auch der Cousine der Freundin deiner Nachbarin. Von daher könnte es durchaus geschehen. Aber nicht bei uns, denn von uns beiden ist nur eine verrückt.

Es sei denn ...

Es sei denn, es hat ihn so umgehauen, wie viel Spaß man mit mir haben kann, dass er beschlossen hat, mir einen Ring an den Finger zu stecken? Zweifelhaft, aber möglich. Schließich bin ich ein echt guter Fang. Ich habe einen Collegeabschluss und einen Job. Einen Job mit Sozialleistungen! Ich frage mich, ob er eine Krankenversicherung benötigt. Jetzt, wo wir verheiratet sind, könnte ich ihn in meine Krankenversicherung aufnehmen. Ich wäre eine Ehefrau mit gewissen Vorzügen, was viel besser ist, als eine Freundin mit gewissen Vorzügen zu sein, da er dadurch sowohl eine bezahlbare Krankenversicherung als auch Sex bekommt.

Aber das ist höchstwahrscheinlich kein überzeugendes Argument, vor allem, weil ich wette, dass er bereits krankenversichert ist. Er wirkt, als habe er sein Leben im Griff. Mal abgesehen von der Tatsache, dass er mich gestern Nacht geheiratet hat, versteht sich. Wie dem auch sei, ich kann ihm heute Morgen nicht gegenübertreten. Ich kann es einfach nicht. Mir ist bewusst, dass ich es irgendwann muss, aber heute ist nicht der richtige Zeitpunkt dafür. Verdiene ich nicht wenigstens einen einzigen Tag? Einen Tag, um in den Erinnerungen an die beste Nacht meines Lebens zu schwelgen? Einen Tag, an dem ich so tun darf, als gäbe es solch stürmische Romanzen wirklich?

Einen Tag, an dem ich an die Liebe glaube.

Einen Tag, an dem ich so tue, als würde sie existieren.

Das klingt fair.

Zumindest ein bisschen.

Fair, wenn man in einer Glockenkurve veranschaulicht, dass einer von uns das bekommt, was er will, und der andere nicht. Moment, ist das, was ich meine, wirklich eine Glockenkurve? Nein, ich denke nicht, dass ich diesen Begriff auch nur annähernd korrekt verwende.

Ich betrachte Vince noch ein letztes Mal, ehe ich aus dem Bett steige. Er liegt auf dem Rücken, eine Hand ruht auf seinem Bauch und die andere auf meiner Schulter, da ich mich wie ein begieriges Kätzchen an ihn geschmiegt habe. Er trägt einen goldenen Ring an seiner linken Hand, jener, die auf seinem Bauch ruht. Seinem Bauch mit dem perfekten geformten Sixpack. Er hat auch diese V-förmigen Muskeln, ihr wisst schon, diese seitlichen Bauchmuskeln, die Frauen verrückt machen? Er hat sie. Und sie führen direkt zum Heiligen Gral aller Penisse. Meine Vagina pulsiert allein bei seinem Anblick. Im wahrsten Sinne des Wortes. Sie pulsiert voll unerfülltem Verlangen, denn alles, was ich gestern Nacht in mir hatte, waren seine Zunge und ein Finger, darum muss ich schleunigst aus diesem Bett raus, ehe ich etwas noch Dümmeres tue, als ihn zu heiraten. So etwas, wie ihn mit der Forderung, auf seinem Schwanz reiten zu dürfen, aufzuwecken, nur damit er einen Moment später der Tatsache gewahr wird, dass er gestern Nacht seinen Verstand verloren und eine verrückte Frau geheiratet hat.

Ihn einen weiteren Moment begierig anzustarren, muss reichen. Gibt es etwas, das sexyer ist, als ein heißer Mann mit einem Ehering am Finger? Nach dem Motto: Seht euch diesen heißen Kerl an, der sich den Rest seines Lebens nur einer einzigen verdammten Frau verpflichtet hat. Rawr. Geht es nur mir so? Das kann nicht sein.

Und einen Ring am Finger des Mannes zu sehen, der zu einem gehört?

Ein ganz neues Level, was heiß und sexy angeht.

Auch wenn es nur temporär ist.

Vielleicht sollte ich rasch ein Bild von diesem Anblick

machen. Die Decke bedeckt sein bestes Stück, also ist es nicht gänzlich aufdringlich, wenn ich ihn fotografiere, während er schläft, oder? Auf jeden Fall nicht aufdringlicher, als ihn zu heiraten, während er betrunken war.

Oder hat er mich geheiratet, während ich betrunken war?

Hm?

Wir haben beide getrunken, also tragen wir auch beide die Schuld. Das brauche ich auch gar nicht versuchen, vernünftig zu erklären, da es schlicht und ergreifend die Wahrheit ist. Dennoch ist das Ganze weiterhin ein Durcheinander. Ein großes, verdammtes Durcheinander. Eines, mit dem ich mich lieber morgen auseinandersetzen will, was auch der Grund ist, dass ich jetzt gehen muss. Ich löse mich aus seinen Armen und schlüpfe aus dem Bett, ehe ich einen letzten bedauernden Blick auf Vince werfe und mich zum Gehen wende.

Er hat auch schöne Lippen. Ich glaube nicht, dass ich diesen Lippen genug Anerkennung gezollt habe, da mich seine Zunge einfach so dermaßen abgelenkt hat. Aber seine Lippen ... Mhm. Sie sind voll, weich, und er kann gut damit saugen.

Konzentrier dich, Payton.

Ich finde mein Handy und sehe, dass ich bereits ein Foto von Vince mit seinem Ehering am Finger habe. Was mir auffällt, weil ich besagtes Bild zum Bildschirmschoner meines Handys gemacht habe.

Immerhin sind mein betrunkenes und mein nüchternes Ich einheitlich.

Einheitlich durchgeknallt.

Wäre es nicht toll, wenn mein betrunkenes Selbst eine Art geheimes Genie wäre, das schwierige Dinge wie solide Finanzinvestments in die Hand nimmt, statt einfache Dinge wie das Heraussuchen eines guten Fotos von Vince? Die betrunkene Payton hat allerdings ein wirklich gutes Foto ausgewählt. Das muss ich ihr lassen.

Meine Kameragalerie ist randvoll mit Selfies von gestern Nacht. Auf der Fremont Street. Vor der Kapelle. Im Bett. Auf manchen Bildern ist Vince allein zu sehen. Manchmal lächelt er, dann wirkt er wieder nachdenklich. Auf anderen Bildern ist deutlich, dass er keine Ahnung hatte, fotografiert zu werden. Die meisten sind von uns beiden. Lächelnd, lachend, ich Grimassen schneidend, während Vince ganz normal in die Kamera guckt.

Wir. Ich stoße heftig die Luft aus. Ein *Wir* gibt es nicht, Payton.

12. Kapitel

Nachdem ich meine Klamotten, die in der Hotelsuite verstreut lagen, eingesammelt habe, kleide ich mich leise an und schlüpfe zur Tür hinaus, meine *Fuck-me*-Heels in der Hand und einen Stoffhai unter dem Arm. Als ich im Flur stehe und die Tür der Suite hinter mir geschlossen habe, ziehe ich mir die High Heels an. Vince hat den Hai gestern Nacht für mich in der Spielhalle gewonnen und ich plane, mit ihm in meinem Bett einzuschlafen, bis ich vierzig bin.

Ich schicke ein stummes Dankgebet gen Himmel, weil heute Sonntag ist, was bedeutet, dass ich meinen Walk of Shame durch das Hotel – das Hotel, in dem ich arbeite – hinter mich bringen kann und dabei nur so wenigen Kollegen wie irgend möglich begegnen muss.

Ich habe mein Auto gestern zu Hause gelassen, weil mein Plan besagte, Vinces Schwanz vom Double Diamonds nach Hause zu reiten, also bestelle ich mir im Fahrstuhl ein Uber. Dann gehe ich hocherhobenen Hauptes durch die Lobby und winke auf dem Weg zum Taxistand Henry zu, der heute Dienst als Hotelpage hat, und Renee, die hinter dem Empfang sitzt. Scheiß auf sie. Das hier könnte mein Outfit für die Sonntagsmesse sein. Ich werde mich von ihnen nicht verurteilen lassen. Trotzdem seufze ich erleichtert auf, als ich im Uber sitze. Gott, gestern Nacht hat echt Spaß gemacht. So viel Spaß hatte ich noch nie. Natürlich habe ich das Haus mit der Absicht verlassen, einen lustigen Abend zu verbringen, aber solche Nächte kann man nicht planen. Man kann nicht planen, dass man so viel zu lachen hat, dass man die Beine zusammenpressen muss, um sich nicht anzupinkeln. Man kann nicht planen, zu stolpern und fast mit einem Motorrad fahrenden Elvis-Imitator samt einem Papageien auf der Schulter zu kollidieren, ehe du gerade noch rechtzeitig von Vince zurückgezogen wirst, der *Zur Hölle damit* sagt und dich dann küsst, bis dir der Atem wegbleibt und du nicht mehr weißt, ob die beinah erlebte Nahtoderfahrung oder sein Mund dafür verantwortlich ist. Man kann auch nicht planen, auf Slush-Eis zu stoßen, das in riesengroßen, penisförmigen Verpackungen verkauft wird. Das ist einfach nur pures Glück.

Man kann nicht wissen, dass der Kauf eines Stücks Pizza die Erinnerung an eine Halloweenparty im College anstoßen wird, auf der du einen Waschbären für eine Katze gehalten hast. Weshalb du die Tür des Verbindungshauses für das Tier offengelassen hast, während du noch dachtest, wie cool es sei, dass sie eine Verbindungskatze haben. Aber dann klaute die Verbindungskatze ein Pizzastück direkt aus dem Karton und alle rasteten aus, weil es sich als Verbindungswaschbär entpuppte. Der Begriff *Verbindungswaschbär* bringt dieses Mal alle noch mehr zum Lachen als damals.

»Ich liebe es, wie du ihn zum Lachen bringst«, sagt Canon. Mir ist klar, dass er Vince meint, weil wir Lawson bei der letzten Trinkrunde irgendwo verloren haben. Es ist schwer, den Überblick zu behalten, wenn man trinkt. Ich nehme an, das bezieht sich eher auf die Dinge, die man dann so macht, und nicht auf die Mitmenschen, aber mal ehrlich, auf Menschen trifft es auch zu. Denn es ist wirklich schwierig, in Vegas den Überblick über sie zu behalten.

»Aber wie lacht er? Ist es eher ein Haha, ich will dich ficken *oder ein* Haha, ich halte dich für einen Clown*?«*

»Er hält dich nicht für einen Clown.«

»Canon Reeves, du bist der beste Wingman überhaupt.«

»Das«, er deutet mit seinem Bier auf mich, »ist eine Tatsache. Dafür bekomme ich wirklich nicht genug Anerkennung.«

Man kann auch nicht wissen, dass Vince Rossi extrem gut im Dirty Talk ist und mich mit seinem Können um Längen übertrumpft, und dass er tatsächlich mein Kryptonit ist, egal, was das Wort bedeutet. Er ist es. Er ist alles. Absolut alles.

»Ich brauche dich, Vince.«

»Tust du das? Ist deine Pussy schon feucht für mich, Payton? Feucht und begierig auf meinen Schwanz?«

»Das ist sie tatsächlich.«

»Vielleicht bekommst du ihn später.«

»Bitte.« Ich lehne mich zu ihm und hauche ihm das Wort entgegen. Er ist so ein verdammter Quälgeist.

»Ich mag es, wenn du bettelst.«

»Heiliger. Ich krieche auf dem Boden und öffne deinen Gürtel mit den Zähnen, wenn es das ist, worauf du stehst.«

Das ist zum Teil eine Lüge, da ich keine Ahnung habe, wie man einen Gürtel mit den Zähnen öffnet.

»Ich würde dich viel lieber mit dem Gesicht nach unten auf meinem Bett sehen, den Arsch nach oben gestreckt, während mein Sperma deine Oberschenkel runterläuft.«

Ach. Du. Heilige. Scheiße. Heillliiiige Scheiße.

»Das wäre okay«, bringe ich schließlich so nonchalant wie möglich über die Lippen.

»Es wird besser als okay, das kann ich dir versprechen.«

Man kann nicht wissen, dass die Wahl zwischen Option A, sich einen Tiger auf den Hintern zu tätowieren, und Option B, einander zu heiraten, darin mündet, dass man am Ende der Nacht einen Ehemann hat. Klar, ich wusste, dass er meinen Arsch mag. Aber so sehr, dass er mich heiraten würde, um mich davon abzuhalten, ihn mit einem Tiger zu verschandeln? Nein, ich hatte nicht den Hauch einer Ahnung.

»Ich, Payton, nehme dich, Vince zu meinem rechtmäßig angetrauten Ehemann. Vor diesen Zeugen hier verspreche ich, dass ich mir niemals ein Tigertattoo auf den Hintern stechen lassen werde. Wirklich niemals.«

»Und?«, hakt Vince nach.

Oh, ja. »Ich verspreche, dass ich hiermit meinen letzten Freifahrtschein ausgehändigt habe. Bis dass der Tod uns scheidet.«

Wenn ich all das hätte planen können, wäre ich die Eventplanerin des Jahrhunderts. Doch das Ganze war eher ein adrenalinbefeuerter, hormongesteuerter und alkoholgetriebener Zufall.

Nur dass wir hier wieder eine andere Interpretation von

Fügung haben. Und wir wissen alle, dass Fügung nur ein langweiliges Wort für Schicksal ist, also ist vielleicht nichts davon meine Schuld. Mit dieser Erklärung kann ich mich anfreunden, da ich eine vernünftige Person bin, aber ich weiß nicht genug über meinen Ehemann, um sagen zu können, dass es bei ihm genauso aussieht.

Mein Ehemann. Ehemann. Das ist so ein gutes Wort, oder? Vielleicht hat meine Mutter deshalb so oft geheiratet? Vielleicht ist das eins der Dinge, die ich nur als Erwachsene an ihr schätzen kann? Ich denke einen Moment darüber nach und beschließe, dass es das nicht ist und ich es nicht schätzenswert finde.

Dann bin ich endlich zu Hause. Der Fahrer des Ubers hält vor meinem Appartementgebäude, weshalb ich endlich aufhören kann, über sinnlosen Scheiß zu sinnieren, um vielmehr damit anzufangen, mir über die wirklichen Probleme in meinem Leben Gedanken zu machen. Nämlich, ob ich noch *Cheez-Its* habe oder nicht. Doch wie sich herausstellt, habe ich noch größere Probleme, denn als ich die Haustür aufschließe, steht Rhys in meiner Küche.

Oh, Heiliger, Rhys und Lydia. Ich habe völlig vergessen, dass Lydia ja letzte Nacht ihre Unschuld verloren hat, weil ich mit meiner Hochzeit abgelenkt war. Ich bin die schlechteste Freundin der Welt. Außerdem habe ich Rhys zuvor noch nicht persönlich kennengelernt, also ist das ein bisschen unangenehm. Für ihn, versteht sich, nicht für mich. Ich bin nicht diejenige, die keinen hochkriegt, ohne dafür zu bezahlen. Aber trotzdem fragt man sich doch, warum ich nicht zumindest einen dieser Typen auf normale Art und Weise kennenlernen konnte, oder nicht?

Lydia kommt aus ihrem Schlafzimmer und stellt uns einander vor. Dann wirft sie mir einen prüfenden Blick zu. »Payton, warum trägst du noch dieselben Klamotten, die du gestern anhattest?« Süße, ahnungslose Lydia. Verflucht sei mein Leben, ich kann nicht einmal fünf Minuten durchatmen.

»Tue ich das? Ähm, ich ... genug von mir. Wie war der Sex

gestern Nacht?« Einerseits ist diese Frage Ablenkung, andererseits möchte ich es jedoch auch wirklich wissen. Ich habe meine Jungfräulichkeit an einen Typen aus der Highschool verschenkt, der wahrscheinlich noch immer denkt, dass es der beste Sex meines Lebens war. War es natürlich nicht.

»Payton!« Lydia ist beschämt. »Ich werde dir nicht erzählen, wie Rhys im Bett ist, wenn er direkt hier neben uns steht.«

Das ist einzusehen. Wenn sie damit meint, dass sie es mir später erzählen wird. Wenn nicht, dann ist es Bullshit.

»Was habt ihr beiden für heute geplant?« Ich sehe zwischen ihr und Rhys hin und her, irritiert darüber, warum er in unserem Appartement ist. Vermutlich hat er sie nach ihrer ausschweifenden Nacht nach Hause gebracht, aber ich habe keine Ahnung, warum er immer noch hier ist.

»Ich packe nur ein paar Sachen zusammen«, sagt Lydia und geht zurück in ihr Zimmer. »Rhys möchte, dass ich eine Weile bei ihm bleibe.«

Oh, stimmt, die Sache mit dem Monat. Ich hatte gehofft, dass wir uns dieser Angelegenheit langsam nähern, indem wir Lydia teilen, wie man ein Kind im Rahmen einer Sorgerechtsvereinbarung teilt. Er bekommt sie an jedem Mittwoch und alle paar Wochenenden und ich den Rest der Zeit.

Ich spüre einen Kloß im Hals, als mir klar wird, dass es das war. Sie packt ihre Sachen, um die nächsten vier Wochen bei ihm zu verbringen, was bedeutet, dass ich sie nie wieder zurückbekommen werde. Sie wird bei ihm einziehen, ihm Schmortopfgerichte machen und ihm lose Knöpfe wieder an sein Hemd nähen, als wären wir zurück im Jahre 1957. Und er wird sich in sie verlieben und sie für immer in seinem Elfenbeinturm behalten.

»Ich lebe in einem Hotel, nicht in einem Schloss«, erwidert Rhys und sieht mich an, als wäre ich völlig verrückt, wodurch mir klar wird, dass ich möglicherweise einen Teil meiner Gedanken laut ausgesprochen habe. Tja, verklagt mich doch, es war eine lange Nacht und ich bin völlig dehydriert.

13. Kapitel

Nachdem Rhys und Lydia weg sind, hole ich mir eine Schachtel *Cheez-Its* und eine Flasche *Gatorade* und nehme beides mit mir unter die Dusche. Was denn? Als ob ihr nach einer harten Nacht noch nie Cracker unter der Dusche vertilgt hättet. Ich bin einfach nur eine Frau, die ihr Bestes versucht. Verurteilt mich nicht. Außerdem reicht die Anrichte in meinem Badezimmer direkt bis zur Dusche. Eigentlich waren die Cracker also gar nicht wirklich *in* der Dusche. *Eigentlich* ist ein Wort, dass die Leute benutzen, wenn sie ihr Verhalten verschleiern und von Informationen ablenken wollen, bei denen sie es möglicherweise bereuen, sie dir anvertraut zu haben.

Als ich mich abgetrocknet habe und zur Hälfte in meine Yogahose geschlüpft bin, vibriert mein Handy unter dem Eingang mehrerer Textnachrichten. Textnachrichten von Canon, komischerweise. Komisch, weil ich Canons Handynummer nicht habe und ihn nie zu meinen Kontakten hinzugefügt habe. Trotzdem steht er jetzt als Sender der Nachrichten auf meinem Display.

Canon Reeves: *Vince sucht dich.*

Canon Reeves: *Wie war die Honeymoon-Suite?*

Canon Reeves: *Hinterlass online mal eine gute Bewertung. Das ist das Mindeste, was du tun kannst.*

Canon Reeves: *Eine Bewertung über die Suite, nicht Vince. Letzteres würde die Bewertung zunichtemachen.*

Ich: *WIE ZUR HÖLLE KANN ES SEIN, DASS DU IN MEINEM HANDY EINPROGRAMMIERT BIST, UND WOHER HAST DU MEINE NUMMER?*

Canon Reeves: *Oh, das war leicht.*

Ich: *Wirklich?*

Canon Reeves: *Ja. Ich habe deine Nummer aus deiner Mitarbeiterakte. Dann habe ich mich in dein Handy gehackt und mich selbst als Kontakt hinzugefügt, damit meine Nachrichten unter meinem Namen erscheinen würden und du mir antworten würdest. Gern geschehen.*

Ich: *WIRKLICH?*

Canon Reeves: *Ja, wie gesagt, das ist nicht sonderlich schwierig.*

Ich: *Das meinte ich nicht mit WIRKLICH, du Idiot, sondern die UNANGEMESSENE Verwendung meiner persönlichen Daten.*

Canon Reeves: *Oh, dann wolltest du keine Vorwarnung, dass Vince auf dem Weg zu dir ist?*

Ich: *Auf dem Weg wohin?*

Canon Reeves: *Zu deinem Appartement.*

Ich: *Woher weiß er, dass ich zu Hause bin ...?*

Canon Reeves: *Dank der standortbezogenen Dienste auf deinem Handy. Das ist ganz leicht.*

Ich: *OMG.*

Canon Reeves: *Nein, wirklich. Ein Kind könnte auf diese Weise deinen Standort herausfinden.*

Ich: *NICHT, WAS ICH MEINTE.*

Canon Reeves: *Soll ich Vinces Nummer zu deinen Kontakten hinzufügen? Ich wollte es bereits machen, war mir aber nicht sicher, unter was ich ihn abspeichern sollte. Vince Rossi? Ehemann? Liebling? SCHATZI?*

Ich: ...

Canon Reeves: ...

Ich: *Also hast du mich gehackt, gestalkt und Vince meine Adresse gegeben?*

Canon Reeves: *Er weiß, dass ich das kann. Was hätte ich machen sollen? Nein sagen?*

Ich: *Ja?*

Canon Reeves: *Zieh mich da nicht mit rein, Bro. Er ist mein Freund, aber ich verspüre dir gegenüber eine gewisse Loyalität, seit du mich gestern Nacht zu deiner Brautjungfer gemacht hast.*

Ich: *Das habe ich ein wenig anders in Erinnerung ...*

Canon Reeves: *Ich habe deinen verdammten Schleier ausgesucht. Lass mir gefälligst diesen Moment.*

Ich möchte gerade antworten, als jemand gegen die Wohnungstür zu hämmern beginnt. Das Geklopfe ist zu viel des Guten, denn die Appartements hier haben Klingeln. Offensichtlich ist es Vince. Es sei denn, ich befinde mich plötzlich in einer Folge des Mörder-Mystery-Programms und ein Serienkiller hat sich zufällig diesen Moment ausgesucht, um an meine Tür zu klopfen.

Ein Blick durch den Spion bestätigt: Es ist Vince.

Canons Vorwarnungen sind echt für nichts gewesen. Meine Haare sind noch immer feucht, während Vince ganz eindeutig Zeit hatte, zu duschen, sich zu rasieren und herzufahren. Außerdem trägt er nicht mehr dieselben Klamotten wie gestern, also war er auch schon zu Hause. Er sieht gut aus. Ich wette, er hat nicht mit einer Packung Cracker geduscht.

Er hört auf, zu klopfen, und bedenkt den Spion mit einem bösen Blick. Dann spricht er so laut, als wüsste er, dass ich auf der anderen Seite der Tür stehe. »Ich weiß, dass du zu Hause bist, Payton. Mach die Tür auf.«

Ich seufze. Vielleicht wird es ja gar nicht so schlimm. Vielleicht braucht er ja wirklich eine Krankenversicherung oder eine Ehefrau für eine Erbschaft, das kann man nie wissen.

Ich öffne die Tür.

Er stützt sich mit einem Arm am Türrahmen ab und nimmt mit seinem Körper den ganzen Platz darin ein. Heute sieht er sogar noch besser aus als gestern Nacht, was unmöglich sein kann und auf jeden Fall unfair ist. Er mustert mich von Kopf bis Fuß. Ich trage ein ausgeblichenes T-Shirt der *LSU* und eine Yogahose. Meine Haare sind wie gesagt noch immer feucht vom Duschen und ich habe nicht ein bisschen Make-up aufgetragen. Er hingegen sieht in seinem frisch gebügelten Hemd mit den nach oben gerollten Ärmeln und seinen verwaschenen Jeans aus wie ein junger Gott. Keiner von uns spricht ein Wort.

»Wir sollten reden«, sagt er schließlich, als offensichtlich wird, dass ich nichts von mir geben werde. Er steht noch immer im Türrahmen, da ich mich noch keinen Zentimeter zur Seite bewegt oder ihn hereingebeten habe.

»Oder wollen wir Tacos essen gehen?«, frage ich, für den Fall, dass das Spiel mit A oder B noch immer läuft. Die Entscheidung zwischen Reden und Tacosessen würde mir persönlich sehr leichtfallen.

Er hebt die Hand. Darin hält er einen Eiskaffee und eine Tüte von *Del Taco*. Heilige Scheiße. Woher wusste er, dass ich Lust auf Tacos verspüre, noch bevor ich es ihm gesagt habe? Er ist wirklich meine große Liebe.

»Woher wusstest du, dass ich Tacos haben möchte?«, will ich wissen und trete einen Schritt zur Seite, um ihn hereinzulassen – denn zeigt mir mal eine Frau, die Nein zu Tacos sagen würde, und ich zeige euch einen Grashüpfer. Mir ist bewusst, dass diese Aussage keinen Sinn macht, aber mal ehrlich, was hätte Sinn ergeben? Zeigt mir eine Frau, die Nein zu Tacos sagt, und ich zeige euch ... ja, was? Diese Redewendung war von Anfang an zum Scheitern verurteilt. Wie dem auch sei, ich lasse ihn rein, weil wir nun mal diese ganze Ehesache am Laufen haben und es unhöflich wäre, ihn dazu zu verdonnern, die Tacos vor meiner Türschwelle essen zu müssen.

»Du hast es gestern Nacht fünfzehnmal erwähnt.«

»Ja?« Gott, was habe ich noch erwähnt? Ich bin ziemlich stolz darauf, an wie viel ich mich noch erinnere, aber ein Gespräch über Tacos ist nicht dabei.

»Ja, direkt bevor du uns die Verbindungswaschbärenstory erzählt hast, meintest du, dass du uns niemals die Wahl zwischen A, Tacos, und B, Pizza, hättest lassen sollen, weil du wirklich gern Tacos gehabt hättest.«

»Oh.« Ich tippe mir mit dem Finger gegen die Lippen. Das klingt stimmig. Nichts gegen Pizza, ich wollte nur wirklich unbedingt einen Taco.

»Dann hast du beim Karaoke über Tacos gesungen.«

»Hör auf. Das ist nicht passiert.« Ich gehe hinüber zum Küchentisch und Vince folgt mir auf dem Fuße.

»*Ich liebe Tacos*«, sagt Vince mit einer Stimme, die ganz eindeutig meiner nachempfunden sein soll, als er die Tüte mit dem Essen auf dem Küchentisch abstellt. »*Ich liebe Tacos, ob Rind oder Huhn, ob Tag oder Nacht, ich habe immer Taco-Schmacht.*«

Moment. Das klingt vertraut ...

»*Ich liebe sie mit Salat und geriebenem Käse, Jalapeños dabei, oder es gibt Geschrei.*«

Oh Gott, ich habe gereimt. Gottverdammter Tequila.

»*Soft oder crunchy, sie sind immer yummy.*«

»Okay, hör auf!« Ich glaube, ich werde rot. Der Mann hat

meine Vagina aus nächster Nähe gesehen und ich werde wegen eines Taco-Songs rot. Oh, diese Ironie. »Vielleicht ist das tatsächlich passiert.« Ich lasse mich auf einen der Küchenstühle fallen, ohne ihn anzusehen. Er stellt mir den Eiskaffee vor die Nase, ehe er die Tacos auspackt. Der Strohhalm steckt bereits im Becher, allerdings befinden sich obenrum noch etwa fünf Zentimeter der Strohhalmverpackung daran, sodass er aussieht, als hätte er ein kleines Strohhalmkondom auf. Ich nehme es ab und stecke ihn mir in den Mund – den Strohhalm, nicht die Verpackung, versteht sich. Ich sehe zu Vince auf, während ich daran sauge, und denke darüber nach, wie es sich wohl angefühlt hätte, ihn im Mund zu haben.

Vinces Augen verdunkeln sich, als er beobachtet, wie der Strohhalm zwischen meinen Lippen verschwindet, und ich vermute, dass wir möglicherweise gerade an das Gleiche denken.

Mir fällt auf, dass ich die schlechteste Hochzeitsnachtnummer in der Geschichte der Hochzeitsnächte bin. Ich habe irgendwann den Überblick verloren, wie viele Orgasmen er mir verschafft hat, und ich habe ihm nicht mal einen Blowjob gegeben. Immerhin habe ich es ihm aber noch unter der Dusche mit der Hand besorgt.

Ich trinke einen weiteren Schluck Eiskaffee, während ich missmutig vor mich hinstarre. Ich habe mir immer vorgestellt, dass ich eine sehr großzügige Ehefrau sein würde, sexuell gesehen. Auf diese Weise wollte ich mein Desinteresse an Schmortöpfen und meine mangelnden Ambitionen wettmachen, die Wäsche von der Reinigung abzuholen.

Vince räuspert sich und holt zwei Flaschen mit Wasser aus der Tasche, von denen er eine vor mir abstellt. »Du solltest etwas trinken«, sagt er und zieht den Stuhl neben mir unter dem Tisch hervor.

»Ich habe vorhin eine Flasche *Gatorade* unter der Dusche getrunken.« Jetzt, wo ich darüber nachdenke, wird mir klar, dass ich ziemlich viel Zeit unter der Dusche verbracht haben muss, da ich nicht gemerkt habe, wie der Morgen an mir vorbeigezogen ist. Moment – ich weiß, was passiert ist. Ich habe zu der

Erinnerung an die Aktion mit Vince unter der Dusche gestern Nacht masturbiert. Heiliger, ich werde ab jetzt wohl früher aufstehen müssen, wenn ich es rechtzeitig zur Arbeit schaffen will.

»Das klingt nach dir«, murmelt Vince, schraubt seine Wasserflasche auf und führt sie zu seinen Lippen. *Schau nicht auf seine Lippen, schau nicht auf seine Lippen, schau nicht auf seine Lippen.* Ich schnappe mir einen Taco und wickle ihn aus, dann beiße ich hinein und mustere interessiert die Verpackung, während ich kaue. Streukäse ist echt lecker.

Außerdem bin ich eine Idiotin.

Ich esse gerade Tacos mit einem absolut Fremden, der zufällig mein Ehemann ist, weil ich eine komplette Idiotin bin. Ein Fiasko. Eine Katastrophe epischen Ausmaßes.

Ich habe echt tierisch Mist gebaut.

Ich nehme einen weiteren Bissen von meinem Taco, denn er ist das Einzige, was mir gerade Halt gibt. Es ist ein knuspriger Taco und Vince schweigt, sodass das einzige Geräusch in der Wohnung von meinem Kauen herrührt, doch das ist mir gerade egal. Ich halte den Blick gesenkt und nehme noch einen Happen.

Vince wickelt jetzt ebenfalls einen Taco aus und mir fällt auf, dass er noch immer seinen Ehering trägt, genauso wie ich. Mir ist es nicht einmal in den Sinn gekommen, ihn abzunehmen. Das sollte ich aber tun, oder? Schließich kann ich ihn wohl kaum die ganze Woche lang bei der Arbeit tragen, es sei denn, ich stecke mir noch ein paar weitere Ringe an die Finger und tue so, als ob er gar nichts zu bedeuten hätte. So als wäre er nur Teil eines süßen Sets, das ich am Wochenende neben einem Ehemann erstanden habe. Gott, ich bin echt durch den Wind. Den Ring weiterhin zu tragen, wird nichts von dem hier zwischen uns realer machen. Ich bin das schlechteste erste Date in der Geschichte der ersten Dates. Wie eine Gottesanbeterin, die beim ersten Treffen zuschnappt. Die Tatsache, dass wir noch nicht mal ein richtiges Date hatten, ist mir durchaus bewusst. Oh Mann, ich besitze schon ein paar Fähigkeiten! Furchtbar schreckliche Fähigkeiten.

Ich schaffe es, drei Tacos zu vernichten, einen Schluck von meinem Eiskaffee zu nehmen und das Eis darin herumzuschwenken, so wie ich es immer mache, ehe Vince zu reden beginnt. Ich habe die ganze Zeit über nur auf den Tisch gestarrt und Tacos in mich hineingestopft, folglich habe ich ihm konversationsmäßig wenig geboten. Er hat zwei Tacos gegessen. Zwei Soft-Tacos mit Hähnchen. Das präge ich mir ein, damit ich ein paar Erinnerungen an ihn habe. Er mag Soft-Tacos, ist gut in Arcade-Spielen, mag Scotch, ist gut darin, es mir mit der Zunge zu besorgen, mag Poker.

»Wir sollten reden«, stellt er fest.

»Oder wir sollten Sex haben«, offeriere ich stattdessen, da ich sowohl Tacos als auch Sex mag. Das ist ein gutes Angebot. Man könnte es sogar großzügig nennen. Schließlich gebe ich gern.

»Warum?«

Oh Gott, vielleicht ist er ja ein Idiot? »Weil es Spaß macht«, antworte ich in einem Tonfall, der besagt, dass die Antwort ja wohl offensichtlich ist. »Und weil deine Zunge der Wahnsinn ist«, füge ich hinzu, ehe ich es mir verkneifen kann. Nicht, weil ich ihm kein Kompliment machen möchte, es scheint mir nur gerade nicht der richtige Zeitpunkt dafür zu sein.

Vince nimmt einen langsamen Schluck aus seiner Wasserflasche und sieht mich die ganze Zeit an, während er trinkt. Als er fertig ist, befeuchtet er sich mit der Zunge seine Lippen. Ich weiß nicht, ob er das mit Absicht macht, aber auf jeden Fall verfehlt es nicht seine Wirkung auf mich.

»Du bist wirklich anstrengend«, bemerkt er. Okay, also ist er nicht gänzlich unaufmerksam. »Wie stellst du dir das vor?«, fragt er auf diese ruhige, entspannte Art und Weise, die er immer an den Tag legt. Da ich keine Ahnung habe, ob er unsere Ehe oder mein Sexangebot meint, konzentriere ich mich auf das, was ich lieber besprechen würde.

»Missionarsstellung, wenn ich ehrlich bin. Aber nicht auf diese langweilige Art und Weise. Also hältst du vielleicht meine Handgelenke fest oder ich lege eins meiner Beine über deine

Schulter, damit du wirklich tief eindringen kannst. Ich stelle es mir ein wenig stürmisch vor, einen guten, harten Fick, bei dem ich auf dem Rücken liege. Aber ich richte mich da nach dir. Ich bin flexibel. Ehrlich.«

Vince reibt sich mit dem Daumen über seine Unterlippe, den Blick noch immer auf mich gerichtet. Er trägt einen wirklich heißen Bart. Die Barthaare sind kurz rasiert, wirken mehr wie dichte Stoppeln, und ich finde es unglaublich sexy. Außerdem glaube ich, dass es ihm einen unfairen Vorteil beim Oralverkehr verschafft hat, aber schließlich bin ich diejenige, die davon profitiert hat, also warum sollte ich mich beschweren, wenn seine Bartstoppeln, die über meine blanke Pussy reiben, ihm einen Vorteil verschafft haben? Ich bin ja nicht die Richterin der Oralolympiade.

Vince erhebt sich und schiebt seinen Stuhl zurück unter den Tisch. Zwischen uns liegt noch immer ein halbes Dutzend unangerührter Tacos auf dem Tisch, als er sich nach vorn lehnt. Er stützt sich mit den Händen auf dem Tisch ab und beugt sich noch näher zu mir heran. Dann hält er inne und einen Moment lang bin ich unsicher, ob er etwas sagen oder sich einfach vom Tisch abstoßen und gehen wird.

»Steh auf.«

Ich schiebe meinen Stuhl zurück und erhebe mich. Das Kratzen des Holzes auf den Fliesen beruhigt nicht gerade meine Nerven. Ich bin nervös, weil ich nicht genau weiß, wo das hier hinführen wird, auch wenn ich hoffe, dass es genau in die Richtung führt, die ich mir wünsche. Nur damit das klar ist: Damit meine ich Vinces Penis in mir. Bisher hat er mich nämlich diesbezüglich ziemlich auf die Folter gespannt.

Mit der Hand bedeutet er mir, mich in Bewegung zu setzen, und sieht zwischen den zwei offenen Schlafzimmertüren, die vom Wohnzimmer abgehen, hin und her. Ich schlucke heftig und gehe in Richtung meines Zimmers, dicht gefolgt vom ihm. Ich halte inne, als ich mein Bett erreiche. Vince wiederum ist im Türrahmen stehen geblieben.

»Meine Mitbewohnerin ist nicht zu Hause«, erkläre ich. »Sie

ist vorhin vorbeigekommen, um ein paar Sachen zu holen, und dann zusammen mit Rhys verschwunden.«

Vince nickt, sagt aber nichts. Er hat seine Hände in den Taschen seiner Jeans vergraben und lehnt am Türrahmen, während er mein Zimmer unter die Lupe nimmt. Ich habe nicht das Gefühl, dass es sonderlich viel zu sehen gibt, da ich erst vor einigen Wochen hier eingezogen bin. Hier drinnen stehen ein Doppelbett mit gepolstertem Kopfteil, eine Kommode und ein passender Nachttisch. Aber er scheint das alles, seiner langsamen Inspektion nach zu urteilen, wirklich interessant zu finden. Die Lampe, die Mini-Jalousien, das Tanktop, das am Knauf der Zimmertür hängt – sein Blick erfasst das alles, langsam und systematisch. Ein Lächeln umspielt seine Mundwinkel, als er den Hai von letzter Nacht auf meinem Kissen entdeckt.

Schließlich sieht er mich wieder an und zieht die Brauen in die Höhe, als wäre er irritiert darüber, dass ich dastehe und ihn beobachte.

»Zieh dich aus.«

Ich ziehe mir das T-Shirt über den Kopf und schlüpfe dann aus der Yogahose, die ich zur Seite kicke, ehe ich nach hinten greife, um meinen BH zu öffnen. Dabei bin ich nicht sonderlich elegant oder verführerisch, aber da ich nun mal ein T-Shirt und eine Yogahose anhatte, geht es wohl nicht anders. Vince beobachtet, wie ich den BH öffne, die Träger über meine Arme streife und ihn zu Boden fallen lasse. Sein Blick wandert hinunter zu den Baumwollshorts, die meinen Po bedecken, und er befeuchtet seine Lippen erneut mit der Zunge, als ich mich auch dieser entledige.

Er kommt auf mich zu, einen Schritt, zwei, drei. Als er direkt vor mir steht, nimmt er mein Gesicht in beide Hände und küsst mich. Der Kuss ist sanft, ohne Eile und perfekt. Vince hat den Kopf gesenkt, um meine Lippen zu erreichen, und ich stehe auf Zehenspitzen, um seine berühren zu können. Ich presse mich gegen ihn und halte mich an seinen Unterarmen fest, um nicht das Gleichgewicht zu verlieren. Als seine Kleidung meine nackte Haut streift, wird mir bewusst, dass er noch immer gänzlich angezogen ist, während ich nackt, voller Verlangen und bereit für ihn bin. Das Gefühl, so entblößt vor ihm zu stehen, ist berauschend. Mein Herz rast wie verrückt, als er mit der Zunge in meinen Mund eindringt und ihn erforscht, während er mit den Daumen die ganze Zeit über meine Wangen streichelt. Bartstoppeln kratzen über meine Haut und senden ein Ziehen direkt in meine Klit.

Es ist toll.

Genauso toll wie gestern Nacht, was unmöglich ist, weil es zugleich besser ist, als ich es in Erinnerung habe. Besser als jeder Kuss, den ich jemals hatte.

»Aufs Bett«, befiehlt Vince. »Flach auf den Rücken.« Er sagt das, als wolle er mir in Erinnerung rufen, dass das die Art und Weise ist, wie ich es haben wollte. Was ein wenig sarkastisch anmutet, aber da er mich nicht mit einem Fünkchen Sarkasmus in den Augen ansieht, krabble ich aufs Bett und positioniere mich in dessen Mitte, ehe ich mich zurücklege und seinen Blick suche. Er betrachtet mich, als hätte er alle Zeit der Welt. Dass ich so nackt vor ihm liege, während er noch vollständig bekleidet ist, sorgt dafür, dass ich mich schmutzig fühle. Aber die gute Art von schmutzig, so als würde ich ihm gehören und als könnte er alles mit mir machen, was er will. Ich merke, dass mir das gefällt. Sehr sogar.

Er macht sich an den Knöpfen seines Hemds zu schaffen und öffnet ganz langsam einen nach dem anderen.

»Spreiz deine Beine.«

Ich schlucke schwer, als ich meine Beine spreize. Mein Herz rast und ich bete zu der süßen Sexgöttin Aphrodite, dass das hier wirklich passiert und er nicht den sadistischen Plan hegt, mich dazu zu zwingen, vor ihm zu masturbieren, während er mir dabei zusieht; so spaßig das auch klingt.

»Kondome?«, fragt er mit einem Blick zu meinem Nachttisch.

Vielen Dank, Aphrodite, Eros, Himeros und Pothos. Danke, *PornHub* und – Moment. Er hat keine eigenen mitgebracht?

»Hatten wir deswegen letzte Nacht keinen Sex? Du hattest keine Kondome dabei? Zum Teufel. Ich hatte zwölf in meiner

Handtasche. Wir müssen wirklich lernen, besser zu kommunizieren.« Ich benutze meinen Zeh, um auf die kleine Clutch zu zeigen, die ich letzte Nacht benutzt habe und die jetzt auf meiner Kommode liegt.

»Zwölf, was?« Er hört auf, sein Hemd aufzuknöpfen, und nimmt meine Handtasche.

»Ich hatte großes Vertrauen in deine Ausdauer, okay? Das ist ein Kompliment.«

»Du hast also letzte Nacht das Haus in der Absicht verlassen, mit mir zu schlafen?«

»Ich habe gestern Nachmittag dein Büro verlassen, in der Absicht, mit dir zu schlafen. Ich habe den ganzen Nachmittag damit verbracht, mich herzurichten und ein Outfit zu finden, in dem mein Hintern besonders gut aussieht.« Er muss ja nicht wissen, dass ich mir seine sexuellen Fähigkeiten bereits vorstelle, seit ich ihn das erste Mal in der Lobby des *Windsor* gesehen habe. Eine Frau braucht schließlich auch ihre Geheimnisse. Außerdem lässt mich das wie eine Nymphomanin wirken und das bin ich nicht, wirklich. Mehr eine situationsgebundene Nymphomanin. Und mit Situation meine ich Vince.

»Hm«, murmelt er daraufhin, betrachtet mich aber intensiv von Kopf bis Fuß, ehe er seine Aufmerksamkeit wieder auf meine Handtasche richtet. Er inspiziert sie genauso interessiert wie mein Zimmer, was in Ordnung ist, weil sich nicht sonderlich viel darin befindet. Außerdem bin ich nackt, von daher nehme ich nicht an, dass mir irgendwas, was er findet, gerade peinlich sein könnte.

»Lippenbalsam, Lippenstift, Haargummis.« Er legt alles nebeneinander auf der Kommode ab. »Kondome«, verkündet er schließlich und zieht sie aus meiner Handtasche, als würde eine Schar Clowns aus einem sehr kleinen Auto klettern. Sie bilden noch immer eine lange Kette, alle miteinander verbunden. Er holt sie langsam hervor, sodass sich ein Kondom nach dem anderen entfaltet, bis ein über fünfundvierzig Zentimeter langer Streifen Kondome zwischen seinen Fingern baumelt.

Okay, so betrachtet, waren zwölf vielleicht ein wenig ehrgeizig und für den geringen Platz in der Handtasche auch nicht gut durchdacht. So wie bei Leuten, die kleine Häuser kaufen und dann darauf bestehen, dass sie Platz für siebenundvierzig Kaffeebecher brauchen. Platz für fünf hätte in beiden Fällen völlig ausgereicht.

Vince reißt ein Kondom ab und wirft es auf das Bett, ehe er die übrigen elf auf meine Kommode legt. »Eine einzelne Packung Gleitgel?« Vince hält sie hoch, interessiert die Brauen zusammengezogen. Er schmunzelt und wirft sie auf die Kommode. »Du hast kein Problem, was die Feuchtigkeit da unten angeht.«

Oh Gott. Okay, vielleicht lag ich falsch, was das Potenzial für Peinlichkeiten betrifft.

»Es war eine Gratisprobe«, versuche ich, abzulenken. Geht es nur mir so oder braucht er wirklich eine Ewigkeit, um sich durch meine Sachen zu wühlen und sich seiner Hose zu entledigen? »Sie war bei einer Schachtel Kondome dabei.«

»Hm«, macht er wieder, ehe er weiter in meiner Handtasche kramt. »Eine Reisezahnbürste und zwei einzelne Päckchen Einmalzahnpasta.«

Ja, es liegt nicht nur an mir. Er braucht wirklich ewig. Wie viel Mist habe ich darüber hinaus noch in die kleine Tasche gestopft? Sie ist kaum groß genug, um ein Sandwich darin verstauen zu können. Verdammt noch mal. Ich wackle mit den Zehen und versuche, geduldig zu bleiben.

»Noch ein Haargummi. Vierzig Dollar in bar, ein Führerschein aus Tennessee und eine Kreditkarte.« Er hält inne und ich hoffe, dass damit die Inspektion meiner Handtasche beendet ist. »Hast du vor, zu bleiben?«

»Ich habe mich keinen Zentimeter bewegt!«, protestiere ich und stampfe mit einem meiner Füße auf der Matratze auf.

»In Nevada«, stellt er amüsiert klar. »Du hast dreißig Tage, um deinen Führerschein zu ändern und dein Auto bei der entsprechenden Behörde zu registrieren. Die Strafe, wenn du es nicht innerhalb dieser Frist machst, liegt bei tausend Dollar.«

Ich habe einen rechtschaffenen Stripclubbesitzer geheiratet.

Wer hätte das gedacht? »Weißt du, dein Vorspiel-Geplauder könnte ein wenig Verbesserung vertragen.«

»Zur Kenntnis genommen.«

»Ich sage das nur, um dir einen Gefallen zu tun. Ein wenig Dirty Talk, der sich nicht um den Inhalt der Handtasche einer Frau dreht, würde dich nicht umbringen. Die Tacos waren allerdings eine nette Geste. Streich die nicht aus deinem Verführungsprogramm.«

»Payton.« Er sagt das wie eine Frage, also antworte ich, als er nicht weiterspricht.

»Ja?«

»Dreh dich auf den Bauch. Arsch nach oben, die Ellenbogen auf die Matratze.« Er ist dabei, seinen Gürtel zu öffnen, und die Schnalle klackert geräuschvoll, als er das Lederteil herauszieht. Ich bin überrumpelt und unsicher, was hier gerade passiert. »Jetzt sofort.«

14. Kapitel

»Wirst du mich jetzt spanken?« Ich werfe ihm einen vorsichtigen Blick zu, ehe ich mich aufrichte. Es würde mich nicht unbedingt stören, wenn er es täte. Ich würde es nur gern vorher wissen. Oder vielleicht ist es mir doch nicht egal, denn wie er seinen Gürtel öffnet, macht mich nervös. Ich glaube, ich hätte nichts dagegen, wenn er mich mit der Hand spanken würde, aber was den Gürtel angeht, bin ich unsicher. »Mit deinem Gürtel?«

Er hält inne und sieht zwischen seinen Händen, mit denen er gerade seinen Reißverschluss herunterzieht, und meinem Gesicht hin und her. »Ich würde es lieber nicht tun, aber ich nehme an, ich könnte es, wenn es das ist, was du brauchst, um Spaß zu haben.«

»Nein danke.«

»Nein danke?« Er lächelt und schüttelt den Kopf, als er seine Hose zu Boden fallen lässt. »Himmel, du machst mich fertig.«

»Das sagen die meisten«, bestätige ich und rolle mich herum, ehe ich mich auf alle viere begebe und ihn über meine Schulter hinweg ansehe. Mir gefällt die Idee von ein bisschen Doggystyle. Darum habe ich ihn zwar nicht gebeten, aber ich bin wirklich anpassungsfähiger, als man mir zutraut.

»Du bist die bestimmendste und irritierendste Frau, die ich jemals kennengelernt habe.«

»Erzähl mir etwas, was ich noch nicht weiß.«

»Ich habe dich gestern Nacht nicht gefickt, weil du betrunken warst.«

»Genau wie du«, schieße ich zurück.

Er packt meine Taille und zieht mich zu sich heran, bis meine Knie die Bettkante berühren und meine Füße über den Rand ragen. Ich umschließe das Laken und wackle einladend mit dem Hintern. Vince gleitet mit seinen Händen über meine Haut, ehe er mit einer meine Wirbelsäule hinaufwandert. Ganz langsam, von meinem Po hoch zu meinem Nacken. Ich erzittere und verbeiße mir ein Stöhnen, denn ich habe Angst, dass es so klingen würde, als würde ich es faken, dabei täte ich das nicht im Geringsten. So was von nicht. Ich könnte wahrscheinlich allein dadurch kommen, dass mich Vince streichelt. Seine Berührung lässt mich wundervoll erschauern, meine Haut wird unter seinen Händen warm und eine Gänsehaut folgt dem Weg seiner Liebkosungen.

Dann vergräbt er seine Finger in meinen Haaren und zerrt mich plötzlich in die Höhe. Mit einer Hand umfasst er mein Becken, um mich aufrecht zu halten, während er seinen Mund an meinem Ohr positioniert. Er packt meine Haare noch fester und zieht meinen Kopf ein Stück zur Seite. Sein Atem streicht warm über meine Haut, als er spricht. »Benimmst du dich immer so töricht, Payton?« Sein Tonfall ist sanft, aber ernst.

»Könntest du etwas spezifischer werden?«

»Findest du dich öfter betrunken und allein in der Gesellschaft von Männern wieder, die du kaum kennst?« Er wandert mit seiner Hand von meiner Hüfte zu meinem Bauch und lässt seine Finger nur wenige Zentimeter über der Stelle ruhen, wo ich sie am meisten haben möchte.

»Nein, nie.«

»Trotzdem ist dir das gestern Nacht passiert.«

»Ja.«

»Warum?«

»Weil ich dir vertraut habe«, murmle ich. Jetzt ist wahrscheinlich nicht der richtige Zeitpunkt, um meine Theorie über das Schicksal zu erwähnen, denn das hier fühlt sich wie eine Art *kinky* Lügendetektortest an und ich würde wahrscheinlich mehr sagen, als ich möchte, wenn seine Finger weiter Richtung Süden wandern.

Dann beißt er mir ins Ohrläppchen und lässt seine Hand zwischen meinen Oberschenkeln verschwinden. Mit zwei Fingern spreizt er meine Pussy und mit dem dritten gleitet er meine feuchte Mitte entlang. Hoch und runter, ehe er meinen Eingang neckt und dann wieder meine Klit umspielt. Immer und immer wieder. Meine Knie werden schwach und wahrscheinlich würde ich nach vorn sacken, hätte er nicht mein Haar in seiner Faust gepackt und seinen Unterarm um meinen Bauch geschlungen.

»Das war dumm, Payton, und leichtsinnig. Ich will nicht, dass das noch mal vorkommt.«

Oh, aber hallo! Er hat meine Ansage bezüglich des Dirty Talks verstanden und legt jetzt mit diesem Alphamannverhalten noch eine Schippe drauf. Ich liebe so was, wenn der Mann es wirklich rüberbringen kann. Wenn nicht, dann befindet man sich plötzlich mitten in einer sehr unangenehmen Situation, in der man gefragt wird, ob man ein böses Mädchen war und ihm sagen muss, dass er aufhören soll, zu reden.

Vince kann von mir aus allerdings den ganzen Tag reden.

Er küsst die Stelle hinter meinem Ohr, dann bahnt er sich mit den Lippen einen Weg meinen Hals hinunter, während er mit einem Finger ganz leicht in mich eindringt. Er umkreist mit langsamen und selbstsicheren Bewegungen meinen Eingang und es fühlt sich perfekt an.

»Diese Pussy gehört jetzt mir«, haucht er mir ins Ohr. »Solang du mir gehörst, wirst du dich entsprechend verhalten. Ich werde nicht zulassen, dass du dich unnötigen Risiken aussetzt, Payton.«

Ihm gehören? Habe ich gerade ein *verruchtes* Zeitportal ins Jahr 1920 betreten?

Dagegen habe ich nicht wirklich etwas einzuwenden.

»Ist das klar?«

»Ja.« Klar genug. Mit seinem Finger widmet er sich wieder meiner Klit, als wäre sein Finger für diesen Job gemacht worden. Wer gibt schon irgendwas auf Klarheit? Ich nicht. Schließlich bin ich nicht die Vorsitzende des Klarheitskomitees. Ich bin nicht mal Teil der Task Force.

»Du machst mich verrückt.« Er streift mit seinen Lippen mein Ohr, als er das sagt, und knurrt die Worte nahezu, weshalb ich nicht weiß, ob es sich dabei um eine gute oder schlechte Art von verrückt handelt. *Verrückt* ist ein Wort, das benutzt werden kann, um Leidenschaft, Erregung und Verliebtheit auszudrücken. Doch es ist eben auch ein Wort, um zu beschreiben, wie es sich anfühlt, im Stau zu stehen, oder mit einem wirklich bekloppten Menschen zu tun zu haben. »Ich umgebe mich normalerweise nie mit verrückten Personen. Niemals. Ich mag Ordnung, Logik und Vernunft, und du stehst für keines dieser Dinge.«

»Vielleicht wachse ich dir ja ans Herz.«

Ich glaube, sein Lächeln an meinem Hals zu spüren, ehe er mein Haar loslässt und mich aufs Bett drückt, bis ich wieder auf Ellenbogen und Knien vor ihm liege. Er streichelt meine Wirbelsäule hinauf und hinunter und hält kurz über meinem Po inne, um die Haut dort in beruhigenden, kräftigen Kreisen zu massieren, ehe er mit seinen Händen über meine Hüften zu meinen Oberschenkeln wandert und sie noch weiter auseinanderspreizt.

Und dann ... heilige Scheiße, dann leckt er mich. Von hinten. Meine ganze Pussy entlang, ehe er meine Klit mit seinem Mund bedeckt. Oh. Mein. Gott. Allmählich nehme ich an, dass mein Ehemann der Leiter des Komitees der Oralolympiade ist. Ich habe mich sexuell gesehen immer für ziemlich offen gehalten, aber um ehrlich zu sein, ist mir diese Art und Weise noch nie als Option in den Sinn gekommen. Zum Glück blicke ich auf die Matratze, da ich weiß, dass ich gerade dreinschaue wie ein Fisch auf dem Trocknen und vermutlich auch ein wenig schiele.

Heiliger. Bimbam.

Ich lasse meine Brust aufs Bett sinken, da ich mich definitiv nicht werde aufrecht halten können. Er lacht, und oh Heiliger, die Bartstoppeln an seinem Kinn reiben direkt über meine Klit. Ich glaube, ich sterbe gleich. Er fickt mich mit seiner Zunge, sein Kinn trifft immer wieder auf meine Klit und das war's. Ich spüre nur noch Hitze, Druck und Vibration, und das alles an einem einzigen Punkt. Alle meine Nervenenden scheinen direkt in meinem Zentrum zusammenzulaufen. Ich könnte gerade mit der Hand gegen eine Tür schlagen und würde nichts fühlen außer die pure Lust zwischen meinen Beinen, weil kein Raum für andere Empfindungen ist.

Ich sollte darüber nachdenken, wie nah seine Nase in dieser Position meinem Poloch kommt, aber nein, er ist mit so viel Elan dabei, dass mir das egal ist. Auch darüber, wie nass sein

Gesicht von meiner Erregung sein muss, mache ich mir keine Gedanken. Das Einzige, was gerade meine Aufmerksamkeit fesselt, ist der Orgasmus, der sich immer mehr in mir aufbaut. Das Gefühl seiner Lippen, wenn er an meiner Klit saugt, seiner Zunge, die meinen Eingang umkreist, seines kratzigen Kinns an meiner intimsten Stelle. Seine Zungenschläge, mit denen er mich von vorn bis hinten verwöhnt. Das Knabbern seiner Zähne an meiner – oh mein Gott. Das ist es, genau dort. Ganz genau dort. Ich zittere am ganzen Körper, stoße seltsame Geräusche aus und glaube, dass mir eventuell ein paar Tränen die Wangen hinabfließen. Ich bin froh, dass mein Kopf auf dem Bett ruht, denn ich fühle mich so schwindelig, dass ich fürchte, möglicherweise ohnmächtig zu werden. Der Höhepunkt hat sich angefühlt, als würde ich vor Lust explodieren.

Wie eine Orgasmusbombe.

Vince kneift mir in den Hintern, als er aufsteht, und einfach so stehe ich wieder in Flammen und bin voller Verlangen. Befriedigt, ja, aber noch immer erregt. Dann sagt er mir, dass ich mich in der Mitte des Bettes positionieren soll, und ich folge seiner Aufforderung, ehe ich mich auf den Rücken drehe, um ihn anzusehen. Er schiebt seine Boxershorts nach unten und als er sich aufrichtet, erblicke ich seinen steifen Schwanz, der um Aufmerksamkeit bettelt. Penisse sind im Allgemeinen eher ein wenig lächerlich anzusehen, aber seinen finde ich umwerfend. Ich habe ihn ja bereits letzte Nacht unter der Dusche gesehen – zur Hölle, ich habe es ihm mit der Hand besorgt –, aber bei seinem erneuten Anblick ziehen sich meine inneren Muskeln vor Verlangen zusammen. Habe ich erwähnt, dass er groß ist? Ist er nämlich. Sehr groß. Ich habe gedacht, dass er mir nur in meiner tequilageschwängerten Erinnerung vielleicht größer vorgekommen wäre, als er ist, aber nein, er ist beeindruckend.

»Ich mag deinen Penis«, sage ich, für den Fall, dass mir das einen Pluspunkt für das Verrücktheitsbuch einbringt, das er möglicherweise über mich führt. Einen Punkt in der Spalte *positiv verrückt* dafür, dass ich seinen Penis mag. Zehn Punkte in der Spalte *negativ verrückt* für dieses ganze Hochzeitsdebakel.

Scheiße. Diese Zahlen sprechen nicht gerade für mich. Ich frage mich, wie viele Punkte Analverkehr wohl wert wäre.

»Ich weiß.«

Verfluchter Mist, wenn ich gestern Nacht einen Penissong gesungen habe, wird er mich niemals ernst nehmen.

»Woher genau weißt du das?« Ich drehe mich auf die Seite und zeichne mit meinem Finger Muster aufs Laken.

»Du hast es ein paarmal erwähnt.« Er packt seinen Schwanz, während er das sagt, und fängt an, ihn zu reiben. Ich liebe es wahnsinnig, wenn ein Mann das macht, als würde er einen Scheiß darauf geben, dass er es sich gerade vor deinen Augen besorgt. Seine Bewegungen sind nicht gerade sanft. »Ich mag deinen Penis«, beginnt er zu singen, in dieser Stimme, die meiner nachempfunden sein soll. Alarmiert reiße ich die Augen auf und sehe zu ihm hoch, aber er lacht bereits und schüttelt den Kopf. »Ich mach nur Spaß.«

Dieser Kerl.

Er lächelt, massiert seinen riesigen Schwanz und bedenkt mich mit diesem Blick, als würde er mich interessant finden, und das alles auf einmal. Scheinbar habe ich ein Talent, wenn es darum geht, einen fast Fremden aufzugabeln und ihn zu heiraten. Eine Art sechsten Sinn. Allerdings glaube ich, dass der sechste Sinn eine übersinnliche Wahrnehmung ist, also bin ich mir nicht sicher, ob ich diesen Begriff richtig verwende. Oder doch? Egal, ihr wisst, was ich meine.

Vince schnappt sich das Kondom vom Bett und reißt dessen Verpackung mit den Zähnen auf, bevor er es über seinen Schwanz rollt. Mein Herz pocht wie wild, als er sich über mir aufbaut und sich zwischen meinen gespreizten Beinen positioniert. Er küsst mich und sein Schwanz drückt sich spürbar gegen meinen Bauch. Ich sehne mich nach ihm. Ich möchte ihn in mir haben, möchte, dass er mich ausfüllt, mich beansprucht und mich für seine Lust benutzt. Ich lasse mein Becken unter ihm rotieren und zupfe an seinem Haar, in dem Versuch, ihn näher zu mir zu ziehen. Aber stattdessen weicht er ein Stück zurück. Er kniet zwischen meinen geöffneten Beinen, den Blick auf meine feuchte und erregte Pussy gerichtet.

Dann hebt er eins meiner Beine an und beugt es nach hinten, sodass mein Knie in seiner Armbeuge liegt und er meine Beine noch weiter auseinanderspreizen kann.

»Wo willst du ihn, Payton?«, fragt er und verpasst meinem Venushügel einen Klaps mit seinem Schwanz. »Du hast nicht genau definiert, wo du ihn haben willst. Hier?« Er drückt mit der Spitze seines Schwanzes gegen mein Poloch und ich zucke aus Reflex zusammen.

»Wenn du möchtest«, offeriere ich.

»Du glaubst, du könntest mich auf diese Weise in dir aufnehmen?« Herausfordernd zieht er eine Braue in die Höhe und drückt seinen Schwanz noch heftiger gegen mich, sodass ich ein leichtes Brennen spüre, er aber nicht in mich eindringt.

»Nein, das glaube ich tatsächlich nicht. Dein Schwanz ist wirklich groß und ich denke, dass wir mehr als ein einzelnes Probepäckchen Gleitgel bräuchten, damit das klappt. Aber ich nehme an, das weißt du besser als ich.«

Etwas flammt in seinen Augen auf. Hitze, Verlangen und auch eine Warnung spiegeln sich darin. »Ich bin da traditionell, Payton. Ich beginne gern vorn.« Er teilt mit der Spitze seines Schwanzes meine Schamlippen und dringt gerade so weit in mich ein, dass ich einen Eindruck von seinem Gewicht auf mir und seiner Größe in mir bekomme.

»Nennst du das, was du gerade mit deinem Mund gemacht hast, traditionell?«, frage ich provokant. »Traditionell, ernsthaft?« Ich wackle mit dem Becken und versuche, mehr von ihm zu bekommen. Keine Ahnung, warum ich ihn ermutige, eine Spur schneller zu machen, denn einem Schwanz dieser Größe sollte man mit ein wenig Respekt begegnen. Es ist aber nun mal so, dass ich selbst unter den besten Umständen nicht die Vernünftigste bin, und wir reden hier immerhin von fast vierundzwanzig Stunden Vorspiel, die wir bereits hinter uns haben, und ich zerfließe förmlich vor Verlangen.

Er schüttelt den Kopf und murmelt etwas über meine geistige Gesundheit, ehe er sich mit einem schnellen Stoß in mir versenkt. Ich würde es weniger einen einfachen Stoß nennen als vielmehr das perfekt gezielte Versenken der schwarzen Kugel beim Billard. Wobei die schwarze Kugel in diesem Fall ein wenig zu groß für das Loch ist, das Loch aber die Fähigkeit besitzt, sich der Situation anzupassen, und einer Herausforderung gegenüber nicht abgeneigt ist.

Ich stoße den Atem aus, den ich automatisch angehalten habe, und lasse das Laken los.

»Alles okay?« Vince sieht mich prüfend an.

»Hm«, antworte ich leise und nicke, während ich seinen Blick erwidere. Er ist wirklich der attraktivste Mann, der mir je untergekommen ist. Ich strecke die Hand aus und zeichne die Kontur seiner Unterlippe nach. Ich kann nicht glauben, dass ich das hier mit ihm tun darf. Es ist, als würde man die Sexlotterie gewinnen, denke ich und wackle erneut mit dem Becken.

»Du fühlst dich so verdammt gut an«, stöhnt er, zieht sich aus mir heraus und dringt wieder in mich ein.

»Gleichfalls.«

»Hände über den Kopf«, befiehlt er und legt sich mein Bein über die Schulter. Oh Heiliger, das verändert die Dinge ein wenig. Ich winkle mein anderes Bein an, um mich damit auf dem Bett abzustützen, denn das werde ich wahrscheinlich müssen. Im nächsten Moment bewegt er sich schneller in mir – und es ist hart und heiß und tief, genau wie ich es wollte. Ich denke nicht mal daran, meine Hände runterzunehmen, da ich sie dort brauche, wo sie sind, um einen sicheren Abstand zwischen meinem Kopf und dem Kopfende des Bettes zu bewahren.

Vince kneift mir in den Nippel, woraufhin sich meine Pussy so eng um ihn zusammenzieht, dass wir beide aufkeuchen.

»Fuck, du bist so eng«, flüstert er mir ins Ohr. »Eng und feucht. Du fühlst dich sogar noch besser an, als ich es mir vorgestellt habe.«

Wisst ihr, was mich an diesem Satz am meisten anturnt? Die Vorstellung, dass er daran gedacht hat, mich zu ficken. Ich gebe ein kehliges Stöhnen von mir und lasse meine Hüften kreisen, um seinen Stößen entgegenzukommen.

»Gleichfalls«, wispere ich zurück.

»Du bist jetzt sogar noch feuchter als vorhin, als ich dich geleckt habe.« Wenn ich in der Lage wäre, zu erröten, würde ich rot werden. Ich meine, natürlich bin ich in der Lage, zu erröten, aber ich bin bereits so erhitzt und außer Atem, dass mein Rotwerden gerade nicht auffallen würde.

Dann winkelt Vince meine Beine so an, dass meine Knie beinah meine Brust berühren und meine Füße über seiner Schulter liegen, und stößt tief in mich hinein.

»Oh mein Gott.«

»Ja, rede mit mir. Sag mir, was du magst.«

»Ich mag dich«, sage ich, weil das wirklich der einzige Weg ist, um meine Gefühle zusammenzufassen. Ich war zuvor noch nie mit jemandem wie ihm im Bett. Er ist eine Art magische Zusammensetzung aus entgegenkommend und aggressiv, und das gefällt mir über alle Maße.

Vince ist so verdammt tief in mir, und der Druck ist so intensiv. Er wächst und wächst und ich habe das Gefühl, nur noch aus Partikeln und Spannung zu bestehen, die bereit sind, jederzeit zu explodieren. Ich kann hören, wie ich immer wieder seinen Namen ausstoße, wölbe mich ihm entgegen und kralle meine Finger in seine Unterarme.

So von ihm erfüllt zu werden, fühlt sich unglaublich gut an. Er stößt so tief in mich hinein, dass es beinah wehtut, dennoch möchte ich nicht, dass er aufhört. In dieser Position trifft er all die richtigen Stellen und ich bin so kurz davor, zu kommen, dass mich der kleine Schmerzensbiss seiner Stöße nur noch näher an mein Ziel bringt.

»Du fühlst dich unbeschreiblich gut an, Payton.« Er atmet schwer und ich realisiere, dass auch er kurz vor seinem Höhepunkt ist. Ich weiß, dass er sich für mich noch zurückhält. »Ich kann es nicht erwarten, dich um meinen Schwanz herum kommen zu spüren. Fuck, du bist so nass und heiß. Das Gefühl ist der Wahnsinn.«

Als ich komme, fühlt es sich so an, als würde der Orgasmus eine Ewigkeit andauern, und ich verliere jegliches Gespür für

Zeit und Raum.

»Du lieber Himmel!« Vince lässt meine Füße von seinen Schultern gleiten, bis meine Beine flach auf dem Bett liegen, noch immer weit geöffnet, da er nach wie vor tief in mir ist.

Die gute alte langweilige Missionarsstellung, wenn man so will, und ich bewege mich noch nicht einmal, da ich mich schwerelos und befriedigt fühle und keinerlei Kontrolle mehr über meine Gliedmaßen habe.

Dann küsst er mich und es ist kein bisschen langweilig. Mit den Unterarmen stützt er sich neben meinem Kopf ab, um nicht mit seinem ganzen Gewicht auf meinen Körper zu drücken. Mit den Händen umfasst er meinen Hinterkopf, während er mich voller Inbrunst küsst. So als würde er nicht einfach mit irgendeiner Frau schlafen, die er gestern Nacht aufgegabelt hat. Nach mehreren Stößen gibt er sich auch seinem eigenen Höhepunkt hin und ich könnte mir keinen schöneren Anblick vorstellen. Gott steh mir bei, er hat mich für den Rest meines Lebens ruiniert, wenn es darum geht, einem anderen Mann beim Kommen zuzuschauen.

Kurz steigt er aus dem Bett, um das Kondom zu entsorgen, dann legt er sich wieder hin und zieht mich auf sich, sodass mein Kopf auf seiner Brust ruht, ehe er mit einer meiner Locken spielt. »Ich mag deine Haare so gewellt«, sagt er und streicht mir durch meine wirren Strähnen.

Wenn er mich nicht bereits durch die beiden perfektesten Orgasmen meines Lebens ruiniert hätte, hätte dieser Moment ganz allein dafür gesorgt. Dieser einfache Augenblick von Intimität, das Gefühl seines nackten Oberkörpers unter meiner Wange, sein Herzschlag an meinem Ohr und die sanfte Liebkosung seiner Finger.

Sex ist seltsam. Warum habe ich gedacht, dass hier wäre eine gute Idee? Hätte es mich umgebracht, eine Sache einmal bis zum Ende durchzudenken? Bevor ich mich hineinstürze und damit alles schlimmer mache?

Ist es besser, mit jemanden geschlafen und ihn verloren zu haben, als niemals mit ihm geschlafen zu haben?

Letzteres ist die Antwort.

Ich hätte besser nicht mit ihm schlafen sollen, weil es für mich einfacher wäre, wenn ich nicht wüsste, wie sehr wir miteinander harmonieren. Es würde das, was als Nächstes kommt, so viel leichter machen.

Genau aufs Stichwort zerstört er das, was ist. So wie ich es erwartet habe.

»Wir müssen über letzte Nacht reden.«

15. Kapitel

Manchmal tut mir das Schicksal einen Gefallen. So wie jetzt, denn genau in diesem Moment klingelt mein Handyalarm. Keine Ahnung, warum ich mir an einem Sonntagnachmittag einen Alarm gestellt habe, aber mein Handy macht sich überaus nervig in der Küche bemerkbar.

Seht ihr? Schicksal.

»Einen Moment«, sage ich und löse mich aus Vinces Umarmung, ehe ich mir mein T-Shirt über den Kopf ziehe und hinüber in die Küche eile, um es mir zu schnappen. Es gibt wenig, was mehr nervt als der Alarmton eines Handys. Dann sehe ich, wofür ich den Alarm gestellt habe.

Life-Coaching. Ich habe in fünfzehn Minuten einen Termin fürs Life-Coaching. Okay, dabei handelt es sich eigentlich um Meghans Session, wenn man kleinlich sein will, aber ich denke, wir sind uns alle einig, dass ich wirklich ein wenig Beratung gebrauchen könnte. Ehrlich, es gibt in ganz Las Vegas und Umgebung wahrscheinlich keine Person, die das mehr nötig hat als ich.

Warum zur Hölle habe ich mir einen Alarm gestellt, der mich erst warnt, wenn ich nur noch fünfzehn Minuten habe, um rechtzeitig zum Termin zu erscheinen? Offensichtlich hatte ich angenommen, um dreizehn Uhr fünfundvierzig bereits angezogen zu sein, sonst hätte ich den Alarm auf früher gestellt. Mist, ich habe nicht viel Zeit, und wenn ich diesen Termin verpasse, werde ich nicht wissen, wann der nächste ist, da ich schließlich nicht einfach einen neuen ausmachen kann. Das besiegelt es, ich muss definitiv los.

»Ich habe da noch diese Sache!«, verkünde ich, als ich zurück ins Schlafzimmer gerannt komme. »Einen Termin. Es tut mir leid, ich muss mich beeilen. Ich bin schon viel zu spät dran!« Ich ziehe mir so schnell und unbeholfen mein Höschen an, dass es der am wenigsten heiße Abgang in der Geschichte der Vollziehung der Ehe sein muss, den ich da hinlege. Das Ganze setze ich damit fort, dass ich in meine Yogahose schlüpfe und sie nach oben zerre, indem ich immer wieder auf- und abspringe, um sie über meinen Hintern zu bekommen.

So was von sexy.

Mit Sicherheit habe ich bereits jegliche Fantasie, die Vince möglicherweise darüber hatte, eine erotische Frau zu heiraten, bereits zerstört, als ich ihm erzählt habe, dass ich unter der Dusche eine Flasche *Gatorade* getrunken habe. Von daher macht es keinen Sinn, mir deswegen weiter einen Kopf zu machen.

Vince setzt sich ächzend auf und reibt sich die Schläfen. Verdammtes Dramalama. Ich schnappe mir meinen BH vom Boden, beschließe aber, dass ich keine Zeit habe, ihn anzuziehen, also hänge ich ihn mir einfach über den Arm und packe dann rasch all die Sachen, die Vince aus meiner Handtasche gekramt und auf der Kommode verteilt hat, wieder zurück in meine winzige Clutch. Außer die Kondome und das Päckchen mit Gleitgel, da ich meine Lektion gelernt habe und beide aktuell nicht brauchen werde.

Ich schlüpfe in das erste Paar Flip-Flops, das ich finden kann, und drehe mich dann eilig zu Vince um, den BH in der einen, die Clutch in der anderen Hand. »Wir werden reden.« Ich deute mit der BH-Hand auf ihn, ehe mir klar wird, dass es meine BH-Hand ist. »Später«, ergänze ich und lasse rasch die Hand sinken.

Vince lehnt mit dem Rücken am Kopfende und sieht mich an. Er hat nicht versucht, mein Gequassel zu unterbrechen, sondern nur beobachtet, wie ich auf dem Weg zur Tür wie ein Wirbelwind durchs Zimmer gefegt bin. Ich bin mir nicht sicher, was er denkt, da er kein Wort sagt und eine wirklich großartige neutrale Miene aufsetzen kann, aus der man nicht schlau wird.

Ich weiß, ich weiß. Ich könnte ... ihn einfach fragen. Ihn fragen, was er denkt. Mit ihm reden. Mich wie die Erwachsene verhalten, die ich laut meinem Führerschein bin. Ich brauche nur etwas Zeit zum Nachdenken und ich habe diesen Termin und – ich bin eine Idiotin.

Eine Idiotin, die noch zwölf Minuten hat, um die Life-Coaching-Session einer anderen Person zu stürmen.

Falls ihr euch gewundert haben solltet, ja, ich schaffe es, mir im Auto auch noch meinen BH anzuziehen. Zwar gleicht das einer magischen Heldentat und es braucht ein paar außergewöhnliche Verrenkungen und eine lange Rotphase an einer Ampel, aber er sitzt jetzt da, wo er hingehört. Als ich beim *Grind Me* ankomme, habe ich noch zwei Minuten, um pünktlich zu erscheinen, also parke ich mein Auto und düse in das Lokal. In Yogahose, T-Shirt und Flip-Flops zusammen mit der Clutch von gestern Abend.

Ich bin so eine Chaotin.

Carol, der Life-Coach, sitzt bereits mit einem Getränk vor der Nase an einem der Tische. Meghan hat ein Getränk in der Hand und ist gerade im Begriff, sich hinzusetzen.

Okay, ganz cool bleiben. Ich schlendere zum Tresen, als wäre ich kein bisschen in Eile, und bestelle einen Eiskaffee, entscheide mich dann aber stattdessen doch für einen guten alten heißen Kaffee, weil das schneller geht und ich nicht die ersten Minuten von Meghans Sitzung verpassen möchte, während ich auf einen Barista warte. Ich nehme mir aber die Zeit, um Milch und Zucker in mein Heißgetränk zu geben, da ich mich nicht dazu motivieren kann, meinen Kaffee gänzlich schwarz zu trinken, egal wie sehr ich in Eile bin.

Dann setze ich mich an einen leeren Tisch neben dem von Carol und Meghan. Da bemerke ich, dass ich meine Kopfhörer vergessen habe. Außerdem habe ich nicht daran gedacht, mir einen Stapel Servietten zu schnappen, damit ich so tun kann, als sei ich eine Künstlerin, die den nächsten großen amerikanischen Roman auf Coffeeshop-Servietten niederschreibt, weil ich entweder zu preziös oder zu überheblich bin, um ihn auf einem Laptop herunterzutippen. Ich habe auch keinen Stift in meiner Handtasche, von daher habe ich auf der ganzen Linie versagt. Was nur noch einen Schluss zulässt ... Ich bin eine Verrückte, die in einem Coffeeshop sitzt.

Kennt ihr diese seltsamen Leute? Die, die in Coffeeshops herumsitzen und Kaffee trinken? Allein. Ohne einen Laptop, ein Buch, eine Zeitung, ein Notizbuch oder Kopfhörer? Alle wissen, dass diese Leute, die einfach nur in einem Coffeeshop herumlungern und an ihrem Kaffee nippen, eigenartig sind. Hey, ich bin mir der Ironie durchaus bewusst, aber ich entscheide schließlich nicht darüber, was als sonderbar angesehen wird. Ich bin ja schließlich nicht die Spinnerpolizei. Zum Glück habe ich mein Handy mit, sodass ich vorgeben kann, mit jemandem zu schreiben. Das ist zwar immer noch etwas seltsam, aber es sollte klappen.

Oder ...

Oder ich könnte wieder gehen. Zurück nach Hause. Ich könnte Meghan in Frieden ihre Life Coaching Session in der Privatsphäre eines halbvollen Coffeeshops haben lassen. Mit Vince reden. Klären, wie man eine Ehe annulliert. Das kann ja nicht so schwierig sein, oder? Es war ja auch nicht schwer, letzte Nacht diese Ehe zu schließen, so viel kann ich euch versichern. Beim Büro der zuständigen Stelle gab es nicht mal eine Warteschlange. Wir waren allein dort und sind ganz schnell rein und wieder raus, total einfach. Das mag auch daran gelegen haben, dass es fünf Minuten vor Feierabend war und man uns dort rasch loswerden wollte, aber dennoch war es ganz leicht. Wenn man zurückblickt, würde man denken, dass wir wieder zur Vernunft gekommen wären, als wir im Taxi saßen, um unsere Heiratserlaubnis einzuholen, aber leider Gottes war dem nicht so. Meine Erinnerung an diese Taxifahrt besteht aus nichts als wildem Rumgemache auf dem Rücksitz, wie ich es seit der Highschool nicht mehr erlebt hatte. Ich denke, dass ich vor allem diejenige war, die das forciert hat, weil ich mich daran erinnere, wie Vince mir *Geduld, Süße* ins Ohr geflüstert hat.

Er ist so verdammt süß.

Wenn man den heißesten und männlichsten Kerl, mit dem ich jemals auf der Rückbank eines Autos gesessen bin, denn als süß beschreiben kann.

Egal.

Wahrscheinlich sollte ich diesen Kram mit dem Life-Coaching sausen lassen und Vince suchen. Er ist bestimmt immer noch damit beschäftigt, sich anzuziehen oder durch meine Sachen zu wühlen. Ich wäre nicht einmal wütend, sollte er das tun, da ich ebenfalls seine Sachen unter die Lupe nehmen würde, wenn er mich allein bei sich zu Hause zurückließe.

Ich frage mich, ob es eine Eheannullierungsstelle gibt. Vielleicht ist das ja alles ganz einfach? Vielleicht gehen wir da einfach hin, unterzeichnen entsprechende Annullierungspapiere und voilà, es ist erledigt. Dann wird er merken, dass ich nicht völlig verrückt, sondern auf meine Weise eigentlich sehr lustig und charmant bin. Danach wird er mich zum Abendessen ausführen und wir leben glücklich bis ans Ende unserer Tage.

Aber wahrscheinlich wird es bei der Eheannullierungsstelle eine Warteschlange geben. Eine lange, nervige Warteschlange, die ihm viel zu viel Zeit geben wird, in der er darüber nachdenken kann, dass er mich erst einen Tag kennt und ich ihm bereits nichts als Chaos beschert habe. Chaos und Orgasmen. Und ich bin diejenige, die die Mehrzahl der Orgasmen hatte, von daher bin ich mir nicht sicher, dass das ein Argument ist, das für mich spricht. Es sei denn, er steht eher aufs Geben als aufs Nehmen. Ich sollte versuchen, ihn ein wenig zu umwerben, ehe wir diese Ehe auflösen, da er ansonsten vielleicht denkt, dass eine Annullierung einem gänzlichen Ende unserer Beziehung gleichkommt, obwohl wir gerade erst durchstarten, weil wir so viel Potenzial haben.

Oder?

Was hatte das Ganze sonst für einen Sinn? Es ist kein Zufall. Es passiert nicht einfach willkürlich, dass ich ihn sehe und hin und weg bin und dann *bäm* – mit Lydia ins *Double Diamonds* gehe und da ist er. All die Energie und das Verlangen zwischen uns kann nicht einfach nur biologisch begründet sein. Es ist Schicksal. Oder das Universum hat zwei Seelen erkannt, die füreinander bestimmt sind, und so weiter.

Außerdem wissen wir alle, dass *zufällig* ohnehin nur ein langweiliges Wort für *schicksalshaft* ist. Nicht zuletzt war das eine Reihe von glücklichen Fügungen, die den Rest meines Lebens bestimmen werden. Und das von Vince. Und das unserer zukünftigen Kinder. Tut mir leid, wenn ich da ein wenig vorschnell bin, aber es ist unmöglich, ihn anzusehen und nicht darüber nachzudenken, unsere DNA miteinander zu vermischen.

Die Möglichkeiten, die dabei herauskommen können, sind übrigens entzückend. Ich stelle mir vor, dass alle Kinder die gleichen dunklen Haare und Augen wie Vince haben. Vielleicht wird eines auch so aussehen wie ich, ein kleines blondes Mädchen mit lockigen Strähnen und großen blauen Augen, die sie gekonnt einsetzen wird, um von uns zu bekommen, was auch immer sie möchte.

Uns. Es gibt kein Uns, kein Wir, rufe ich mich selbst zur Räson. Aber vielleicht könnte aus uns ein Wir werden? Vince sieht mich so an, als würde er mich verstehen. Als würde er mich wirklich sehen. Wisst ihr, wie selten das vorkommt? Dass dich jemand nicht nur mit einem flüchtigen Blick bedenkt, sondern wirklich bis in dein Innerstes sieht? Dich anguckt, als würde er dein wahres Ich erkennen? So, als wolle er mehr wissen als das, was du von dir gibst, als wolle er vielmehr auch in Erfahrung bringen, was du wirklich denkst?

Das ist selten. Es ist mir vor Vince noch nie passiert. Die meisten Leute würden lachen, wenn du ihnen erzählst, dass du als Kind einen Taco-Song gesungen hast, weil du dachtest, dass Tacos dort herkämen – aus dem Song. Sie würden dich nicht bitten, diesen Song zu singen, und sich am nächsten Tag noch an jede einzelne Zeile erinnern, und dir Tacos mitbringen.

Ich schlage mir vor die Stirn. Ich kann nicht glauben, dass ich ihm wirklich von dem Taco-Song erzählt habe. Aber ich habe ihm gestern Nacht viel erzählt.

Das ist der Moment, in dem ich mich wieder auf das Gespräch zwischen Carol und Meghan konzentriere und Carol gerade fragt, wo sich Meghan in fünf Jahren sieht. Ich dachte immer, diese Frage sei nur ein dummes Klischee. Dass niemand wirklich jemanden anderen etwas so Unerträgliches fragen würde.

Aber dennoch tut Carol genau das. Sie hat an diesem Sonntagnachmittag wirklich die knallharten Fragen mit ins *Grind Me* gebracht.

Wisst ihr, wo ich in fünf Jahren sein werde? Geschieden. Annulliert, wie auch immer. Ich werde siebenundzwanzig und geschieden sein. Himmel, vielleicht werde ich bis dahin bereits zwei- oder dreimal geschieden sein, wer weiß das schon?

Wisst ihr, wo ich in fünfundzwanzig Jahren sein werde? Ich werde Hochzeitseinladungen an meine Kinder schicken. Genau wie meine Eltern. Ich sollte meine Mom anrufen und sie fragen, ob ihre erste Ehe mit jemand gänzlich Fremden war, für den sie starkes Verlangen empfunden hat. Mit einem Mann, der dafür gesorgt hat, dass sie verrückte Dinge tun wollte, wie an Liebe auf den ersten Blick und ewiges gemeinsames Glück zu glauben. Einem Mann, der ihr Herz zum Rasen und in ihrem Bauch Schwäne zum Tanzen gebracht hat. Mir ist bewusst, dass jeder Schmetterlinge benutzt, um dieses Gefühl zu beschreiben, aber Schwäne binden sich fürs Leben – würde ein Bauch voller Schwäne also nicht mehr Sinn machen? Wusstet er ihr übrigens, dass sich weibliche Schmetterlinge nur einmal in ihrem Leben paaren und direkt nach der Eiablage sterben, während die männlichen Schmetterlinge umherflattern und sich mit so vielen Weibchen wie möglich paaren, bis ihnen ihr Samen ausgeht?

Tja, was es nicht alles zu wissen gibt, oder?

Jedenfalls sorgt Vince dafür, dass ich einen Bauch voller Schwäne habe.

Ich frage mich, ob der erste Ehemann bei meiner Mom den Wunsch hervorgerufen hat, verrückte Dinge zu machen. Ob sie gehofft hat, dass er sie verstehen und sie einfangen würde. Dass er an ihrer Seite gemeinsam mit ihr ein wenig verrückt sein würde.

Ich frage mich, ob sich die erste Ehe meiner Mom für sie wie ein Glücksfall anfühlte, aber schließlich doch in Kummer und Herzschmerz endete. Ich habe sie nie viel nach diesem Mann gefragt. Als ich verstanden habe, dass mein Vater nicht ihr erster, sondern ihr zweiter Ehemann war, war ich zehn. Da waren sie schon lang wieder geschieden und sie war mit einem neuen Kerl verlobt. Ein Verwandter hatte einen flapsigen Spruch nach dem Motto *Alle guten Dinge sind drei* gemacht und damit meine Welt von hier auf jetzt auf den Kopf gestellt. Drei? Sie hatte ein Leben vor der Beziehung, aus der ich entstanden bin? Einen Ehemann vor meinem Vater?

Wenn ich heute zurückblicke, habe ich keine Ahnung, warum das für mich damals so unfassbar war. Ich habe einen älteren Bruder, der aus der ersten Ehe meines Vaters hervorgegangen ist. Mir war immer klar, dass mein Dad bereits einmal verheiratet gewesen ist, aber die Vorstellung, dass das auch für meine Mom galt, hat mich irgendwie aus der Bahn geworfen. Das Gefühl war ähnlich dem, zu erfahren, dass es den Weihnachtsmann nicht wirklich gibt. Letzteres habe ich an Weihnachten herausgefunden, als ich sieben war und der *Weihnachtsmann* zwei seiner Geschenke sowohl im Haus meiner Mom als auch im Haus meines Dads vorbeigebracht hatte. Der alte Mann erstellte eine Liste und überprüfte sie sogar zweimal, war aber nicht in der Lage, meine Geschenke in zwei Hälften aufzuteilen und fehlerfrei an zwei unterschiedlichen Orten abzuliefern, nur weil meine Eltern nicht in ein und demselben Haus leben konnten? Das machte für mich keinen Sinn.

Für mich war das Bullshit.

Bullshit ist ein Wort, das Erwachsene nicht gern aus dem Mund einer Siebenjährigen hören. Mein Dad hat zur Strafe mein neues Lego-Set konfisziert. Es hat mich unglaublich viel Mühe gekostet, nicht mit den Augen zu rollen und ihm klarzumachen, dass ich ihm *gerade eben* erklärt hatte, dass ich das gleiche Geschenk auch zu Hause bei meiner Mom erhalten habe. Als Bestrafung war das Ganze also relativ dumm.

Meghan erzählt Carol nichts Derartiges, da es ja schließlich ihre Sitzung und nicht meine ist, sondern berichtet von ihren Karrierezielen und den Teilnutzungsrechten, die sie in Mexiko erwerben möchte.

»Wie sieht es mit deinen persönlichen Zielen aus?«, fragt Carol, was Meghan ins Straucheln bringt.

Ich kann dich verstehen, Meghan. Nur allzu gut verstehen.

»Du hast Probleme mit Intimität«, sagt Carol zu Meghan und

mir bleibt kurzzeitig das Herz stehen, denn mir geht es genauso! Wer flüchtet nach einer Kuschelsession mit einem Sexgott? Niemand. Niemand macht so etwas. Nicht einmal dann, wenn der Sexgott dein brandneuer Ehemann ist, den du etwas weniger als dreißig Stunden kennst. Eine ausgeglichene, normale Person würde sich niemals aus dem Staub machen. Zugegeben, eine ausgeglichene, normale Person würde gar nicht erst in diese Situation geraten, aber trotzdem. Er hat mit meinen Haaren gespielt und mir gesagt, dass er sie genau so mag, wie sie sind – ohne zeitaufwändiges Styling – und ich habe die Flucht ergriffen.

Ich habe das alles ganz schön vermasselt. Wahrscheinlich will er mich nach unserer Annullierung nicht einmal mehr daten, was für mich ein riesengroßes Problem sein wird, da meine Eierstöcke fest daran glauben, dass er dazu bestimmt ist, der Vater meiner Kinder zu werden, und man gegen biologische Triebe nicht ankämpfen kann. Das ist, als würde man versuchen, sich gegen das Schicksal aufzulehnen. Möglicherweise könnte ich mein Verlangen zügeln, wenn er nervtötend wäre, aber das ist er nicht. So was von überhaupt nicht. Alles an ihm zieht mich an und löst in mir den Wunsch nach mehr aus.

Ich weiß, ich weiß. Ich kenne ihn gefühlt erst zehn Minuten.

Verrückte Person.

»Dein Leben ist kein Zufall«, erklärt Carol Meghan gerade. »Dein Leben ist eine Zusammenstellung aus den Entscheidungen, die du triffst, sowohl emotional als auch logisch. Lass Raum für beides. Lass nicht zu, dass dein Kopf dein Herz von etwas abbringt, das du wirklich möchtest.«

Wow, Carol ist so weise. Ich bin wirklich froh darüber, sie gefunden zu haben.

»Lass Raum für das Unerwartete, Meghan.«

Richtig, richtig, richtig.

Dann schwadroniert Carol über Veränderungen auf dem Immobilienmarkt und Wachstumsmöglichkeiten für Renditeobjekte.

Anschließend entgeht mir ein Teil der Sitzung, weil sich eine

Gruppe Teenager lautstark an einem der Tische in der Nähe ausbreitet, sodass jetzt eine Mischung aus Life-Coaching und Homecoming-Plänen auf mich einprasselt.

Wie dem auch sei, ich fange an, mich zu fragen, ob Meghan und ich das Gleiche aus diesen Sessions ziehen wollen. Trotzdem waren gute Ratschläge dabei.

Carol und Meghan beenden ihre Sitzung und vereinbaren, sich am kommenden Donnerstag wieder zu treffen. Ich bleibe noch eine weitere halbe Stunde sitzen, da ich meinen Aufbruch vor mir herschiebe und die Homecoming-Pläne der Teenager ziemlich brisant sind.

Als ich zurück in meine Wohnung komme, ist Vince weg und ich werde melancholisch. Das Taco-Chaos ist ebenfalls beseitigt und der Tisch aufgeräumt. Der Plastikbehälter meines Eiskaffees wurde ausgespült und in den Mülleimer getan. Er ist echt ein megaguter Ehemann. Gut im Bett, räumt hinter sich auf, recycelt.

In meinem Schlafzimmer angekommen, sehe ich, dass Vince den Stoffhai zurück auf mein Kissen gelegt hat. Ich nehme ihn mit mir aufs Sofa und verbringe den Rest des Tages damit, eine Realityshow anzusehen, in der Fremde, die von Beziehungsexperten gematcht wurden, sich darauf einlassen, einander beim ersten Treffen zu heiraten. Ich weiß nicht, was verrückter ist. Einem Fremden das Ja-Wort zu geben, den man sich selbst ausgesucht hat, oder einen Unbekannten zu ehelichen, den ein Team aus Beziehungsexperten für einen ausgewählt hat. Ich komme zum Schluss, dass es wohl gleich verrückt ist, aber das sorgt nicht dafür, dass ich mich bezüglich meiner Lebensentscheidungen besser fühle.

16. Kapitel

»Was hast du am Wochenende so gemacht?«

Es ist Montag. Ich sitze an meinem Schreibtisch und arbeite an einem Preisangebot für eine Hochzeit im nächsten Herbst. Ich würde den Klienten gern sagen, dass sie das ganze Paket auch in einem viel kleineren, wenngleich mit mehr Neonlicht versehenen Rahmen in einer Vielzahl der Kapellen in Las Vegas bekommen können. Da ich meinen Job jedoch gern behalten möchte, füge ich der Kostenübersicht stattdessen, wie erbeten, die Kosten für einen Ballonregen hinzu.

»Ich habe den heißen Typen aus der Lobby geheiratet.«

»Na klar.« Mark nickt. »Hast du vor der Mittagspause Zeit, ein Zimmerkontingent für das Swanson-Event zusammenzustellen?«

Ich höre auf, zu tippen, und ziehe mir die übrigen Ringe vom Finger, die ich neben meinem Ehering angesteckt habe, damit er nicht so ins Auge sticht. Dann halte ich ihm meine Hand unter die Nase und wackle mit meinen Fingern.

»Das hast du nicht getan!« Marks Augen weiten sich zunächst vor Überraschung, doch dann kneift er sie zusammen, als wisse er nicht so recht, ob ich es ernst meine oder ihn auf eine ausgeklügelte Weise auf den Arm nehme.

»Habe ich. Aber sag es nicht Lydia, sie weiß nichts davon.«

»Wow«, ist das Einzige, was Mark sagt. Er öffnet den Mund erneut, schließt ihn dann aber unterverrichteter Dinge wieder.

Ich nicke.

»Also«, er zieht das Wort in die Läge, »bist du verheiratet?«

»Ja, ich bin verheiratet.«

»Das ist mal eine Neuigkeit.«

»Aber hallo.«

»Was wirst du nun machen?«

»Was meinst du?«, frage ich gereizt und wende mich zu meinem Schreibtisch um, um mir wieder die Ablenkungsringe anzustecken. »Fünfzig Prozent aller Ehen werden am Ende geschieden. Es ist also nicht so, als wüssten die Leute, die sich nach reiflicher Überlegung zum Heiraten entschließen, worauf genau sie sich einlassen.«

»Das ist eine Betrachtungsweise.«

»Ja, oder?« Ich tippe mit meinem Stift auf meinem Schreibtisch herum, erfreut über dieses kleine Schlupfloch. »Statistisch gesehen stehe ich also ganz gut da, meinst du nicht?«

»Sicher doch.« Mark nickt auf eine Art und Weise, wie man auf die Worte einer Verrückten reagieren würde.

»Ich habe gerade absolut alles im Griff, Mark. Um genau zu sein, habe ich das Zimmerkontingent für das Swanson-Event bereits vor einer Stunde zusammengestellt und dir per E-Mail geschickt. Da hast du es.« Ich glaube, dass mir die Ehe wirklich guttut. Heute Morgen habe ich zum Beispiel eine Banane statt *Cheez-Its* zum Frühstück gegessen, und gerade habe ich Mark diese Sache geschickt, weil ich wusste, dass er sie brauchte, bevor er mich überhaupt danach gefragt hat. Ich denke, ich bin dieses Wochenende erwachsener geworden. Das fühlt sich ziemlich befriedigend an.

»Danke für die E-Mail. Ich habe mich wirklich sehr über den Link zur neuen Lidschatten-Palette von *Urban Decay* gefreut.«

»Oh, Mist. Habe ich den falschen Link beigefügt?« Warum bin ich nur so ein Katastrophenfall?

»Jap.«

Ich drehe mich zu meiner Tastatur und öffne eine neue E-Mail an Mark, der ich dieses Mal den korrekten Link hinzufüge. Copy-and-Paste-Links können einen echt in die Scheiße reiten, aber immerhin habe ich ihm keinen Link zu einer Pornoseite geschickt. Das würde niemals passieren, aber auch nur, weil ich meinen Computer bei der Arbeit nicht dafür nutze, um mir Pornos anzugucken.

»Was zur Hölle ist das?«, fragt Mark und hält irritiert eines der Abzeichen, die ich gestern für Lydia gemacht habe, in die Höhe. Was ich ihm nicht verübeln kann, da diese Abzeichen ziemlich lächerlich sind, wenn man das Wort *lächerlich*, so wie ich, als Synonym für *fantastisch gemacht* verwendet, versteht sich.

»Errungenschaftsabzeichen für Lydia«, antworte ich und sehe auf die Uhr. Ich treffe mich in zehn Minuten mit ihr zum Mittagessen, also muss ich gleich los. Die Mitarbeitercafeteria ist sechs Minuten Fußmarsch entfernt, da das ganze Resort riesig ist. »Es hilft ihr, sich zu motivieren, wichtige Erwachsenenaufgaben zu erfüllen, wenn sie dafür ein Abzeichen verdienen kann«, erkläre ich, obwohl das eigentlich klar ist.

»Hm.« Marc blinzelt angesichts meiner Worte heftig.

»Gib her.« Ich strecke ihm meine Hand entgegen. »Ich bin mit ihr zum Mittagessen verabredet. Heute werde ich die Salatbar ausprobieren, da ich jetzt verheiratet bin und das die Art von Essensbar ist, wo sich verheiratete Menschen ihr Essen holen.«

»Das klingt korrekt.« Er klatscht mir das Abzeichen in die Hand. »Viel Spaß.«

***

Scheiße, Salatbars sind deprimierend. Ich starre auf den Haufen an Salat, Gurken und grünen Paprika auf meinem Teller und frage mich, ob dieser Schritt des Erwachsenseins wirklich notwendig ist. Das Einzige, was das Ganze noch retten kann, ist Käse. Und Ranch-Dressing. Ich schiebe meinen Teller weiter und begutachte die restlichen Optionen, die es gibt. Ob ich wohl Kichererbsen mag? Ob Vince die mag? Ich frage mich, was zum Teufel er den ganzen Tag im Stripclub macht.

Jetzt mal ehrlich.

Überprüft er Rechnungen für Toilettenpapier und tauscht durchgebrannte Neonlampen aus?

Zweifelhaft.

Wahrscheinlich sollte ich Poledancing lernen, um Interesse an den Dingen, die ihn interessieren, zu bekunden. Das wäre doch eine super Sache, die ich als Ehefrau machen könnte, oder? Ich schaufle mir eine Menge an Croutons auf den Salat, die für vier Portionen reichen würde, und begebe mich auf die Suche nach Lydia. Sie hat bereits einen Tisch ergattert, also lasse ich mich ihr gegenüber breit grinsend auf einen Stuhl fallen. Ich kann es nicht erwarten, von ihrem Wochenende zu hören.

»Also«, gehe ich gleich in die Vollen, »wie war es?«

Mit *es* meine ich Sex.

Lydia wird rot, rutscht auf ihrem Stuhl hin und her und beißt sich auf die Unterlippe. »Gut«, antwortet sie und sieht überall hin, nur nicht mich an.

»Gut? Das ist alles?« Lydias Unfähigkeit, mit Details über den Sex mit Rhys herauszurücken, ist sogar noch enttäuschender als der Salat vor mir. Ich habe mich schon das ganze Wochenende darauf gefreut, all die schmutzigen Einzelheiten zu erfahren. Neugierig zu sein, ist manchmal eine echte Bürde, aber ich seufze nur und hake nach: »Wir reden beide von Sex, oder? Der Sex war gut?«

»So was von gut.« Lydia kämpft gegen ein Lächeln an, das an ihren Mundwinkeln zupft.

»Auf einer Skala von mickrig bis elefantös, wie ist es bei ihm mit der Größe bestellt?« Ich halte meine Hände in die Höhe und deute verschiedene Größen an, darauf wartend, dass sie mir ein Signal gibt, wenn ich richtigliege. »War er kleiner oder größer als der Durchschnitt?« Ich vermute, dass Rhys gut bestückt ist. Ich will ja nicht angeben, aber ich bin ein ziemlich gutes Schwanzometer. Das heißt, eine Person, die gut darin ist, die Größe von Schwänzen einzuschätzen.

»Das kann ich dir nicht sagen!«

»Stimmt. Weil du bisher erst einen Schwanz gesehen und nichts hast, mit dem du ihn vergleichen kannst. Verrat mir einfach nur, ob er länger oder kürzer als ein Stück Butter war.«

»Länger.«

»Dicker oder dünner als eine Coladose?«

»Dünner! Er hat sich so angefühlt wie eine Coladose, war aber definitiv dünner. Oh mein Gott, ich kann nicht glauben, dass ich das gerade gesagt habe«, keucht Lydia und bedeckt mit den Händen ihre Augen.

Ich lache und hole die Abzeichen hervor, die ich für sie gemacht habe. Ich habe ein Blowjob-Abzeichen, ein Sex-Abzeichen und ein Abzeichen für Butt-Stuff, die ich zwischen uns auf dem Tisch in einer Reihe platziere.

»Du hast Abzeichen gemacht!« Lydia strahlt und begutachtet mein Werk, ehe sie das Sex-Abzeichen vom Tisch nimmt und daran herumspielt. »Das ist wirklich schöne Arbeit, Payton.« Diese Frau liebt wahrlich ihre Abzeichen. Sie befühlt die anderen beiden mit ihrer Fingerspitze, ehe sie sie wieder in meine Richtung schiebt. »Diese habe ich mir noch nicht verdient«, sagt sie und ich weiß, dass sie das ziemlich mitnimmt, da sie eine kleine Streberin ist.

»Er wollte keinen Blowjob?«, frage ich entsetzt.

Wobei ... Vince hat dieses Wochenende auch nicht zugelassen, dass ich ihm einen Blowjob gebe. Heiliger, vielleicht sind Blowjobs mittlerweile aus der Mode gekommen? Haha. Ehrlich, ich lache mich kaputt.

»Er hat gesagt, nicht vor Mittwoch«, antwortet Lydia, als wäre das irgendwie ein Ding.

»Wie bitte?« Ich spieße mit der Gabel eine Gurke auf und ziehe sie durchs Ranch-Dressing, ehe ich sie mir in den Mund stecke.

»Ich weiß nicht.« Lydia zuckt mit den Schultern. »Das hat er gesagt.«

»Hm«, murmle ich mit der Gurke in meinem Mund. Gott, ich bin tatsächlich lustig. Nebenbei gesagt, ich muss ganz dringend auch mal ein Lied auf Vinces Flöte spielen, wenn ihr versteht, was ich meine.

»Was hast du denn dieses Wochenende gemacht?«, fragt Lydia. »Außer meinen Abzeichen?«

»Och, du weißt schon, das Übliche.« *Vince geheiratet*, möchte ich am liebsten sagen. Ich will ihr wirklich alles erzählen und mir ihren Rat anhören, aber jetzt ist nicht der richtige Zeitpunkt dafür. Die Sache mit Rhys und ihr ist so neu für sie, da möchte ich nicht die ganze Aufmerksamkeit auf mich lenken. Vielleicht kann ich ja ein wenig drum herumreden? Ich spieße ein Stück grüne Paprika auf, während ich darüber nachdenke, wie ich darüber reden kann, ohne konkret etwa zu verraten. »Wusstest du, dass arrangierte Ehen, statistisch gesehen, eine viel höhere

Erfolgsrate haben als herkömmliche Ehen, wo die Partner einander selbst auswählen?« So nonchalant wie möglich kaue ich auf meiner Paprika herum. Grüne Paprika schmecken ein wenig wie grüne Oliven und ein bisschen nach Depression.

»Ja, davon habe ich gehört«, entgegnet Lydia mit einem kleinen Lächeln. »Hast du dir wieder mehrere Folgen *Married at First Sight* am Stück reingezogen?

Diesen Titel habe ich wohl eher gelebt.

»Vielleicht«, sage ich. »So eine Ehe könnte aber funktionieren, glaubst du nicht?«

»Nun, vermutlich ist da schon was dran.«

»Exakt!«

»Ein Team von Psychologen könnte passende Partner matchen, nehme ich an. Sie hätten wahrscheinlich ein gutes Händchen für kompatible Persönlichkeitsmerkmale und paaren Leute miteinander, die aktiv einen Partner fürs Leben suchen, was bedeutet, dass alle das gleiche Ziel haben.«

»Genau wie Schicksal!« Ich nicke bestätigend, als ich das sage.

»Nein, ich glaube nicht, dass Psychologie und Schicksal in irgendeiner Weise dasselbe sind.« Lydia schüttelt im Gegensatz zu meinem heftigen Nicken vehement den Kopf.

Verdammt.

17. Kapitel

Ich bin gerade von der Arbeit zurückgekommen und in ein Tanktop und eine Pyjamahose, die Lydia aus einem alten Bettbezug genäht hat, geschlüpft, als es an der Tür klopft. Ich denke, wir wissen alle, wer es ist.

»Gott sei Dank, bist du hier«, verkünde ich, als ich die Tür öffne. »Ich bin froh, dass du da bist. Ich fand es ziemlich seltsam, dass du mir aus dem Weg gegangen bist«, sage ich mit überkreuzten Fingern, weil immerhin ich das letzte Mal davongedüst bin, und bedenke Vince mit einem frechen Grinsen. Dabei betrachte ich ihn von Kopf bis Fuß.

Heiliger, sieht er gut aus. Er trägt einen Anzug mit Krawatte, der sogar am Ende des Tages noch wie frisch gebügelt aussieht. Bei seinem Anblick überrollt mich eine Welle aus Aufregung und Erwartung. Ihn zu sehen, lässt die Schwäne im Bauch schnelle, kleine Kreise schwimmen. Ich weiß nicht, warum, aber er haut mich einfach um. Das Schicksal hat mir einen echten Gefallen getan, als es dafür gesorgt hat, dass wir einander begegnen, so viel ist sicher.

Er schüttelt wieder auf diese ganz bestimmte Art und Weise den Kopf, die mir schon vertraut ist, und verdreht zusätzlich noch die Augen. »Süß«, murmelt er, als er an mir vorbei nach drinnen geht. »Wirklich süß.«

Er hält eine braune Tüte in der Hand. So eine, die man nur in teuren und auserlesenen Lebensmittelmärkten bekommt, weil Hipster Retro und die Umwelt lieben. Vince ist kein Hipster, also kann ich nur annehmen, dass er dort einkauft, weil die Lebensmittel verdammt fancy sind.

»Du sagst immer und immer wieder, wie sehr du mich magst, aber dann verschwindest du plötzlich wegen eines angeblichen Termins. Das ist seltsam, oder? Du solltest das Ganze wirklich mal in den Griff bekommen, bevor ich noch einen Komplex davon kriege.« Kopfschüttelnd schließe ich die Tür hinter ihm. So macht man das. Man dreht die Situation einfach um.

»Hm«, murmelt Vince und geht schnurstracks in die Küche.

»Hast du mir Lebensmittel mitgebracht? Gott sei Dank, ich bin am Verhungern. Ich hatte zum Mittagessen einen Salat, der übrigens scheußlich war, und ich habe den Rest meiner *Cheez-Its* gestern in der Dusche verputzt.«

Vince, der die Tüte gerade auf der Anrichte abstellen wollte, hält inne. »Was?« Er sieht mich an, als würde ich absoluten Unsinn reden. Dann mustert er mich ganz langsam von oben bis unten und setzt eine finstere Miene auf, als er sieht, was ich anhabe. »Du bist also schon im Pyjama und hast nichts zu essen im Haus? Was wolltest du dir zum Abendbrot machen, Payton?«

»Ähm ...« Ich ziehe die Nase kraus und lege den Kopf schief. »Ich glaube nicht, dass es dich sonderlich überrascht, dass ich nicht immer alles komplett durchdenke.«

»Stimmt«, sagt er, wirft den braunen Briefumschlag, den er sich unter den Arm geklemmt hatte, auf die Anrichte und beginnt, die Lebensmittel auszupacken. »Du musst die Papiere da drin unterzeichnen, aber zuerst essen wir etwas und dann reden wir.«

Scheiße, das ging schnell. Offensichtlich mangelt es meinem Mann nicht an Initiative. Eine Charaktereigenschaft, die nützlich ist, wenn es darum geht, den Müll rauszubringen oder ein Möbelstück aufzubauen. Dagegen ist Initiative nicht hilfreich, wenn man versucht, ein wenig Zeit vor der Annullierung seiner Ehe zu gewinnen. »Abendessen, wow.«

»Ich bin ein sehr beschäftigter Mann, Payton. Darum ist Multitasking angesagt.«

»Natürlich. Und wir sollten absolut reden«, stimme ich zu, während ich den braunen Umschlag aus dem Augenwinkel mit Blicken durchbohre. »Es gibt so viel zu besprechen.«

»Du hast heute Abend keine weiteren Termine, nehme ich an?«, vergewissert sich Vince und mustert wieder meine Pyjamahose. Lydia hat diese aus einem Vintage-Betttuch mit leuchtendem Blumendruck gefertigt. Sie ist echt furchtbar. Ich habe sie mit einem grauen Tanktop kombiniert, auf dem unter der Zeichnung eines Stachelschweins *Ich brauche einfach nur eine*

Umarmung steht.

»Nein.« Ich schüttle den Kopf und wackle mit dem Umschlag hin und her, den ich mir geschnappt habe. Er ist groß. So groß wie ein Blatt Druckerpapier.

»Bist du sicher? Willst du nicht lieber noch mal in deinem Kalender nachsehen? Wäre doch schade, wenn du dich wieder ohne BH aus dem Staub machen müsstest.«

»Sei nicht albern. Ich habe ihn im Auto angezogen.«

»Freut mich, das zu hören. Schließlich will ich nicht, dass du ohne BH in Las Vegas herumrennst.« Er richtet seinen Blick auf meine Oberweite. Ich trage gerade definitiv keinen BH und meine Brüste freuen sich über alle Maße über seine Anwesenheit in meiner Wohnung. »Ich nehme an, du hast einen Korkenzieher?« Vince zieht eine Flasche Rotwein aus der Tüte hervor. »Töpfe und Pfannen?« Er wirkt, als würde er seine Annahme, ich könne Kochutensilien besitzen, noch mal überdenken. Was durchaus berechtigt wäre, aber da ich mit Lydia zusammenlebe, sollte alles im grünen Bereich sein.

»Was kochst du?«, frage ich, als ich mich hinter die Küchenanrichte begebe, um ihm den Korkenzieher rauszusuchen. Ich lege ihn neben die Flasche Rotwein auf die Anrichte, dann gehe ich um Vince herum, um Gläser für uns zu holen.

»Hühnchen und Pasta.« Er zieht sich sein Jackett aus und hängt es über die Lehne eines Küchenstuhls, ehe er sich am Knoten seiner Krawatte zu schaffen macht. »Alles okay bei dir?« Er schmunzelt, wahrscheinlich, weil ich in meinem Tun innegehalten habe, um ihm dabei zuzusehen, wie er seine Krawatte löst. Die Bewegungen seiner Finger und die Venen auf seinem Handrücken, die zutage treten, während er den Knoten der Krawatte aufmacht und seinen Kragen von ihr befreit, haben etwas sehr Verführerisches. Warum ist das so verflucht heiß? Ich muss mich unter Kontrolle bekommen oder dieser Abend wird so enden wie die letzten beiden. Moment, das ist doch das, was ich will, oder? Eine Nacht, die mit jeder Menge Orgasmen endet?

Die möchte ich auf jeden Fall, aber reden möchte ich auch.

Definitiv. Vielleicht nicht über unsere drohende Trennung, aber über viele Dinge. Zum Beispiel würde ich gern wissen, was er von Katzen hält. Und ob er vor kurzem irgendwelche guten Bücher gelesen hat. Ob er lieber die olympischen Sommer- oder Winterspiele mag. Was sein Lieblingsfilm ist. Ob Samstagnacht die beste oder schlimmste Nacht seines Lebens war.

Ich weiß, dass er Tacos mag. Und Pizza. Und Kochen. Und es Frauen mit dem Mund zu besorgen. Ich weiß auch, dass er nicht auf Tattoos steht, weil er mich geheiratet hat, um mich davon abzuhalten, mir eins stechen zu lassen, und ich keine an ihm entdeckt habe. Ich weiß, dass er nachdenkt, bevor er redet, und dass er mich mag, zumindest ein bisschen.

Er hält mich für lustig. Und nervig. Und bestimmend. Und schön. Er hat gesagt, ich sei wunderschön.

Das ist zwar nicht der schlechteste Start in der Geschichte der Beziehungsanfänge, aber ich wüsste gern mehr über ihn.

Ich ziehe einen Stuhl hervor und setze mich an die Kücheninsel, damit ich ihn beim Werkeln zusehen kann. Wieder einmal wird mir bewusst, was für eine beschissene Ehefrau ich bin. Ich koche nicht, gebe keine Blowjobs und habe ihn nicht einmal gefragt, ob ich irgendwas für ihn zur Reinigung bringen soll. Außerdem trage ich keine sexy Unterwäsche.

Vielleicht sollte ich etwas an mir ändern? Fairerweise muss man sagen, dass das mit dem Blowjob nicht meine Schuld ist. Ich habe ihm schon in der ersten Nacht einen angeboten. Gestern wollte ich es auch machen, aber da hat er mich mit seiner Zunge abgelenkt, und dann hatte sich das erledigt. Oh Mann, ich bin echt furchtbar.

»Worüber denkst du nach?«

»Darüber, dir einen zu blasen.«

»Ja?«, sagt er leichthin, als würden wir uns nur darüber unterhalten, wo das Schneidebrett steht. »Hast du eine Liste mit bestimmten Bedingungen, unter denen das vonstattengehen soll?«

Also ist er offen für diese Idee, das höre ich daraus. Vielleicht möchte er mich nach der Annullierung ja daten und er verliebt sich in mich? Das wäre eine tolle Geschichte für unsere Enkelkinder.

»Du sagst das so, als wäre ich anspruchsvoll.«

»Bist du ja auch.«

»Ich bin extrem einfach im Umgang. Das sagen alle!« In Wirklichkeit sagt das keiner. Aber wahrscheinlich nur, weil das Thema niemals aufkommt. Schließlich laufe ich nicht durch die Gegend und frage die Leute, ob sie denken, ich sei einfach zu handeln. Aber wenn ich das machen würde, würden sie es bestätigen. Wahrscheinlich. Zumindest alle außer mein Ehemann.

»Du hast auf jeden Fall eine sehr unbekümmerte Art, deinen Willen durchzusetzen«, meint Vince, als er einen Topf mit Wasser auf den Herd stellt.

Ich nehme an, dass ich mir vorstellen kann, wie er zu diesem Schluss kommt. Das mag möglicherweise sogar eine faire Einschätzung sein. Ich bin wirklich selbstkritisch. Das sollte ich zu meiner Liste mit guten Attributen von mir hinzufügen.

»Was den Blowjob angeht, kann ich dich dafür fesseln?«

»Nein.« Seine Antwort ist solide, aber seine Mundwinkel zucken, als wäre meine Frage amüsant gewesen.

Hm. »Kannst du mich fesseln?«

»Wie willst du mir einen Blowjob geben, wenn du gefesselt bist?«

Verdammt! Schlechteste. Ehefrau. Ever. »Ich nehme an, dass es ohne meine Hände eher so wäre, als würdest du meinen Mund benutzen, um dir selbst einen runterzuholen, während ich nichts tue, oder?«

»Was für ein Bild du da heraufbeschwörst, Payton.«

»Du kannst mich aber immer noch fesseln. Es muss ja kein Tauschgeschäft sein.«

»Tauschgeschäft«, murmelt er kopfschüttelnd, aber er lächelt, als er den Wein entkorkt und uns zwei Gläser einschenkt.

»Also, Vince, wo siehst du dich selbst in fünf Jahren?« Warum nicht gleich beim Reden in die Tiefe gehen.

Er rollt gerade seine Hemdsärmel hoch und sieht auf. Ein irritierter Ausdruck zeichnet sich auf seinem Gesicht ab, doch dann kneift er amüsiert die Augen zusammen. »Wie bitte? Ist das hier ein Bewerbungsgespräch?« Er lacht und stellt eine Pfanne auf den Herd, ehe er in den Küchenschränken nach einer Flasche Olivenöl sucht.

»Ich meine das ernst. Du wirst dann alt und geschieden sein. Denk drüber nach.«

»Eine Annullierung zählt nicht als Scheidung. Genau genommen zählt sie gar nicht.«

»Versuch das mal Britney Spears zu erzählen. Sie wird ihre neunzehnstündige Ehe auf ihrer *Wikipedia*-Seite stehen haben, bis sie stirbt. *Wikipedia*, Vince. Das ist für immer.«

»Okay, wow. Lass uns mal einen Schritt zurück machen.«

»Brauchst du eine Ehefrau mit gewissen Vorzügen?«, hake ich nach, da *einen Schritt zurück machen* nicht so klingt, als würde es mich irgendwo hinführen.

»Was genau soll das bedeuten?«

»Ich bin krankenversichert. Brauchst du eine Krankenversicherung? Ich könnte dich in meine mitaufnehmen. Das wäre sehr vernünftig. Einen Ehepartner mitaufzunehmen, kostet nur ungefähr zweihundert Dollar extra im Monat. Zudem ist es eine wirklich gute Krankenvorsorge, das sagt zumindest Lydia, und die arbeitet in der Personalabteilung, von daher sollte sie das wissen. Ich bin leider keine Expertin, was Sozialleistungen angeht.«

»Das ist nicht, was der Ausdruck *mit gewissen Vorzügen* bedeutet.«

»Hör zu, in diesem Fall denke ich, ist genau das damit gemeint. Die Gesellschaft hat den Begriff zu etwas Anzüglichem gemacht.«

»Also würde Sex nicht zu diesem Arrangement gehören?«

»Sei nicht albern. Natürlich würde Sex dazugehören.«

»Kann es sein, dass du dir gerade mit deiner Aussage selber einen Strick gedreht hast?«

»Vielleicht.« Verdammt.

»Hm«, murmelt Vince, während er eine Tomate schneidet. Das Hühnchen brutzelt mittlerweile in der Pfanne und auch die

Nudeln kochen bereits. Ich trinke einen Schluck Wein und sehe ihm beim Kochen zu. Er hat sich ein Geschirrhandtuch über seine Schulter gelegt und die Ärmel seines Hemds bis zu den Ellenbogen hochgerollt, was dafür sorgt, dass ich das Abendessen überspringen und ihn direkt zum Dessert vernaschen würde, wenn ich nicht so hungrig wäre. Blöder Salat.

»Was hast du heute Mittag gegessen?«, frage ich, weil ich es wirklich wissen möchte. Einen Cheeseburger? Einen Proteinshake? Selbst gemachten Thunfischsalat auf Roggen?

»Ich hatte ein Lunchmeeting im *Palm* und habe dort den Lachs gegessen.«

»Mit ...« Ich halte inne, da ich nicht weiß, wie ich subtil mehr aus ihm herausbekommen soll. »... einer von deinen Mitarbeiterinnen?« Wow, sehr subtil, da hätte ich ihn auch direkt fragen können, was sie anhatte.

»Mit einem Kunden.«

Oh, einem Kunden. Einem High-Roller. Oder einem Tipper? Wie nennt man jemanden, der viel Geld in einem Stripclub ausgibt? Tja, egal, wie man ihn nennt. Es ist auf jeden Fall interessant. Ich hätte mir niemals vorgestellt, dass Vince am Tag mit einem Kunden fürstlich essen geht.

»Wie sieht es mit Steuererleichterungen aus?«, platzt es aus mir heraus. »Verheiratete Paare erhalten Steuervergünstigungen, oder?«

»Du schlägst also eine Zweckehe vor? Mit Sex?«

»Vielleicht?«

»Ich kann mir nicht vorstellen, dass irgendwas an dir für mich zweckdienlich wäre.«

Tja, ganz unrecht hat er da nicht. Ich schnaube und umkreise mit meinem Finger den Rand meines Weinglases.

»Miteinander durchzubrennen ist doch aber wie eine Art Kostprobe, oder?«

»Inwiefern?«

»Im Sinne einer Probezeit? So wie *Netflix*, wo man dreißig Tage kostenlos bekommt, weil man es ausprobieren soll?«

»Nein.« Vince schüttelt den Kopf. »Miteinander durchzubrennen ist nichts dergleichen.«

»Wie wäre der Vergleich mit einer Kostprobe im Supermarkt? Wenn sie dich den Käse probieren lassen, ehe du ein großes Stück davon kaufst.« Ich versuche, mit der freien Hand das Aufnehmen eines Käsehäppchens mit einem Zahnstocher zu veranschaulichen, aber ich glaube, dass es eher so aussieht, als würde ich eine Handpuppe nachahmen.

»Was?« Vince wirft etwas zu dem Hühnchen in die Pfanne, ehe er sich wieder mir zuwendet. »Inwiefern sind sich eine Käseprobe und eine Ehe ähnlich?«

»Kennst du das Sprichwort? Warum die Kuh kaufen, wenn man die Milch umsonst haben kann? Ich habe dir die Milch sprichwörtlich umsonst angeboten. Also ist das alles praktisch auf deinem Mist gewachsen.«

Vince starrt mich einen langen Moment an und schüttelt dann wieder einmal den Kopf. Aber nicht nur so ein bisschen, sondern äußerst vehement. »Ich kann mir nicht eine einzige Antwort vorstellen, die gut für mich ausgeht«, murmelt er an sich selbst gewandt, während er den Herd ausmacht und die Nudeln abgießt.

Ich zucke mit den Schultern, hole zwei Teller und stelle sie auf die Anrichte, ehe ich mir zwei Gabeln und etwas Küchenrolle schnappe. Letztere falte ich wie schicke Servietten diagonal zusammen. Dann trage ich unsere Weingläser zum Tisch, setze mich hin und beobachte Vince beim Anrichten.

»Vielleicht ist gemeinsam durchbrennen wie eine Testfahrt, nur dass man sozusagen seinen Ehepartner Probe fährt, um herauszufinden, ob er gut zu einem passt?«

Vince verzieht die Lippen zu einem Grinsen. »Ich glaube, dafür ist das Dating da.«

»Sicher. Nur dass die meisten Ehen am Ende geschieden werden und die allgemeine Annahme ist, dass sich all diese Paare zuvor gedatet haben.«

»Stimmt.« Er wirft mir einen Blick zu, während er zwei Teller mit Pasta anrichtet, die von einer Art Käse-Hühnchen-Zubereitung bedeckt ist, auf der eine einzelne Tomatenscheibe thront. Sehr schick im Vergleich zu allem, was ich serviert hätte.

»Arrangierte Ehen haben eine viel höhere Erfolgsrate und diese Paare haben sich überhaupt nicht vorher gedatet! Von daher denke ich, dass meine Rechnung zeigt, dass Dating nahezu irrelevant für die statistischen Chancen einer erfolgreichen Ehe ist.«

»Also schlägst du ein soziales Experiment vor, in dem Fremde einander heiraten, um zu sehen, ob sich die Scheidungsrate basierend auf zufälligen Paarungen verbessert?«

»Es wäre nicht komplett zufällig, sondern würde auf gegenseitigem Begehren fußen.« Ich grinse, aber er schweigt. »Begehren ist ein nobles Wort für Verlangen«, füge ich hilfreich hin zu. »Passion? Leidenschaft? Begierde?«

»Gestört«, erwidert er. »Das ist ein nobleres Wort für absolut durchgeknallt.«

18. Kapitel

Da er sich ohnehin von mir scheiden lassen wird, mache ich mich daran, den ganzen Teller leer zu putzen, nachdem er mir das Hühnchen-Pasta-Gericht serviert hat. Es gibt keinen Grund, so zu tun, als ich sei ich ein zartes Blümchen, den Punkt haben wir längst überschritten. Außerdem hege ich noch immer ein wenig Groll wegen des Salats heute Mittag und bin zu hungrig, um mir irgendwelche Gedanken deswegen zu machen.

»So gut«, stöhne ich mit vollem Mund. »Haben sie dir von dem Käse, den du benutzt hast, eine Kostprobe gegeben oder wusstest du bereits, dass er gut ist?«, frage ich, nachdem ich hinuntergeschluckt habe.

»Ich kann nicht sagen, ob du das ernst meinst oder einfach nur verrückt bist.«

»Ich bin einfach nur sehr unterhaltsam.«

»Du bist auf jeden Fall eine besondere Nummer«, sagt er, nimmt einen Schluck Wein und mustert mich über den Rand seines Glases hinweg.

»Aber hast du schon mal jemanden wie mich getroffen?«

Er schweigt eine Weile und sieht mich an, als würde er ernsthaft darüber nachdenken. »Nein«, meint er schließlich. »Mit absoluter Sicherheit habe ich noch nie jemanden wie dich getroffen.

»Warst du schon jemals zuvor verheiratet, Vince?«

»Nein.« Er schüttelt kurz den Kopf.

Ich frage mich, ob er darüber nachgedacht hat, Gwen zu heiraten. Das ist der Name der Ex, die Staci erwähnt hat.

»Tja, ich auch nicht.« Ich zucke mit den Schultern. »Ich habe Angst, dass ich vielleicht furchtbar schlecht darin bin.«

»Warum denkst du das?«

»Meine Eltern sind furchtbar schrecklich darin.«

»Es wird nicht genetisch vererbt.«

»Nein, aber es ist erlerntes Verhalten, oder? Das ist möglicherweise noch schlimmer.«

»Du wirkst wie eine Frau, die alles schaffen kann, was sie sich in den Kopf setzt.«

Das gefällt mir. Sehr sogar. »Was ist mit deinen Eltern? Sind sie noch verheiratet?«

»Sie waren niemals verheiratet.«

»Oh.« Ich pieke mit meiner Gabel ein Stück Hühnchen auf, während ich mir all die Möglichkeiten ausmale, was dahinterstecken könnte. Vielleicht ist es etwas überaus Tragisches, etwa, dass seine Eltern wahnsinnig ineinander verliebt waren, aber sein Vater gestorben ist, als seine Mutter schwanger war. Vielleicht geschah es bei einem Militäreinsatz oder er hatte unterwegs einen Unfall, als er ein Babybett kaufen wollte. Ich frage mich, ob es Vince traurig macht, was auch immer der Grund war.

Ich esse noch einen Happen und beobachte ihn. Ich möchte mehr darüber erfahren, habe aber mit Sicherheit kein Recht, danach zu fragen.

»Meine Mutter war eine Stripperin und mein Vater ist keine Erwähnung wert«, sagt er nach ein paar Minuten der Stille, als wir essen. Es ist, als könnte er die Neugierde in meinem Kopf herumwirbeln sehen. Oder aber er ist bereits mit meiner lebhaften Fantasie vertraut und hat beschlossen, meiner Vorstellung, wie auch immer die aussah, einen Riegel vorzuschieben.

»Oh.« Ich brauche einen Moment, um zu verarbeiten, was er gesagt hat. »War?«, hake ich nach. »Ist sie, ähm ... Ist sie verstorben?«

»Ja.« Er sieht deswegen nicht unbedingt traurig aus. Vince gibt nie viel preis, wie ich herausgefunden habe, aber ein schmerzlicher Ausdruck huscht definitiv über seine Augen. Nur einen Wimpernschlang lang. »Es ist lange her.«

»Das tut mir leid.«

»Danke.«

»Hat sie dir beigebracht, dieses Gericht zu kochen?« Ich stopfe mir einen weiteren Bissen in den Mund, während ich mich frage, ob er zumindest mein Mitbewohner sein wollen würde. Ich bin gut im Abwaschen, wenn Lydia kocht, also bin ich keine totale Versagerin als Mitbewohnerin.

»Nicht das hier speziell.« Er lächelt. »Aber sie hat mir beigebracht, selbstständig zu sein. Sie hat immer gesagt, dass sie meine Mutter und nicht meine Haushälterin wäre.«

»Klug.«

»Das war sie. Sie hätte dich gemocht«, fügt er noch hinzu. Dann blinzelt er und wirkt überrascht darüber, dass er das gesagt und etwas offenbart hat, was er nicht offenbaren wollte.

»Hast du noch irgendwelche Geschwister?«

»Nein, es gab immer nur mich und meine Mom.«

»Wo verbringst du dann die Feiertage? Thanksgiving? Weihnachten?«

»Was?«

»Wenn du keine Mom oder Familie hast, wo gehst du hin?«

Er sieht mich für einen langen Moment an, als würden ihn meine Fragen faszinieren. Ich denke, dass es ziemlich normale Fragen sind, aber vielleicht ist er es nicht gewohnt, solche gestellt zu bekommen.

»Ich arbeite an den Feiertagen viel. Manchmal, wenn ich«, er hält inne, als wüsste er nicht, wie er diesen Teil formulieren soll, »mit jemandem zusammen bin, verreisen wir eventuell.«

Okay. Wenn er mit jemandem zusammen ist. Jemandem, der nicht ich ist.

»Du kannst zu Thanksgiving zu mir kommen, wenn du möchtest. Natürlich nur, wenn du nicht mit jemandem zusammen bist, versteht sich.« Ich benutze die Finger, um das Wort *jemand* in Gänsefüßchen zu setzen. »Wenn du zu Hause bist, kannst du gern hier sein. Ich werde dich nicht einmal darum bitten, zu kochen, weil sich Lydia um alles kümmern wird. Wahrscheinlich werde ich nur die Kartoffeln schälen oder so was.« Ich runzle die Stirn, als ich darüber nachdenke, dass Thanksgiving noch ein paar Monate weit weg ist und Lydia möglicherweise kein Thanksgiving-Dinner in unserem Appartement kochen wird. Als wir von Nevada hierhergezogen sind, haben wir es so geplant und darüber gesprochen, dass es zu teuer wäre, nach Hause zu fliegen, und wir nicht genug Urlaub haben, um eine lohnenswerte Reise daraus zu machen. Aber die Dinge ändern sich und vielleicht lebt sie bis dahin offiziell mit Rhys zusammen. Eventuell möchte sie dann lieber dort Thanksgiving feiern und nicht hier.

»Macht dich der Gedanke ans Kartoffelschälen traurig?«

»Ha, nein.« Er ist sehr aufmerksam, wenn es um mich geht, wie mir aufgefallen ist. Aber auch im Allgemeinen. Mir gefällt die Art und Weise, wie er mir Aufmerksamkeit schenkt. »Ich habe nur gedacht, dass Thanksgiving vielleicht bei Rhys zu Hause stattfinden wird und nicht hier. Ich glaube nicht, dass er sie nach dem Monat, den er mit ihr verbringen wird, nicht mehr sehen möchte, denn Lydia ist toll und Rhys kein kompletter Idiot. Also wer weiß, vielleicht wohnen die beiden bis dahin zusammen und wollen Thanksgiving bei sich zu Hause feiern. Was in Ordnung ist.« Ich wedle mit der Hand in der Luft herum, um zu verdeutlichen, dass das absolut in Ordnung ist, füge aber noch ein kleines Schulterzucken hinzu, denn mit absolut in Ordnung meine ich eigentlich, dass es halbwegs okay ist, da ich eigentlich dachte, dass Lydia und ich dieses Jahr zusammenwohnen würden. »Weißt du, ob Rhys in seiner Hotelsuite eine richtige Küche hat?«

»Hat er. Jede von ihnen hat eine. Aber ich glaube, dass sie sämtliche Speisen aus der Hotelküche bestellen. Vielleicht lassen sie sich an Thanksgiving auch einfach verköstigen.«

»Oh nein, auf keinen Fall. Lydia würde eher einen Schlaganfall erleiden, als das zuzulassen.« Ich schüttle heftig den Kopf. »Sie war bei den Pfadfinderinnen und wird sich nicht verköstigen lassen. Sie wird selber Torten backen und ein Herzstück für die Dekoration aus etwas kreieren, das sie bei *Goodwill* gefunden hat. Wie dem auch sei, du kannst trotzdem kommen. Ich wette, dass es das beste gediegene Thanksgiving ever wird.«

»Danke, ich weiß die Einladung zu schätzen.«

»Gern geschehen.«

»Erzähl mir, wie du bei den Pfadfinderinnen rausgeschmissen wurdest.«

»Woher weißt du denn davon?« Ich lasse meine Gabel auf

meinen leeren Teller sinken und starre ihn mit offenem Mund an. Ich mag darüber ja Witze reißen, aber nur bestimmten Leuten gegenüber, denn eigentlich bin ich sehr empfindlich, was dieses Thema angeht. Es ist die Achillesferse meiner Kindheit.

»Canon hat es mir erzählt.«

»Canon weiß davon?! Wie kann das sein? Wissen es alle?«

Vince Augen beginnen, zu funkeln, und er verzieht die Lippen zu einem Grinsen. »Ich mache Witze. Du hast es mir neulich in der Nacht erzählt.«

»Oh.«

»Also?«, bohrt er nach. »Erzähl es mir.«

»Es ist peinlich.« Ich sacke auf meinem Stuhl zusammen.

Vince lehnt sich nach vorn, stützt sich mit seinen Ellenbogen auf dem Tisch ab und bedenkt mich mit einem intensiven Blick. »Als ich acht war, ist meine Mom mit mir ins *Disneyland* gefahren. Es war eine wirklich große Sache, weil wir nicht viel Geld hatten. Damit meine ich, dass sie sich nicht ein Hotel in Las Vegas und zusätzlich noch die Tickets für *Disneyland* leisten konnte, also fuhren wir an einem Tag hin und wieder zurück. Jeweils vier Stunden Autofahrt, nur damit sie mir einen Nachmittag im *Disneyland* ermöglichen konnte.« Er trinkt einen Schluck Wein und schüttelt den Kopf. »Und dann habe ich Tigger in die Eier geboxt.«

»Was?« Ich lache. »Warum?«

»Ich wollte ihn eigentlich umarmen, aber er hat sich bewegt und ich hatte den Arm bereits ausgestreckt, also sagte es *bäm*. Direkt in die Eier. Ich habe mich so sehr geschämt, dass ich geweint habe.«

»Wurdest du rausgeschmissen, weil du Tigger wehgetan hattest?«

»Nein, aber ich hate das Gefühl, unseren Tag ruiniert zu haben. Es war mir zu peinlich, um meiner Mom zu erklären, warum es passiert war, sodass sie dachte, ich hätte mich wie ein übermüdeter kleiner Rabauke aufgeführt. Wenn ich darauf zurückblicke, war das alles so dämlich. Warum habe ich ihr nicht einfach erklärt, was passiert ist? Mein achtjähriges Ich war damals zu beschämt, also habe ich keinen Piep mehr gesagt. Bei dem Gedanken daran zucke ich noch immer zusammen.«

Er nimmt einen weiteren Schluck von seinem Wein und zieht die Augenbrauen in die Höhe, als wolle er sagen *Du bist dran.*

»Okay.« Ich seufze. »Also gut.« Ich rutsche ein wenig auf meinem Stuhl hin und her, um eine wirklich bequeme Position zu finden, ehe ich zu erzählen beginne. »Das erste Übernachtungscamp stand an. Es handelte sich nur um eine Nacht, war aber eine wirklich große Sache, verstehst du?« Er nickt. »Wir würden uns ein Camping-Abzeichen verdienen und in Zelten schlafen, und es war einfach so eine Riesensache.« Wieder wedle ich mit den Händen in der Luft herum, um die Wichtigkeit und das Ausmaß dieses Events zu verdeutlichen. »Aber es kostete fünfzig Dollar. Fünfzig verdammte Dollar, daran erinnere ich mich noch wie heute.«

»Deine Eltern konnten es sich nicht leisten?«

»Nein, das war es nicht.« Ich schüttle den Kopf. »Sie konnten es sich leisten, aber sie waren geschieden und machten daraus einen Kampf ums Geld. Meine Mom bestand darauf, dass mein Dad für das Übernachtungscamp bezahlen solle, weil es auf sein Wochenende mit mir fiel. Mein Dad wiederum sagte, dass er Alimente bezahlen würde, um solche Ausgaben wie das Übernachtungscamp zu decken, und dass daher meine Mom dafür aufkommen solle.«

»Wie alt warst du?«, fragt Vince, auf dessen Stirn sich eine Falte gebildet hat.

»Sieben.«

»Das ist heftig, dass sie dich da mit reingezogen haben.«

»Ja, ich wollte einfach nur in einem Zelt schlafen und einen Hotdog essen, den ich selber zubereitet hatte. Gott, dieser dämliche Hotdog. Ich hatte sogar schon einen Stock ausgewählt.« Ich sehe zu Vince hinüber, denn dieser Teil ist aus irgendeinem Grund besonders demütigend für mich und ich habe noch nie jemandem davon erzählt. »Ich hatte diesen Stock bei uns im Garten gefunden und für meine Vorstellung als Siebenjährige war es das perfekte Stück Holz, um daran während des Camps einen Hotdog über dem Feuer zu rösten. Ich dachte, ich würde meinen eigenen Stock mit ins Camp nehmen, zusammen mit meinem Schlafsack, was dumm ist, oder? Ich habe das Ende, das ich als Halterung verwenden wollte, mit rosa Glitzernagellack angemalt und das Ding für über einen Monat unter meinem Bett aufbewahrt.«

»Aber du konntest ihn nie benutzen.«

»Genau«, bestätige ich. »Mein ganzer Trupp kam mit Camping-Abzeichen und tollen Geschichten zurück, aber ich war kein Teil davon. Also ist mir die Idee in den Sinn gekommen, dass es fast so wäre, als wäre ich da gewesen, wenn ich nur dieses Camping-Abzeichen hätte.«

»Okay.« Vince nickt, als würde diese Logik tatsächlich irgendeinen Sinn ergeben.

»Ich hatte diesen Schlüsselanhänger, einen kleinen Stoffgorilla, und Mandy Marshall wollte ihn unbedingt haben. Also habe ich mit ihr getauscht, meinen Schlüsselanhänger gegen ihr Camping-Abzeichen.«

»Tüchtig.« Vince lächelt. Ich mag die kleinen Fältchen, die sich um seine Augen bilden, wenn er lächelt.

»Alles lief gut, bis zum nächsten Gruppentreffen, wo Mandy ihr Abzeichen auf einmal vermisst hat.«

»Ahh.«

»Sie weinte und irgendwie endete das Ganze damit, dass ich wegen für eine Pfadfinderin unwürdigen Verhaltens rausgeschmissen wurde. Sie haben gesagt, ich sei nicht für die Pfadfinderinnen gemacht. Ich war sieben! Das Schlimmste daran war, dass sie meinen Schlüsselanhänger behalten hat. Sie hat ihn an ihrem Rucksack befestigt und ihn den Rest des Jahres in der Schule getragen.«

»Autsch.«

»Ja, oder? Ich hätte es besser wissen sollen. Sie war bereits seit dem Kindergarten eine absolute Bitch, aber ich war geblendet von diesem blöden Abzeichen.« Ich stehe auf, staple unsere Teller übereinander und trage sie hinüber zum Geschirrspüler.

»Hast du gerade eine Fünfjährige als eine Bitch bezeichnet?«

Vince lacht.

»Na ja, sie war bereits sieben, als das passiert ist, aber ja. Ich glaube, ich habe dir gerade gesagt, dass sie mit fünf bereits eine Bitch war. Wie dem auch sei, jedenfalls ist das meine peinliche Geschichte, wie ich bei den Pfadfinderinnen rausgeschmissen wurde. Man hat mir eine Abzeichenintrige vorgeworfen, was mich irritiert hat, weil ich ja schließlich nur das Abzeichen gegen etwas anderes eingetauscht habe und keine böse Absicht im Sinne hatte.« Nachdem ich die Teller in die Spülmaschine geräumt habe, stelle ich auch das Schneidebrett und das Messer, das Vince während des Kochens benutzt hat, hinein und lasse die Pfanne mit ein wenig heißem Seifenwasser darin in der Spüle einweichen. Dann wische ich die Anrichte ab und zögere das Ganze so lang hinaus, wie ich kann, bis ich schließlich nach dem Umschlag greife.

Er ist nicht so schwer, wie erwartet. Ich weiß, ich bin erst seit achtundvierzig Stunden verheiratet, aber irgendwie habe ich gedacht, dass das eine gewichtigere Menge an Papieren nötig machen würde.

»Hey«, sagt Vince und ich sehe zu ihm hoch. »Lass uns ein Spiel spielen.«

19. Kapitel

»Hast du Lust?« Er ist aufgestanden und ins Wohnzimmer gegangen, wo er jetzt eine Sammlung von Brettspielen inspiziert, die auf einem Regalbrett unter dem Fernseher aufgestapelt sind. Es handelt sich dabei um eine zusammengewürfelte Mischung, die Lydia von ihren *Goodwill*-Trips mitgebracht hat. Wir haben bisher noch keins davon gespielt, aber es macht sie glücklich, sie zu sammeln. Normalerweise fehlt immer irgendwas und die Boxen haben meist Risse und sind geklebt worden. Manchmal kauft sie dasselbe Spiel mehrmals, um genug Teile zusammenzubekommen, um am Ende ein komplettes Spiel zu erhalten.

»Was?« Er will bleiben ... und ein Brettspiel spielen?

»Wie wäre es mit *Scrabble*?«

»Du bist nicht zu beschäftigt dafür? Du hast wirklich Zeit?« Ich lege den Umschlag zurück auf die Anrichte und starre ihn von der Küche aus an.

Er zieht die Box aus dem Stapel Spiele hervor und hält sie hoch, wobei die Holzteile darin herumklappern.

»Ich bin mir nicht sicher, ob alle Buchstaben darin sind. Möglicherweise sind da zwanzig Ms und kein einziges P drin. Meine Mitbewohnerin hat das Spiel gebraucht gekauft.«

»Ich bin gewillt, es zu riskieren.« Er öffnet die Box und platziert das Spielbrett auf dem Couchtisch, ehe er alle Buchstabenteile im Deckel umdreht. Ich lasse den Umschlag zurück und gehe langsam hinüber zum Sofa, um mich zu ihm zu gesellen, obwohl ich nicht ganz glauben kann, dass das hier gerade passiert.

Ich ziehe die obenauf liegenden Buchstaben und beginne mit dem Wort HAI. Er lächelt und benutzt das A in meinem Wort, um das Wort CRAZY auszuspielen.

So mit Vince hier zu sitzen, ist schön. Er fragt mich, wie es war, in Tennessee aufzuwachsen, und was mich nach Las Vegas geführt hat. Ich wiederum frage ihn, wie es war, in einer Wüste groß zu werden. Wir zählen keine Punkte, sondern spielen einfach nur und reden. Es ist ... schön. Wirklich toll, um genau zu sein.

Ich benutze ein E von NEBEL, um KISMET zu buchstabieren. Das Wort bringt einem nicht besonders viel Punkte ein, was egal ist, da wir ja nicht mitzählen, aber dennoch bin ich überaus zufrieden mit mir.

»Kismet«, sagt er leise, als ich die Buchstaben auslege.

»Das ist ein nettes Wort für Schicksal!«, erkläre ich, weil ich denke, dass er das Wort anfechten wird, so wie ich, als er versucht hat, ein nicht uneindeutiges Wort zu legen.

Doch stattdessen küsst er mich.

Damit habe ich nicht gerechnet. Eben betrachtet er mich noch ganz ruhig und im nächsten Moment spüre ich seine Lippen auf meinen. Als er sich wieder von mir löst, wird mir klar, dass er von dem spontanen Kuss genauso überrascht ist wie ich. Mit dem Daumen streicht er sanft, aber doch bestimmt über meine Unterlippe, ehe er mich erneut küsst, dieses Mal jedoch entschlossener. Unsere Zungen tanzen miteinander und unsere Hände gehen auf Entdeckungsreise. Ich ziehe seinen Kopf näher zu mir und fahre mit den Händen durch sein Haar. Auch er zieht mich enger an sich und umfasst meinen Nacken.

Dann sitze ich auf einmal rittlings auf ihm. Ich küsse ihn überall. Seine Augenbrauen und seinen Kiefer. Ich zeichne mit der Zunge eine feuchte Spur seinen Hals entlang und beiße ihm ins Ohrläppchen. Mit den Händen wandert er über meinen Rücken, umfasst meinen Po und krabbelt anschließend mit ihnen unter mein Tanktop.

Es ist die beste Rummach-Session seit der Highschool, nur das diese hier noch viel besser ist, da ich in der Highschool nicht mit erwachsenen Männern rumgemacht habe, die wussten, was sie tun, und ich kein eigenes Appartement hatte. Er arbeitet sich zu meinen Brüsten vor und es ist wirklich lächerlich, dass dieser eine Kontaktpunkt zwischen uns, als er mit dem Daumen meinen Nippel streichelt und gleichzeitig seinen Mund auf meinen Hals presst, so viele Gefühle in mir auslöst. Doch das tut er. Ich fühle mich angeturnt und sicher, gleichzeitig begierig und begehrt, und darüber hinaus bin ich über alle Maße erregt.

Ich streiche mit den Fingern seinen Hals entlang, ehe ich mir am zweiten Knopf seines Hemds zu schaffen mache. Den ersten Knopf hat er geöffnet, als er seine Krawatte abgelegt hat, aber ich brauche noch mehr Haut von ihm. Ich löse zwei weitere Knöpfe, bis ich mit den Fingern über sein Schlüsselbein gleiten und die sehnigen Stellen nachzeichnen kann, an denen seine Halsmuskulatur mit seinen Schultern verbunden ist.

Er gibt meine Brüste lang genug frei, um mir mein Tanktop auszuziehen. Es ist seltsam, wie sich eine so simple Geste so erotisch anfühlen kann, wenn Vince derjenige ist, der mich berührt. Wie in Zeitlupe scheint er mich von dem Tanktop zu befreien, als er das Material über meinen Bauch nach oben schiebt. Meine Haut prickelt unter seinen Händen, während ich die Arme hebe, damit er es mir über den Kopf streifen kann. Mein Haar fällt mir in losen Wellen über den Rücken und kitzelt meine nackte Haut.

Aber es sind seine Augen, die den größten Effekt auf mich haben, als er mich ansieht. Sie geben mir das Gefühl, als würde sämtliche Luft aus meiner Lunge gepresst und die Erinnerung daran für immer in meinem Gedächtnis verankert werden. Er setzt damit den Standard dafür, wie mich ein Mann ansehen soll, wenn er mich anfasst.

»Ist dir kalt?«, fragt er, als ich zu zittern beginne. Er schiebt mir meine Haare, die heute wieder gewellt sind, über die Schulter. Heute ist nun einmal Montag und er hat zudem gesagt, dass er sie so mag.

»Nein.« Ich schüttle vehement den Kopf. »Mir geht's gut.«

Dann senkt er den Kopf und widmet sich einer meiner Brüste, und plötzlich ist nichts mehr gut. Ekstatisch wäre eine treffende Beschreibung für einen Gemütszustand.

»Ekstatisch?«, hakt Vince schmunzelnd nach, den Mund nur einen Zentimeter von meinem Nippel entfernt. Er umfasst meine eine Brust mit der Hand und bearbeitet die andere mit seinen Zähnen.

Habe ich *ekstatisch* laut gesagt? Himmel, was passiert hier gerade überhaupt?

»*Ekstatisch* ist ein Wort, das *heftig erregt* bedeutet«, keuche ich, während er meine Brustspitze mit der Zunge liebkost.

»Ich weiß.«

Er schließt seine Lippen um meinen Nippel und ich wölbe mich ihm stöhnend entgegen. Seine Lippen, oh, diese Lippen! Seine Bartstoppel kratzen über meine Haut, während er mich weich und nass und perfekt liebkost. Dieser Kontrast macht mich schier wahnsinnig, aber ich will nicht, dass dieses Gefühl je wieder aufhört. Ein weiteres Mal spüre ich seine Zunge an meinem Nippel. Ich bin so feucht, heiß und begierig, als würde er direkt meine Klit verwöhnen. Ich möchte mich an ihm reiben. Ich muss mich an ihm reiben, aber das kann ich nicht. Nicht in dieser Position, mit gespreizten Beinen über ihm, mit den Knien auf der Couch abgestützt. Allerdings versuche ich es trotzdem – ich bewege mein Becken, aber auf diese Weise komme ich nicht tief genug runter.

Es fühlt sich so an, als wäre jede Faser meines Körpers bis zum Zerreißen gespannt und würde um Aufmerksamkeit betteln. Jede seiner Berührungen scheint ein schmerzhaftes Ziehen in meiner Mitte auszulösen. An meinem Ohrläppchen, an meinem Ellenbogen, egal, wo. Alles resultiert im gleichen Ziehen zwischen meinen Beinen. Dem Verlangen, von diesem Mann ausgefüllt und genommen zu werden.

Dann schiebt er mich von sich, steht auf, hebt mich hoch und trägt mich zu meinem Schlafzimmer. Dort angekommen, legt er mich aufs Bett und streift mir meine Pyjamahose über meine Beine. Ich spanne die Zehen an, während ich ihn beim Ausziehen beobachte. Er wiederum sieht mir dabei in die Augen. Zuerst entledigt er sich seiner Schuhe, die mit einem befriedigenden Knall auf dem Boden landen, gefolgt von seinen Socken. Ich mag es, ihn so vor mir zu haben, ohne Krawatte, mit verrutschtem Hemd und barfuß. Der Anblick seines halb entkleideten Körpers ist seltsam erotisch für mich, aber vielleicht liegt das auch einfach nur an Vince. Weil ich ihn in jedem Zustand, in dem ich ihn bisher gesehen habe, ziemlich erregend finde.

Gürtel, Reißverschluss, Hose.

Knöpfe, Hemd, Boxershorts.

Endlich.

Die Kondome, die er gestern aus meiner Handtasche hervorgezogen hat, liegen immer noch auf meiner Kommode. Er wirft eins davon aufs Bett und kommt dann über mich. Sein Schwanz drückt fordernd gegen meinen Bauch, als er meinen Kopf mit den Händen umfasst. Dann presst er seine Lippen auf meine. Platziert zärtliche Küsse auf meinen Mund und meine Mundwinkel. Ich schiebe eine Hand zwischen uns und beginne, ihn langsam zu streicheln. Mit dem Daumen verteile ich seine Lusttropfen auf der Spitze seines Schwanzes.

»Ich möchte dir etwas sagen«, wispere ich, weil er mir so nah ist und es der Moment gerade verlangt.

»Was denn?« Sein Blick trifft den meinen, ehe er über mein Gesicht huscht, als könne er meine Gedanken allein dadurch lesen, dass er mich anschaut.

»Ich weiß, wir haben uns gerade erst kennengelernt«, ich halte inne und atme kurz durch, »aber ich mag dich.«

Er stößt einen winzigen Hauch Luft aus, so als würde er leise lachen. Die Fältchen um seine Augen vertiefen sich und er verzieht die Lippen zu einem kaum sichtbaren Lächeln. »Ich weiß.«

Er küsst mich wieder. »Das hast du ziemlich deutlich gemacht«, fügt er unter einem weiteren Kuss hinzu.

»Das ist eine meiner besten Eigenschaften«, sage ich. »Ich bin extrovertiert. Außerdem bin ich spontan, aber ich bin mir nicht sicher, ob dass eine Stärke oder Schwäche ist, weil es sowohl im Konflikt mit meiner Entscheidungsfindung als auch meiner Fähigkeit steht, langfristig und vorausschauend zu planen. Beides sind definitiv Schwächen von mir.

Sein Lächeln ist dieses Mal breiter. Ein weiterer Kuss folgt. »Zufälligerweise bin ich exzellent darin, Entscheidungen zu treffen und meine Fähigkeit, langfristig und vorausschauend zu planen, ist Spitzenklasse.«

»Du wirst überrascht sein, wie viel du möglicherweise mit

jemandem gemeinsam hast, der das komplette Gegenteil von dir ist.«

»Du warst bisher eine Nonstop-Überraschung, da stimme ich dir zu.«

»Gegensätze ziehen sich an«, flüstere ich.

»Payton«, murmelt er an meinem Ohr, während er mit der Nase meinen Hals entlanggleitet und sein Knie zwischen meine Beine schiebt.

»Ja?«

»Ich mag dich auch.« Dann küsst er meinen Hals und rollt uns herum, sodass ich auf ihm bin. »Setz dich rittlings auf mich«, verlangt er und tippt meinen Oberschenkel an.

Grinsend setze ich mich auf und positioniere meine Knie links und rechts von seinen Hüften. »Ich bin sehr flexibel. Das ist eine meiner Stärken. Im wörtlichen und im physischen Sinne.«

»Ist vermerkt.« Vince reißt die Kondompackung auf und streift sich das Kondom über, während ich mich gerade so weit erhebe, dass er uns auf eine Höhe bringen kann, bevor ich mich auf ihn sinken lasse.

Langsam, einen Zentimeter nach dem anderen, gewöhne ich mich an das Gefühl des Ausgefülltseins. An die Tiefe und den Winkel der Penetration.

Vince betrachtet meine Pussy.

Sein Blick macht mich nur noch feuchter.

Er streichelt meine Oberschenkel, während ich mich auf ihm bewege. Ich bewege mich nur auf und ab, nicht vor und zurück, sodass ich keine Reibung an meiner Klit habe, aber das ist mir egal, denn vom ihm ausgefüllt zu sein, ist alles, was ich in diesem Moment meines Lebens möchte. Ich spanne meine inneren Muskeln um ihn herum an und spüre jeden Zentimeter seines Schwanzes in mir, als ich mich nach oben drücke. Dann lasse ich mich erneut auf ihn sinken.

Wieder und wieder und wieder.

Er beobachtet, wie er immer wieder in mich eintaucht, und ich sehe ihn dabei an. Erneut ziehe ich meine inneren Muskeln zusammen und er stöhnt. Kurz darauf packt er meine Handgelenke und schiebt sie hinter meinen Rücken. Die Bewegung sorgt dafür, dass ich die Brust nach vorn drücken muss, und reflexartig ziehen sich meine Muskeln ein weiteres Mal um seinen Schwanz zusammen. Ich könnte mich aus seinem Griff befreien, wenn ich wollte, aber das möchte ich gar nicht. Ich mag es. Mir gefällt, dass ich oben bin, aber er den Ton angibt. Ich mag den Druck seiner Finger auf meiner Haut und den Winkel seines Schwanzes in meiner Pussy, weil ich gezwungen bin, mich ein kleines bisschen zurückzulehnen.

Als er sich mit seiner freien Hand meiner Klit widmet, gefällt mir das sogar noch mehr. So, so sehr. Ich glaube, er findet es auch gut, denn er stöhnt »Gott, du bist so wunderschön«, während ich ihn reite und sein Daumen meine Klit mit dem perfekten Druck bearbeitet. All das sorgt dafür, dass ich mich ebenfalls schön fühle. Ich glaube, dass ich für keinen Mann jemals schöner war als für ihn.

Welche Reihe an Ereignissen auch immer dazu geführt hat, dass sich die Wege von Vince und mir gekreuzt haben, sie war meiner Ansicht nach vorherbestimmt, unausweichlich und vom Universum festgelegt.

Ich lasse den Kopf zurückfallen, den Nacken gewölbt, und komme hart, schnell und ohne Vorwarnung. Die Stimulation ist zu viel, zu überwältigend, zu perfekt.

Vince lässt meine Hände los und zieht mich hinunter an seine Brust, ehe er sanft über meinen Rücken streichelt. Er hat tolle Hände, denke ich abwesend. Groß, stark. Sowohl gut darin, mich festzuhalten, als auch darin, mich zu liebkosen. Gut im Kochen und Brettspiele spielen. Im Fingern, Zwicken und Drehen.

»Ich mag dich mehr, als ich sollte«, murmelt er in mein Ohr, während ich auf ihm liege. Er ist noch immer steinhart in mir, während mich eine Wolke aus Wärme und absoluter Zufriedenheit einhüllt. Ich hebe den Kopf und küsse ihn, wobei meine Nippel über seine Haut reiben, und mein Verlangen von neuem entfacht wird.

Wir küssen uns und bewegen uns in ein und demselben Rhythmus, bis er uns erneut herumrollt, sodass er wieder auf mir ist. Doch statt sich zwischen meinen Beinen zu positionieren, umschließt er meine mit seinen. Er ist noch immer in mir und auf diese Weise fühlt sich die Penetration anders an. Ich fühle mich enger und noch ausgefüllter. Auch in dieser Stellung ist meine Bewegungsfreiheit leicht eingeschränkt, und als er meine Hände in seine nimmt, kann ich mich nur noch stöhnend seinen Stößen hingeben und das Gefühl von ihm auf und in mir genießen. Vince lehnt seine Stirn an meine, sein Atem geht heftig und seine Augen blicken intensiv in meine. Unsere Arme liegen nebeneinander in die Matratze neben meinem Kopf gepresst, während er sich mit gezielten und kraftvollen Stößen in mir bewegt.

»So will ich dich von hinten ficken, aber ich sehe dich zu gern an.«

»Ist schon okay, das können wir machen, wenn du mich nervig findest.«

Er lächelt und sein Blick huscht kurz über mein Gesicht, ehe er mich küsst und wieder in mich hineinstößt. Hart und tief und perfekt. Immer und immer wieder, bis ich nahezu den Verstand verliere, weil ich erneut kommen möchte. Ich bin so kurz davor, so verdammt kurz davor.

Als ich meinen Höhepunkt erreiche, gibt auch Vince sich seiner Lust hin und kommt, stöhnend und leise wispernd, wie gut ich mich anfühle. Ich ziehe meine Hände unter seinen hervor und umschließe mit den Armen seinen Nacken, weil ich so viel wie möglich von seiner Haut an meiner spüren möchte. Weil ich ihm näher sein möchte. Weil ich ihn wirklich gern mag.

Vince küsst sich von meinem Schlüsselbein über meinen Hals bis zu meinem Ohr, wo er mein Ohrläppchen zwischen seine Lippen saugt, was einerseits kitzelt, mich andererseits aber auch erregt. Dann umfasst er meinen Kopf und drückt mir einen Kuss auf die Lippen, ehe er sich auf einem Ellenbogen abstützt, zwischen uns fasst und das Kondom festhält, während er sich aus mir herauszieht.

Ich glaube nicht, dass ich jemals einen Gedanken an diesen Moment verschwendet habe, bin mir aber sicher, dass sich dieser Teil noch nie so intim angefühlt hat. Noch intimer als sein Eindringen in mich. Dieses Herausziehen aus meinem Körper. Das Küssen und die Art und Weise, wie er mich ansieht, als er sich von mir löst.

Nachdem er das Kondom entsorgt hat, kommt er zurück und greift nach der Decke. Ich hebe den Hintern an, damit er sie unter meinem Körper hervorziehen kann, dann stecke ich die Füße darunter. Ich denke, dass er mich gleich einhüllen und gehen wird, aber stattdessen legt er sich zu mir.

»A oder B«, murmelt er, als er mit meinem Haar spielt. Ich habe mich an seine Seite gekuschelt und meinen Kopf und eine meiner Hände auf seine Brust gelegt. »A steht für Katzen, B für Hunde.«

»C, beides«, antworte ich.

Er atmet geräuschvoll aus und ich weiß, dass er lächelt. Ich kann es anhand seiner Atmung spüren, was auch mich zum Lächeln bringt.

»A, Schokolade, oder B, Erdbeere.«

»Ebenfalls C. Erdbeeren in Schokolade getaucht.«

»Was, wenn es sich um einen Milchshake handelt?«

»Erdbeere.«

»Was, wenn es um Kuchen geht?«

»Schokolade.«

»Eiscreme?«

»Schokolade.«

»Bei einem Donut?«

»Erdbeere.«

»Du bist unheimlich widersprüchlich.«

»Vielleicht.« Ich zucke mit den Schultern. »Oder ich weiß einfach, was ich mag.«

»Hm«, murmelt Vince. Er spielt noch immer mit meinen Haaren und es fühlt sich himmlisch an, macht mich aber so schläfrig, dass ich nach ein paar weiteren Fragen einnicke.

20. Kapitel

»Ich muss los, Schönheit.«

Es ist früh, ziemlich früh, und Vince lehnt im Bett über mir. Seine Hose hat er bereits angezogen und den Reißverschluss zur Hälfte zugezogen. Sein Hemd ist offen. Er drückt mir einen Kuss auf die Schläfe und wiederholt seine Worte von eben. Angesichts des niedrigen Helligkeitslevels im Raum schätze ich, dass es noch vorm Weckerklingeln und damit vor sieben Uhr morgens ist.

»Warum?« Ich gähne.

»Ich muss um zehn im Gericht sein und vorher zu Hause vorbeifahren und mich umziehen.«

Gericht?

Gericht!

Das ist meine Chance! Meine Chance, zu beweisen, was für eine unterstützende und loyale Ehefrau ich sein könnte. Meine Chance, einen Beitrag zu leisten! Ich setze mich auf und ziehe mir die Decke bis zur Brust hoch.

»Warum? Wurdest du verhaftet?« Ich blinzele die Müdigkeit fort und konzentriere mich auf das Hier und Jetzt. »Brauchst du Geld für eine Kaution? Hör zu, Vince. Ich habe ungefähr tausendvierhundert Dollar auf meinem Sparkonto, und wenn ich bis zum nächsten Gehalt alle meine Mahlzeiten in der Mitarbeitercafeteria esse, könnte ich noch weitere hundert Dollar von meinem Girokonto abheben. Also wenn deine Kaution auf tausendfünfhundert oder weniger festgesetzt wurde, kann ich dir helfen.« Ich lächle, zufrieden mit mir.

Vince sieht weniger zufrieden aus. Ein wenig irritiert. Möglicherweise auch alarmiert. Oh Gott. Es ist ernst. Es ist etwas Ernstes! Darum hat er mich geheiratet. Ich wusste doch, dass es zu gut war, um wahr zu sein. Er ist nicht dumm, er kann gar nicht so betrunken gewesen sein. Ich hab's mir irgendwie schon gedacht, habe das aber eher auf eine kurzfristige Unzurechnungsfähigkeit oder die Tatsache, dass er einfach wirklich sehr,

sehr lange Zeit keinen Sex mehr gehabt hat, geschoben. Doch vielleicht wollte er sich nur noch schnell eine Ehefrau anlachen, ehe er in den Knast wandert.

»Wenn es mehr als das ist oder du verurteilt wirst, könnte ich auf dich warten. Draußen«, füge ich noch hinzu, als er nichts anderes tut, als sein Hemd zuzuknöpfen und mich anzustarren. »Worüber reden wir hier? Fünf bis zehn Jahre? Ich bin erst zweiundzwanzig, also hätten wir noch immer sehr viel Zeit zusammen.« Ich wickle mir eine meiner Locken um den Finger und spiele daran herum, weil er noch immer nichts sagt. »Zehn bis zwanzig?«, hake ich nach und mir ist bewusst, dass ich dabei etwas weniger Enthusiasmus verspüre. »Denkst du, du darfst ehelichen Besuch im Gefängnis empfangen? Denn irgendwann hätte ich gern Kinder und wenn wir warten, bis ich vierzig bin, ist es vielleicht zu spät.«

Er legt den Kopf schief, steckt sich das Hemd in die Hose und legt sich seinen Gürtel um, während er mich immer noch unverwandt ansieht, was mich an eine andere Sache erinnert. Etwas anderes als den Gedanken, wie süß unsere Kinder sein würden, aber ich muss mich jetzt konzentrieren.

»Hast du irgendwelche Wäsche in der Reinigung, die abgeholt werden muss?«, frage ich, dieses Mal wieder voller Enthusiasmus, denn das kann ich für ihn erledigen. »Dort bewahrt man die Sachen nicht länger als sechs Monate auf, aber ich kümmere mich gern für dich darum. Aber nur solange du sitzt, wir werden das nicht zu einer Gewohnheit machen.« Verdammt, ich werde mir vielleicht sogar ein Ehefrauen-Abzeichen anfertigen, da ich das hier rocke.

»Ich muss um zehn im Gericht sein, Payton, weil ich ein Strafverteidiger bin und mitten in einem Prozess stecke.«

Oh. Ich ziehe die Nase kraus. Damit habe ich nicht gerechnet. Bei aller Liebe nicht. Ich habe irgendwie gehofft, dass er eine Greencard oder so etwas bräuchte, aber gestern Abend hat er erwähnt, dass er in Nevada geboren wurde, also ergibt das überhaupt keinen Sinn.

»Du bist Anwalt?« Ich bin mir ziemlich sicher, dass ich das in einem Ton sage, den man sonst nur verwenden würde, wenn man erfährt, dass es am Tag der eigenen Hochzeit regnen wird.

»Ja, tut mir leid, dich zu enttäuschen.«

»Ist schon okay.« Ich zucke mit den Schultern. »Wir können immer noch ehelichen Besuch spielen, wenn du willst. Ich könnte mich als sexy Gefängniswärterin verkleiden und Plüschhandschellen besorgen.«

Vince schüttelt den Kopf und murmelt irgendwas davon, dass ich verrückt bin.

»Bist du ein guter Anwalt?«

»Ja.« Er schmunzelt und wirkt über meine Frage amüsiert. »Ein sehr guter.«

Oh. Ich runzle die Stirn und kratze über eine trockne Stelle an meinem Arm.

»Wie lange bist du schon Anwalt?«

Er lächelt. Ob über meine Frage oder etwas anderes, weiß ich nicht genau. »Seit zwölf Jahren.«

Ich nicke. Moment mal ...

»Wie alt bist du?« Ich starre ihn an, als hätte ich soeben erst die Fähigkeit entwickelt, das Alter von anderen akkurat einzuschätzen. Ich dachte, er wäre dreißig. So um den Dreh. Vielleicht zweiunddreißig. Aber College plus Jurastudium plus zwölf Jahre ergibt, dass er älter als zweiunddreißig sein muss.

»Siebenunddreißig.«

»Nicht dein Ernst!« Ich reiße die Augen auf. »Du bist alt. Älter. Älter, als ich dachte, meine ich.« Ich kräusle die Nase und betrachte ihn von oben bis unten. Ich dachte wirklich, er wäre jünger. Ich frage mich, was ich davon halte. Wenn ich ehrlich bin, dann erregt es mich ein wenig. Was ich immer bin. Ehrlich zu mir selbst, meine ich. Genau wie jetzt. Ich werde die Frage, warum mich das anturnt, zu der Liste mit den Dingen hinzufügen, die mit mir möglicherweise nicht stimmen.

Er lacht über mich. Einfach so. Als würde ihn meine komplette Missachtung, was das Überprüfen von Fakten angeht, amüsieren. »Du solltest lernen, ein paar Fragen zu stellen, bevor du mit jemandem durchbrennst, Payton.«

»Ja, tja, du hättest mich wirklich nicht ohne einen Ehevertrag heiraten sollen. Das klingt nach einem ziemlichen Anfängerfehler für einen sehr guten Anwalt. Mit so viel Erfahrung.« Ich sehe ihn an, als ich das sage, und verdrehe förmlich die Augen dabei.

»Pass auf, oder ich beanspruche die Hälfte der tausendfünfhundert Dollar, die du hast.«

»Das ist okay.« Ich zucke mit den Schultern. »Denn ich werde meinen Anteil an deinem Club einfordern. Aber da wir erst seit ein paar Tagen verheiratet sind und ich stolz auf meine Vernünftigkeit bin, werde ich mich mit einem Monat Freigetränke zufriedengeben.«

»Du bist stolz auf deine Vernünftigkeit? Haben diese Worte gerade wirklich deinen Mund verlassen?«

»Ich bin extrem vernünftig! Das sagen alle!«

»Das sagt niemand.«

»Du weißt nicht, ob das stimmt.«

Vince seufzt und schüttelt den Kopf. »Führ niemals deine eigenen Verhandlungen. Ich habe dir gerade die Hälfte deiner Vermögenswerte abgenommen und alles, was du willst, ist ein Monat lang Freigetränke?«

»Habe ich die Messlatte zu niedrig angelegt? Kann ich noch gratis Nachos dazubekommen?«

»Du bist völlig durchgeknallt.«

»Das sagst du so, aber warte mal, bis du meine Studienschulden siehst.«

»Studienschulden, die vor der Eheschließung akquiriert wurden, lassen sich in Nevada im Falle einer Trennung nicht auf den Ehepartner abwälzen.«

»Nun, das ist ätzend.« Ich seufze dramatisch. »Arbeitest du in einer noblen Praxis? Nennen Anwälte das Praxis oder nur Ärzte? Bist du der Chef? Bekommst du gute Sozialleistungen?« Ich überkreuze unter der Decke die Beine und stütze meine Ellenbogen auf dem Knien ab.

»Ja, ich habe meine eigene Firma, und ja, ich arbeite für mich allein und bin der Chef. Und ja, ich biete allen Angestellten ein umfassendes Paket an Sozialleistungen.«

Umfassend. Ich kämpfe dagegen an, nicht meine Augen zu verdrehen. Er brauchte meine Krankenversicherung *wirklich* nicht.

»Ich nehme an, dass all dieses Rechtswissen nützlich sein wird, wenn du mich annullierst.«

»Ich glaube, du benutzt das Wort *annullieren* inkorrekt.«

»Ja, aber als hätten mich die Regeln der englischen Sprache jemals zuvor schon mal aufgehalten.« Starrsinnig zucke ich erneut mit den Schultern. »Ich werde nicht die Hälfte der Annullierungskosten übernehmen, also komm ja nicht auf die Idee, mir irgendetwas in Rechnung zu stellen. Es hat dich vielleicht acht Minuten Zeit gekostet, diese Papiere auszufüllen, und du würdest mir fünfzehn Minuten zu einem absurden Stundenlohn von zweihundert Dollar berechnen.«

»Siebenhundert.«

»Was?«

»Ich berechne siebenhundert die Stunde.«

Ich starre ihn an und versuche, das zu berechnen, aber solche Berechnungen sind für einen Taschenrechner gedacht.

»Ich muss los, wir sehen uns später.«

»Ich verstehe es nicht. Welcher Anwalt, der so viel verdient, besitzt einen Gentlemen's Club? Was für ein Anwalt besitzt überhaupt einen Gentlemen's Club? Oh! Ist es wegen deiner Mom? Hat sie früher dort gearbeitet? Hast du irgendeine emotionale Bindung an diesen Ort?«

Er legt den Kopf schief, als würde ich möglicherweise zu viele Fragen am frühen Morgen stellen, oder auch generell. Mit einer Hand stützt er sich am Türrahmen ab, schon fast auf dem Weg. »Es ist kompliziert.« Er fährt sich mit einer Hand durchs Haar und ich frage mich, ob das etwas ist, was er macht, wenn er über Dinge nachdenkt, über die er nicht reden möchte. »Es ist mehr so eine Art Hobby.«

Ich nicke. Die meisten Typen spielen eher Golf oder online Fantasy-Football, aber das ist schon in Ordnung. Ich will nicht diese Art von Ehefrau sein, die in sein Leben tritt und verlangt, dass er sein Stripper-Hobby für mich aufgibt.

»Ein Stripclub muss eine Menge Geld einbringen.« Wofür zur Hölle braucht er das Geld, wenn er bereits haufenweise als Anwalt verdient?

»Die guten auf jeden Fall.«

»Ist deiner ein guter?«

»Nein.« Er schüttelt den Kopf und meine Frage scheint ihn wieder einmal zu amüsieren. »Basierend auf diesem Kriterium ist er es vermutlich nicht.«

»Ist schon okay, ich verurteile dich nicht«, versichere ich ihm.

»Nein?«

»Ich bezahle auch eine Menge Geld für meine Hobbys.« Scheiße, ich habe gar keine Hobbys.

»Die da wären?« Natürlich muss er fragen.

»Ich gebe ungefähr zwischen acht und zehn Dollar in der Woche für *Cheez-Its* aus.«

»Dein Hobby ist es, Cracker zu essen?«

»Ich bin auch recht kreativ. Ich fertige schmutzige Erfolgsabzeichen für Lydia an.« Mist, ich brauche wirklich ein Hobby. Vielleicht kann ich Lydia dazu bringen, mir etwas Nützliches wie Nähen oder das Kochen mit dem Schmortopf beizubringen. »Egal, das war ein gutes Gespräch. Viel Glück heute im Gerichtssaal. Hals- und Beinbruch. Stell jemandem ein paar Stunden in Rechnung.«

Er hält noch einmal kurz inne und betrachtet mich ein letztes Mal. Dann tippt er zweimal mit der Hand gegen den Türrahmen und geht. Ich höre, wie der Küchenstuhl auf den Fliesen schabt, als er sein Jackett herunternimmt, und wie die Haustür auf- und wieder zugeht.

Verdammt. Vince ist ein echtes Rätsel. Ich starre auf den nun leeren Türrahmen und denke über gestern Abend nach. Es hat Spaß gemacht, gemütlich zu Hause zu sitzen und ein Brettspiel zu spielen. Es hat sogar mehr Spaß gemacht als unsere betrunkene Nacht auf der Freemont Street. Der Sex war dieses Mal noch besser als beim ersten Mal, und dabei war das erste Mal bereits überwältigend. Scheinbar ist jedes unserer Treffen besser als das vorherige, aber ich bin auch ein wenig verrückt, von daher bin ich mir nicht sicher, dass man meinen Gefühlen vertrauen kann oder sollte.

Ich greife nach meinem Handy auf dem Nachttisch, um zu gucken, wie spät es ist. Mein Wecker wird erst in einer Stunde klingeln, aber unter keinen Umständen werde ich jetzt noch mal einschlafen können. Also deaktiviere ich den Wecker und tippe ein paarmal äußerst nervös mit dem Finger gegen mein Handy. Dann könnte ich mich eigentlich auch früh fertigmachen. Ich könnte auf dem Weg zur Arbeit eine Besorgung erledigen. Zum Beispiel könnte ich bei *WinCo* vorbeischauen und ein paar Lebensmittel einkaufen. Nichts Verderbliches, da ich den ganzen Tag im Auto sitzen werde, aber ich könnte meinen Vorrat an *Cheez-Its* wieder auffüllen. Ich könnte früh bei der Arbeit sein und einen guten Start in den Tag erwischen. Oder ich könnte mir den Inhalt des Umschlags anschauen, der auf meiner Küchenanrichte thront.

Ich werfe die Decke beiseite und stehe auf. In weniger als zwanzig Minuten habe ich geduscht, mich angezogen und mein Make-up aufgelegt. Der Morgen vergeht schneller, wenn man unter Adrenalin steht. Auf dem Weg in die Küche flechte ich mein Haar, um die Locken zu verstärken, während es an der Luft trocknet.

Der Umschlag ist verschwunden.

Ich weiß, dass er sich gestern Abend auf der Anrichte befand, ich weiß es definitiv. Nachdem ich aufgeräumt, alles weggestellt und die Anrichte abgewischt hatte, lag nur noch der Umschlag darauf. Ich habe ihn berührt, oder nicht? Ich habe ihn in den Händen gehalten, als Vince *Scrabble* spielen wollte. Also schaue ich auf dem Boden nach, ob er vielleicht runtergefallen ist. Auch im Mülleimer, auf dem Küchentisch und sogar im Geschirrspüler sehe ich nach.

Er ist definitiv weg.

Was zur Hölle bedeutet das? Vince wollte, dass ich den Inhalt lese oder unterschreibe oder so was, richtig? Ich überlege, ihm zu schreiben. Es wäre das logischste Vorgehen, aber ich blicke gern über den Tellerrand hinaus. Dazu würde mir bestimmt auch mein Life-Coach raten. Wenn sie denn eine Ahnung hätte, wer ich bin.

Zweimal messen, aber nur einmal schneiden, würde mir ein Zimmermann sagen, was komplett irrelevant für mein aktuelles Problem ist, aber es ist eine Geisteshaltung, nicht wahr? Eine schöne Art zu sagen *Bereite dich gründlich vor.* Was es wiederum total relevant macht, wenn ich so darüber nachdenke. Planung und gründliche Vorbereitung sind das A und O, bevor man handelt.

Und ich weiß genau, was ich jetzt tun muss.

21. Kapitel

»Und dann hat er gesagt *Es ist mehr so eine Art Hobby*, aber schließlich bin ich ja nicht die Hobbypolizei, oder? So eine Frau bin ich nicht. Ich bin sehr vernünftig, nur für den Fall, dass du das noch nicht von mir wusstest. Es stimmt. Die Leute sagen das.« Ich halte inne und hebe die Hand in einer beiläufigen Stoppgeste. »Vielleicht nicht viele Leute, aber es wurde schon ein paarmal gesagt.«

»Ich kann es mir nur vorstellen.«

»Aber dann habe ich gedacht, dass er vielleicht noch andere Hobbys hat. Vielleicht baut er Modelleisenbahnen oder spielt Softball. Ich habe ihn nackt gesehen, woraus sich schließen lässt, dass Softball sehr viel wahrscheinlicher ist als Modelleisenbahnen, aber mit Sicherheit weiß ich es nicht. Vielleicht steht er auch auf Golf oder Joggen. Ich weiß, dass er ein guter Koch ist, aber ist das ein Hobby für ihn oder eher eine Pflicht? Ich bin seine Frau und sollte diese Dinge wissen. Mich für seine Interessen interessieren. Ein wenig Recherche betreiben, damit ich ihn mit meinem Wissen beeindrucken kann.«

»Payton?«

»Warte! Eine Sache noch. Am Ende hat er den Umschlag mit sich genommen. Als er weg war, war auch der Umschlag verschwunden. Was bedeutet das bitte?«

»Payton.«

»Ja.«

»Warum zur Hölle bist du in meinem Büro und erzählst mir all das? Und warum hast du mir«, Lawson sieht nach unten und dann wieder zu mir, »einen Dollar in kleinen Münzen auf den Schreibtisch gelegt?«

»Oh, das ist dein Vorschuss. Ich hatte keine einzelnen Dollarmünzen. Aber du kannst nachzählen, es passt.«

»Mein Vorschuss?«

»Ja. Damit du mir alles erzählen kannst, was du über Vince weißt, denn jetzt gilt zwischen uns das Anwaltsgeheimnis.«

»Dafür ist ein Vorschuss nicht gedacht und auch das Anwaltsgeheimnis funktioniert so nicht«, erwidert Lawson und schüttelt den Kopf. Seine Miene verrät, dass er denkt, dass ich sehr falschliege.

»Aber du bist Anwalt.«

»Ja, bin ich.«

Wir starren einander einen Moment lang an.

»Und jetzt bin ich deine Klientin.« Ich nicke in Richtung des Kleingelds auf seinem Schreibtisch.

»Nein.« Lawson schüttelt erneut vehement den Kopf. »Erstens bin ich Anwalt für Gesellschaftsrecht und ich bin beim Windsor angestellt, damit ich keine anderen Klienten annehme. Zweitens denke ich, dass du eine falsche Auffassung vom Anwaltsgeheimnis hast und glaubst, es würde bedeuten, dass ich dir alles über Vince erzähle, was ich weiß.«

»Genau! Und ich erzähle ihm nichts von dem, was du gesagt hast. Weil wir das Anwaltsgeheimnis haben!«

»Letzten Endes brauchst du für eine Annullierung einen Anwalt für Familienrecht.«

Ich sacke in dem Stuhl vor Lawsons Schreibtisch zusammen. »Also denkst du, dass er mich annullieren wird? Ich hatte gehofft, er habe seine Meinung geändert, als er die Papiere mitgenommen hat.«

»Payton, ich habe keine Ahnung, was zwischen euch beiden läuft, und ich kenne Vince nicht gut genug, um das einzuschätzen. Wenn es irgendwie hilft – ich glaube nicht, dass er dir die Annullierungspapiere persönlich vorlegen darf, also wollte er sie vielleicht einfach nur mit dir durchgehen, damit du weißt, was auf dich zukommt.«

»Ja, okay.« Ich seufze und stehe auf. »Trotzdem danke. Du bist gefeuert.« Lawson schenkt mir das erste echte Lächeln des Tages, als ich das Kleingeld von seinem Schreibtisch in meine Hand schiebe.

»Canon golft mit ihm. Er wird mehr wissen und der Wichser liebt Klatsch und Tratsch.«

»Danke. Ach übrigens, haben dich deine Eltern Lawson

genannt, weil sie gehofft haben, dass du Anwalt werden würdest?«

»Das ist der Mädchenname meiner Mutter.«

»Oh.« Ich nicke. »Das macht vermutlich Sinn.«

»Ein wenig.« Er nickt ebenfalls. »Viel Glück, Payton.«

22. Kapitel

Am Donnerstag schreibt mir Vince, dass er ein spätes Meeting hat. Er schreibt mir, weil er bisher jeden Abend bei mir verbracht hat, aber heute länger arbeiten muss. Das ist schon fast familiär, oder? Die Art und Weise, wie er sich deswegen bei mir meldet. Die Art und Weise, wie er jeden Abend mit einer Tüte Lebensmittel oder bestelltem Essen zu mir kommt, nachdem ich Feierabend habe. Wir kochen und essen und spielen Spiele. Dann treiben wir es wie die Karnickel und er bleibt über Nacht. Es ist eine familiäre Anarchie. Glaube ich? Eine familiäre Revolution? Es ist Vater-Mutter-Kind spielen, während man den Elefanten im Zimmer ignoriert, das ist es.

Er schreibt mir, dass es bei ihm später wird, und fragt, ob er trotzdem noch vorbeikommen soll oder ich allein essen möchte. Natürlich möchte ich, dass er noch vorbeikommt. Ich biete sogar freiwillig an, das Abendessen zu machen, wie eine Art Ehefrau. Eine bescheidene, nicht eine wie Lydia. Hühnchenbratfertigkeiten gehören nicht zu meinen Talenten. Daher mache ich Rührei und French Toast mit Zimt, da das neben dem Öffnen von *Cheez-Its*-Boxen meine Spezialität ist, was Vince nicht zu stören scheint. Stattdessen bedankt er sich bei mir fürs Kochen, dann essen wir abends um einundzwanzig Uhr ein Gericht, das man eigentlich zum Frühstück isst, ehe wir ein Brettspiel für Kinder spielen, da es das einzige ist, das wir noch nicht gespielt haben.

Der Umschlag taucht nicht wieder auf. Ich beginne, mich zu fragen, ob er überhaupt jemals real war, ob ich ihn tatsächlich gesehen habe. Vielleicht war er ja ein Produkt meiner hyperaktiven Fantasie? Möglicherweise ist es aber auch die Illusion, zu hoffen, dass ich ihn nie gesehen habe? Dass die Hochzeit wirklich stattgefunden hat, weiß ich, weil ich noch immer den goldenen Ring am Finger habe, der mich daran erinnert, genau wie Vince, denn wir tragen beide noch immer unseren Ehering.

Ich könnte ihn fragen, was wir für einen Status als Paar

haben. Mir ist bewusst, dass ich das tun könnte. Ich weiß, dass ich das tun sollte. Die Sache ist nur, dass diese Ehe noch immer sehr frisch ist. Darum will ich ihn nicht daran erinnern, dass wir verheiratet sind, indem ich nach dem Stand unserer Ehe frage. Versteht ihr? Okay, wahrscheinlich nicht, aber es ist eine wirklich verzwickte Situation und ich bin keine Eheexpertin. Man fragt ja auch keinen Typen, den man seit einer Woche datet, was seine Intentionen sind. Mir ist es einfach nur passiert, dass ich einen Mann geheiratet habe und nach der Hochzeit seit einer Woche date. Mit *einfach nur passiert* meine ich, dass wir betrunken spontan den Bund der Ehe eingegangen sind, woran ich nicht mehr als zu siebzig Prozent die Schuld trage. Na gut, höchstens zu fünfundachtzig Prozent.

Vielleicht wüsstet ihr ja besser, wie man damit umgehen soll, wenn es einem von euch passieren würde. Vielleicht würdet ihr auch einfach gar nicht erst in so eine Situation hereingeraten. Ich verstehe es – ich habe ebenfalls zu vielen Dingen eine Meinung –, aber ich bemühe mich. Ich bemühe mich, die beste Version von mir zu sein, die ich sein kann. Ich bemühe mich, das Beste aus dieser bizarren Situation zu machen, in der ich stecke, und gleichzeitig versuche ich, mir über meine Gefühle für Vince klarzuwerden. Mein bestes Leben zu leben und all diesen Kram.

Am Samstagmorgen steht Vince vor mir auf, ganz nach der Routine, die sich über die Woche entwickelt hat. Außer der Tatsache, dass heute eben Samstag ist, weshalb das irgendwie blöd ist und mich ein wenig überrumpelt. Er sagt, er habe noch Arbeit zu erledigen, küsst mich auf die Stirn und geht. Ich bin zu diesem Zeitpunkt, dank einer frühen Runde Sex am Morgen, noch halb am Schlafen, also protestiere ich nicht. Mir kommt nicht mal in den Sinn, dass heute Samstag ist, ehe ich einige Zeit später wach werde und realisiere, dass ich heute nirgendwo hinmuss.

Und dass ich mit Vince keine gemeinsamen Pläne fürs

Wochenende habe. Genauso wenig wie im Allgemeinen, um ehrlich zu sein.

Ich frage mich, wo er ist. Im Club? In seinem Anwaltsbüro? Ich weiß nicht einmal, wo sein Anwaltsbüro ist. Downtown hat er gesagt und gelacht, als ich gefragt habe, ob er seine Kanzlei vom Club aus leiten würde. Vermutlich ist die Vorstellung, dass Anwälte häufig ihre Geschäfte von einem Gentlemen's Club aus führen, ziemlich lächerlich.

Mir kommt in den Sinn, dass ich mehr Interesse an seinen Hobbys zeigen wollte. Erst letzte Nacht hat er die neue Folge *Married at First Sight* mit mir geguckt, weil ich ihm gesagt habe, dass das mein Hobby wäre. Was stimmt – irgendwie ist es eine Art Hobby, oder? Reality-TV zu gucken? Für mich auf jeden Fall. Niemand sollte die Hobbys von jemand anderem verurteilen. Außerdem finde ich es nicht nur entspannend, sondern auch informativ, von daher ist es mehr ein lehrreiches Hobby.

Wie dem auch sei, ich sollte mehr Interesse an Vinces Hobbys zeigen. Das wäre so ehefrauenmäßig von mir.

Wie der Zufall so will, kommt mir gerade genau die richtige Idee.

23. Kapitel

»Okay, wo fange ich an?« Ich betrachte die Polestange und schwinge einmal testweise drum herum. Damit meine ich, dass meine beiden Füße fest auf dem Boden stehen, ich eine Hand an der Polestange habe und ich mich durch die Schwungkraft meines Oberkörpers einmal herumdrehen lasse.

»Nun, du kannst damit anfangen, die Stripper-Heels auszuziehen. Wenn du dir einen Knöchel brichst, wird mich Vince umbringen.«

»Das sind nur einfache *Fuck-me*-Heels. Stripper-Heels klingt irgendwie beleidigend, findest du nicht?«

»Zieh sie einfach aus.«

Seufzend kicke ich mir die High Heels von den Füßen und schiebe sie mit meinen Zehen aus dem Weg.

»Wir bieten nicht mal Tanzunterricht an, aber du bist seltsam überzeugend.« Staci runzelt die Stirn, als wäre sie nicht ganz sicher, wie sie hier gelandet ist.

Wir befinden uns im Erdgeschoss des *Double Diamonds*, aber in einer Art Seitenraum. Er geht vom Haupteingang weg, war aber leer und das Licht ist gedimmt, ähnlich wie ein Bereich in einem Restaurant, dem keine Kellnerin zugeordnet ist. Auf der Bühne gibt es zwei Polestangen und es ist in diesem Bereich ein wenig leiser, weil wir die Lautsprecher ausgeschaltet haben – die Musik von der Hautbühne ist mehr als laut genug, um sie hier zu hören, aber auf diese Weise können wir uns unterhalten. »Bist du sicher, dass Vince gesagt hat, dass das klargeht? Ich möchte mein Stipendium nicht verlieren.«

Ähm. Eigentlich habe ich ihr gesagt, dass es Vince nicht stören würde. Ich glaube nicht, dass ich gesagt habe, dass er gesagt hat, dass es klargeht. Als ich das gesagt habe, meinte ich damit meinen Eindruck davon, was Vince von der Sache halten würde, aber nicht ein wirkliches Gespräch, das wir geführt haben.

»Das ist doch eine positive Eigenschaft, überzeugend zu sein, oder?

»Klar?« Staci zuckt mit den Schultern, als wäre ihr der Wert eines überzeugenden Arguments gleichgültig. Oder die Fähigkeit, jemanden davon zu überzeugen, dir Poledancing beizubringen.

Ich frage mich, warum sie ihren Job als Stipendium bezeichnet hat. Ist das irgendein blöder Stripclub-Fachjargon? Ich sollte den Fachjargon kennen. »Warum hast du Stipendium gesagt? Ist das eine Art Wort, das *Job* bedeutet?«

»Nein.« Staci sieht mich so an, als wäre ich diejenige, deren Fragen keinen Sinn ergeben. »Ich studiere an der juristischen Fakultät der UNLV, mit einem Stipendium des Clubs.«

Na klar. Ein Clubstipendium. Ich will gerade fragen, was zur Hölle das sein soll, als Stacis Aufmerksamkeit von etwas anderem abgelenkt wird.

»Wir trainieren hier«, sagt Staci zu dem Typen, der reinkommen und zugucken will. Ich lächle und winke, da ich die Unterstützung zu schätzen weiß. Für den Fall, dass ich tatsächlich versuchen würde, mein Geld als Tänzerin zu verdienen, ist es gut zu wissen, dass ich das Potenzial habe, Trinkgeld zu bekommen. Und das, obwohl ich gerade nur in Sportshorts, einem Sport-BH und mit Pferdeschwanz hier stehe, das heißt, mir hier gerade mit meinem Aussehen nicht einmal sonderlich viel Mühe gebe.

»Wer kommt um elf Uhr morgens in einen Gentlemen's Club?«, frage ich Staci, als der Typ verschwunden ist.

»Für gewöhnlich Typen, die nachts arbeiten. Manchmal Rentner. Meist einsame Menschen. Die Welt ist voll von einsamen Menschen, Payton, die nur nach ein wenig zwischenmenschlicher Interaktion suchen, wo auch immer sie welche bekommen können. Ich habe einen Kunden, der regelmäßig unter der Woche herkommt, Kaffee trinkt und die Zeitung liest. Er sagt, dass er die Sessel mag.« Staci zuckt erneut mit den Schultern.

»Oh, das ist traurig.«

»Manche von ihnen sind auch einfach nur gewöhnliche Perverslinge, falls du dich mit diesem Wissen besser fühlst.«

»Ein wenig.«

»Konzentrieren wir uns«, sagt Staci und lenkt meine Aufmerksamkeit zurück auf die Aufgabe, die vor uns liegt. »Als Erstes solltest du deine Polestange säubern. Sie werden nach jeder Tänzerin und jeden Abend gereinigt, aber das ist eine gute Gewohnheit, die du dir zu eigen machen solltest.« Staci sprüht ihre Stange mit Desinfektionsmittel ein, ehe sie mir die Flasche zusammen mit einem sauberen Handtuch reicht. Ich kämpfe gerade noch mit mir, nicht über die Aussage, ich solle meine Polestange säubern, zu lachen, aber ich gebe mein Bestes, um mein Kichern im Zaum zu halten und ihren Anweisungen zu folgen. »Als Nächstes steht Stretching auf dem Programm. Normalerweise würdest du das ganz offensichtlich backstage machen.«

»Ganz offensichtlich.« Ich nicke, als mich Staci in einer Reihe von Stretchübungen zum Aufwärmen anleitet. »Ist das eine Clubrichtlinie?«

»Nein, einfach nur vernünftig.«

»Okay, das macht natürlich auch Sinn.«

»Okay, bist du Rechts- oder Linkshänderin?«

»Rechtshänderin.«

»Gut, ich auch, also kannst du einfach spiegeln, was ich mache. Wir beginnen mit einer einfachen Drehung. Ich werde sie dir einmal zeigen und dann gehen wir sie Schritt für Schritt durch.« Staci umfasst mit einer Hand die Polestange und vollführt eine Drehung, indem sie ein Bein um die Stange legt und mit ihrem Körper eine Kreisbewegung vollführt. Mit durchgewölbtem Rücken wiederholt sie die Figur an der Stange, ehe sie sich gerade macht, den Fuß wieder auf den Boden setzt, die Hand noch immer an der Pole, und dadurch die Schwungkraft ihres Körpers ausbremst. »Ganz einfach«, sagt sie. »Jetzt werde ich dir die Drehung Schritt für Schritt zeigen.«

Es ist viel einfacher, als es aussieht. Viel, viel einfacher. Ich bin gerade bei meinem dritten Versuch, als wir erneut von einem Möchtegern-Kunden unterbrochen werden. Ich nehme an, dass Staci ihn zur Hauptbühne dirigieren wird, während ich mich mehr schlecht als recht um die Polestange drehe, aber als ich zum Stehen komme, wird mir klar, warum sie nichts sagt.

Es ist Vince.

Er sieht nicht sonderlich beeindruckt aus.

»Nein.«

Das ist alles, was er sagt. Nein. Er blinzelt nicht einmal, allerdings zuckt definitiv ein Muskel an seinem Kiefer. Das reicht, damit Staci die Flucht ergreift. Vince unterbricht für keine Sekunde unseren Blickkontakt, als sie an ihm vorbeigeht. Die Bühne hier ist klein und befindet sich nur ein paar Zentimeter über dem Boden, aber dadurch bin ich aktuell noch immer größer als Vince. Ich stemme eine Hand in die Hüfte und werfe die andere in einer Geste in die Luft, die so viel wie *Was zur Hölle* besagen soll.

»Ich will hiermit Interesse an deinen Hobbys zeigen«, erkläre ich, da er ganz eindeutig nicht die Mühe versteht, die ich mir mache.

»Komm da runter.«

»Komm da runter? Ich bin doch keine Katze.«

»Payton«, beginnt er, ehe er die Augen für einen Moment zukneift und sich mit der Hand über die Stirn reibt. Ich frage mich, ob er mir gleich sagt, dass er bis zehn zählen wird. Darauf würde ich definitiv abfahren. »Bitte komm da runter«, sagt er stattdessen, als er die Augen wieder aufmacht. Ein wenig enttäuschend, wenn ich ehrlich bin.

Da ich nicht hergekommen bin, um mich mit ihm zu streiten, schnappe ich mir meine High Heels, verlasse die Plattform und bleibe direkt vor ihm stehen. Ich lasse meine Schuhe auf den Boden fallen und halte mich dann an Vince fest, um nicht die Balance zu verlieren, als ich nacheinander hineinschlüpfe. Als ich fertig bin, lächle ich ihn an. »Staci hatte nichts zu tun, sie meinte, dass der Laden erst nach dem Mittagessen richtig voll werden würde. Bis dahin sind es nur Rentner und Zeitungsleser, also habe ich sie nicht wirklich abgelenkt.« Ich beiße mir auf die Unterlippe, während ich mich frage, ob ich für das Trinkgeld, das ihr während des Unterrichts mit mir vielleicht entgangen ist, aufkommen sollte. Ich sollte, beschließe ich. »Außerdem habe ich ihr gesagt, dass du kein Problem damit hättest, also sei nicht sauer auf sie. Es war nicht ihre Schuld.«

»In mein Büro«, befiehlt er und dreht sich um. Er streckt einen Arm aus, um mir zu bedeuten, dass ich vorgehen soll.

Ich folge seiner Anweisung und schlage den Weg zu seinem Büro ein, an den ich mich noch von neulich erinnere. Im Hauptraum des Clubs ist es so laut, dass ich das Klackern meiner Absätze auf dem Boden nicht hören kann, genauso wenig wie Vinces Schritte, allerdings spüre ich seine Präsenz direkt hinter mir.

Vince schließt die Bürotür, als ich mich auf den Stuhl vor seinem Schreibtisch fallen lasse, auf dem ich schon letzte Woche saß. Ich verschränke meine Arme und meine Beine, bereit, mein Recht darauf, Poledance zu erlernen, zu verteidigen, aber Vince überrascht mich, indem er sich nicht hinsetzt.

Stattdessen bleibt er vor meinem Stuhl stehen, platziert seine Hände links und rechts von mir auf den Lehnen und beugt sich so weit vor, dass unsere Gesichter nur noch wenige Zentimeter voneinander entfernt sind. »Was bitte sehr bringt dich dazu, hier halbnackt aufzutauchen und zu denken, dass ich das okay finde?«, fragt er leise. Seine Stimme ist rau und verführerisch.

»Ich habe dir ja schon gesagt, dass ich ein Interesse an deinen Hobbys zeigen wollte.« Meine eigene Stimme ist deutlich weniger selbstsicher, als ich ihm antworte. Auch ich selbst bin plötzlich viel weniger überzeugt, was meinen Plan angeht, als ich es zuvor noch war.

»Payton, du kannst nicht so gekleidet hier herumlaufen.«

»Warum nicht? Alle anderen machen es doch auch.« Exzellentes Startargument, wenn ich das sagen darf.

»Ich bin aber mit niemand anderem verheiratet.« Er sieht überrascht darüber aus, dass er die Ehe erwähnt hat. Ich wiederum genieße es, vor Augen geführt zu bekommen, dass ihm bewusst ist, dass wir verheiratet sind. Außerdem scheint es das Alphamanngehabe in ihm zu wecken, was ich liebe – solang ich dennoch immer noch machen kann, was ich will, versteht sich.

»Es ist unser einwöchiges Jubiläum«, führe ich an. Okay, das war natürlich nur ein Witz, irgendwie zumindest, schließlich hat er das Thema zur Sprache gebracht. Aber mir wird klar, dass es stimmt. Es ist genau eine Woche her, seit ich das erste Mal auf diesem Stuhl saß. Eine Woche, seit wir verheiratet sind. Eine Woche, in der wir jeden Tag zusammen verbracht haben – zumindest jeden Abend. Was praktisch sieben Dates gleichkommt.

Was irrelevant ist, weil normalerweise niemand nach sieben Dates vor den Traualtar tritt. Außer die Paare in den von mir geliebten Reality-TV-Shows, in denen Fremde einander heiraten. Oder Menschen, die eine arrangierte Ehe eingehen. Ich wette, dass Dating im Vorfeld keine besondere Rolle spielt. Es hätte ja auch wenig Sinn, da ja bereits alles arrangiert ist. Und wir wissen alle, dass diese Ehen eine höhere Erfolgsquote haben als jene der Durchschnittsdeppen, die sich vorher kennenlernen.

Ihn kennenzulernen, hat jedoch wirklich Spaß gemacht. Die Brettspiele, das Kochen und das Reden. Die Übernachtungen und die Gespräche, bis wir eingeschlafen sind. Zu lernen, was wir gemeinsam haben und was nicht. Aber vielleicht möchte er ja gar nicht mehr. Möglicherweise bin ich die Einzige, die unsere Ehe von einem Unfall zu einer bedeutungsvollen Sache machen möchte.

»Was das angeht.« Er richtet sich auf, tritt einen Schritt zurück und bringt Distanz zwischen uns, indem er sich auf die Kante des Schreibtischs setzt und die Arme auf der Tischplatte abstützt. Kurz wendet er den Blick ab, und ich frage mich, ob er jetzt doch die Annullierungspapiere wieder zur Sprache bringen wird.

Fürs Protokoll, ich werde es nicht tun. Niemals. Es sei denn, wir haben unseren fünfundzwanzigsten Hochzeitstag und die Verjährungsfrist für eine Annullierung ist abgelaufen. Wartet, ich glaube eine solche Verjährungsfrist für Annullierungen gibt es gar nicht. Dieser Begriff bezieht sich meiner Ansicht auf Verbrechen oder Steuerhinterziehung. Egal, der Punkt ist, dass ich eine Annullierung niemals zur Sprache bringen werde.

Vince sieht mir einen längeren Moment in die Augen und

stößt ein kleines Seufzen aus. Dann schüttelt er den Kopf und lächelt. »Ist Poledancing das traditionelle Geschenk zum einwöchigen Jubiläum?«

»Nein. Das war mein Versuch, mehr Interesse an deinen Hobbys zu zeigen.«

»Stimmt. Ich vergaß. Meine Hobbys.«

»Also kann ich Poledancing lernen?«

»Nein, nicht hier.« Er verschränkt die Arme und starrt mich nieder. »Auch wenn ich dir natürlich nicht vorschreiben kann, was du tun darfst und was nicht, Payton.«

»Richtig, dass kannst du nicht.« Ich bin froh, dass wir darüber beide gleich denken. Jetzt mal ernsthaft, ich bin wirklich lächerlich gut im Aussuchen von Ehemännern. Vielleicht sollte ich eine Heiratsvermittlung eröffnen? Das wäre doch die ultimative Eventplanungsposition, oder nicht? Es wäre, als würde ich ganze Leben planen. Oh mein Gott. Ich wäre so etwas wie ein Life-Coach. Ein Coach, der Menschen verkuppelt! Ich hoffe sehr, dass ich mich später noch an diese Idee erinnere. Denn mir gehen oft tolle Ideen durch die Lappen, weil ich vergesse, sie aufzuschreiben.

»Ich hoffe, du hast noch ein paar Wechselklamotten dabei, die du tragen kannst, denn damit wirst du nicht nach draußen gehen.«

»Ich trage zweimal so viel Material am Körper wie am Pool«, protestiere ich. Ob ich wohl ungenutztes Anwaltspotenzial habe? Ich beschließe, dass das nicht von Bedeutung ist, weil ich eindeutig lieber Events plane, als mich mit Leuten herumzustreiten. Außerdem ist die Idee mit dem Heiratsvermittlungs-Life-Coaching ohnehin viel besser.

»Dann brauchst du einen neuen Badeanzug«, erwidert Vince. »Oder einen privaten Pool.«

Ich verdrehe die Augen. »Hör zu, Vince. Gute Neuigkeiten. Ich habe einen Backup-Plan für den heutigen Tag

»Ich kann es nicht erwarten, zu erfahren, wie der aussieht.«

24. Kapitel

»Wir«, er hält kurz inne und sieht sich um, »spielen Minigolf?«

»Ja!« Beinah hüpfe ich vor Begeisterung auf und ab, weil das eine wirklich gute Idee war. »Weil du Golf magst! Ich habe zwar keine Ahnung, wie man golft, aber ich bin eine exzellente Minigolferin und du kannst an deinem Putten arbeiten. Tolle Idee, oder?«

»Mit Golfbällen, die im Dunkeln leuchten.« Vince schaut sich ein weiteres Mal um und sieht dabei aus, als wäre er in einer Twilight-Zone gelandet. Was er auch irgendwie ist, da ich ihn zur Twilight-Zone-Indoor-Minigolf-Arena im *Bally's* geschleppt habe. Der ganze Ort leuchtet im Dunkeln und ist von der Fernsehserie *Twilight Zone* inspiriert.

»Ja. Wirft dich das aus der Bahn, großer Junge? Suchst du bereits nach einer Entschuldigung, warum du verlierst?«

»Oh, ich werde nicht verlieren.«

»Das sagst du so. Ich bin megagut im Minigolfen.«

Wir gehen zum Eintrittsbereich und bezahlen – na ja, Vince bezahlt. Ich wollte, aber er hat darauf bestanden, dass er zahlt, und da ich weiß, wie hoch sein Stundensatz ist, habe ich keine Einwände erhoben. Für mich selbst wähle ich einen pinken Glow-in-the-dark-Ball und frage ihn, ob er einen blauen möchte.

»Ich werde die Punkte zählen«, verkünde ich und schnappe mir eine der kleinen Punktekarten und einen Bleistift. Während Vince sein Portemonnaie wieder verstaut, schreibe ich unsere Namen auf die Karte. Payton und Vince. Wie ein Team, auch wenn wir gegeneinander antreten, macht uns die gemeinsame Wertung zu einer Art Einheit. Zumindest in meinem Kopf, weshalb ich diese Punktekarte für immer behalten werde. Ich werde sie in irgendeiner Schublade verstauen oder sie vielleicht zwischen die Seiten eines Buches legen, wie eine gepresste Blume. Was mich daran erinnert ...

»Ich lese gern!«, verkünde ich aus dem Nichts und lege meinen Ball an den Startpunkt beim ersten Loch.

»Das ist schön zu hören.«

Ich lächle, weil das so unwillkürlich aus mir herausgeplatzt ist. Mir gefällt, wie er damit umgeht. »Als Hobby meine ich. Ich lese gern Bücher.«

»Das ist ein ausgezeichnetes Hobby.«

»Daran habe ich neulich nicht gedacht, als du mich nach meinen Hobbys gefragt hast, und ich wollte dich wissen lassen, dass ich noch ein anderes habe, außer *Cheez-Its* zu essen.«

»Also sollte ich die Kiste mit *Cheez-Its* in individuell gefertigten Boxen lieber wieder abbestellen, die ich geordert habe?«

Ich blinzle kurz, dann werfe ich ihm aus dem Augenwinkel einen abschätzenden Blick zu, da ich nicht weiß, ob er gerade einen Witz macht oder nicht. Ganze drei Sekunden denke ich darüber nach, ehe ich es als Scherz abtue, da ich mir nicht vorstellen kann, dass irgendjemand individuell gestaltete *Cheez-Its*-Boxen anbietet, auch wenn es das in der Realität unbedingt geben sollte. Ich strecke ihm die Zunge raus und vollführe einen Schlag. Der Minigolfball landet etwa fünfzehn Zentimeter vom Loch entfernt.

»Welche Bücher liest du gern?«

»Liebesromane«, sage ich stolz, weil mir egal ist, dass er ein nobler Anwalt ist. Ich schäme mich nicht für die Art von Büchern, die ich lese. Außerdem kann man gar nicht glauben, wie viele Liebesromanautoren vormals als Juristen tätig waren, ehe sie ihren Beruf an den Nagel hängten, weil er so furchtbar war. Ob Vince den Beruf ebenfalls als schrecklich empfindet? Vielleicht besitzt er deswegen den Club? Weil er Erfüllung außerhalb seines Jobs braucht. »Hasst du es, zu *anwältlern*?«

»Ich dachte, wir würden über Bücher reden?« Vince ist an der Reihe. Sein Ball kommt nur wenige Zentimeter von meinem entfernt zum Halten.

»Haben wir auch, ich habe mich nur ablenken lassen.«

»Ich liebe es, zu *anwältlern*. Als Anwalt praktizieren, so bezeichne ich es normalerweise, aber *anwältlern* ist eindeutig eingängiger. Ich denke, ich werde am Montag ein Memo rumschicken und alle in der Firma bitten, ihren Job ab jetzt als *an-*

wältlern zu bezeichnen.«

»Das solltest du wirklich tun.«

Wir beide beenden das erste Loch mit zwei Schlägen und machen uns auf zum zweiten. Ein paar Löcher vor uns ist eine ganze Familie am Spielen, also lassen wir uns Zeit, da wir wissen, dass wir zu zweit schneller sind und sie sonst irgendwann einholen würden.

»Was liebst du daran?«

»Ich löse gern Probleme und unterstütze Menschen, die meine Hilfe brauchen. Ich möchte etwas bewirken.«

»Aber du bist Strafverteidiger, oder? Also musst du manchmal auch Kriminellen helfen?«

»Manchmal, ja. So funktioniert das Gesetz. Manchmal ist ein Klient unschuldig, manchmal nicht. Meistens handelt es sich einfach um Menschen, die schlechte Entscheidungen getroffen haben und Hilfe dabei benötigen, die daraus resultierenden Folgen und Möglichkeiten zu eruieren.«

»Was magst du noch daran?«

»Ich mag es, meine eigene Firma zu besitzen. Im Grunde heißt das, dass ich gern mein eigener Chef bin. Mir gefällt es, die Fälle annehmen zu können, die mich interessieren, und dass es mir die Möglichkeit gibt, das zu tun, was ich tun möchte.«

Vince hält inne, um seinen Ball zu schlagen. Er trägt ein weißes Hemd, das im Dunkeln leuchtet. Ich habe noch nie zuvor drinnen Minigolf gespielt, doch es macht Spaß. Vielleicht liegt es aber auch daran, dass ich mit Vince zusammen bin, dass es mir so viel Freude bereitet.

»Was gefällt dir an der Eventplanung?«

»Oh, du weißt schon, ganz genau das Gleiche«, witzle ich. Ich führe meinen Schlag aus, der Ball prallt von der Seitenbande ab und landet direkt im Loch. »Hole in one!« Ich führe einen kleinen Freudentanz auf. Vince lacht und es bilden sich vergnügte Fältchen um seine Augen. Ich liebe diese kleinen Fältchen, sie machen mich absolut wahnsinnig. Auch auf der Stirn hat er eine, eine perfekte Linie, die sich bildet, wenn er in Gedanken versunken ist. Diese sehe ich für gewöhnlich, wenn ich etwas

Lächerliches gesagt habe. Sie taucht auf, bevor eine längere Pause eintritt, in der er darüber nachdenkt, was ich von mir gegeben habe.

»Sehr schön, und jetzt erklär mir, was du an deinem Job magst.«

»Ich mag es, Menschen dabei zu helfen, zusammenzukommen. Wirklich sehr sogar. Was vielleicht seltsam ist, aber es ist nicht für jeden Menschen einfach, neue Kontakte zu knüpfen und unter Leute zu kommen. Wie Lydia zum Beispiel, sie ist nicht so extrovertiert wie ich. Sie hätte Rhys niemals kennengelernt, wenn ich sie nicht aus dem Haus gezerrt hätte, sondern wäre daheim geblieben und hätte bis zu ihrem dreißigsten Lebensjahr Pyjamas aus Betttüchern gemacht. Außerdem gefällt mir irgendwie auch der Budgetaspekt daran.«

»Inwiefern?«

»Es ist ähnlich wie ein Puzzle. Ich habe ein Budget und einen Personalbestand, zusammen mit einer allgemeinen Vorstellung, was ein Kunde möchte. Dem präsentiere ich dann eine Vielfalt an Optionen, wie ein riesiges Spiel von A oder B, und helfe ihm dabei, die beste Version für sein Event zusammenzustellen. Das macht Spaß.«

»Du planst viele Hochzeiten, oder?«

»Fürs Erste, ja«, sage ich leicht gereizt. »Aber ich arbeite gerade auch an einem sehr spannenden Dermatologenevent.«

»Du planst nicht gern Hochzeiten?« Vince scheint überrascht darüber zu sein und das macht mich irgendwie wütend.

»Nur weil ich eine Frau bin, heißt das nicht, dass ich mein ganzes Leben damit verbringen muss, mich zwanghaft mit Hochzeiten zu beschäftigen.«

»Nein«, antwortet er langsam. »Das wollte ich damit nicht implizieren.«

»Ich bin eine Eventplanerin«, ich betone das Wort *Event* ganz besonders, »die ganz zufällig auch Hochzeiten plant, wenn sie den Auftrag dazu bekommt.«

»Verstanden. Du bist kein Hochzeitsmädchen. Vielleicht kannst du deine Hochzeitskunden ja davon überzeugen, durchzubrennen, so wie du es gemacht hast.«

»Das würde mich wahrscheinlich meinen Job kosten«, entgegne ich, mich fragend, ob seine Worte eine kleine Stichelei sein sollten.

»Ein ziemliches moralisches Dilemma, in dem du da steckst.«

»Eine wahre Klemme, Vince. Eine verdammte Klemme.«

Er lacht, und dann sage ich mehr, als ich wollte. »Ich wünschte, ich könnte meine Mutter davon überzeugen, durchzubrennen.«

»Du magst den Typen nicht, den sie heiratet?«

»Er ist okay, nehme ich an. Ich kenne ihn nicht wirklich. Ich war bereits auf dem College, als sie sich über den Weg gelaufen sind, von daher ...« Ich zucke mit den Schultern. »Er ist ihr vierter Ehemann, daher weiß ich nicht so recht, wie ernst ich die ganze Sache nehmen soll. Auf jeden Fall werde ich kein Geschenk mit Monogramm kaufen, so viel ist sicher.«

Vince sieht mich nachdenklich an, was dafür sorgt, dass ich mich unwohl fühle. So als würde er versuchen, die Psyche einer Frau zu entschlüsseln, die möglicherweise langfristige Bindungsängste hat und Hochzeiten hasst, aber gern durchbrennt. Und als wäre er nicht sicher, ob sich das zu einem vernünftigen Ganzen zusammenfügen lässt.

Wir sind am sechsten Loch, als mir eine tolle Idee in den Sinn kommt. Da ich mit vier Punkten in Führung liege, ist so besonders gut für mich.

»Hey! Ich weiß, was wir machen müssen.«

»Was denn?«

»Die Einsätze erhöhen.

»Die Einsätze erhöhen?«

»Jap.« Ich grinse.

»Okay. Wie machen wir das? Wie können wir die Messlatte in Bezug auf diese Verrücktheit noch höher legen? Möchtest du dir das Baby von irgendjemandem ausleihen, um zu testen, ob wir gute Eltern wären?«

Ich bleibe abrupt stehen, denn das ist eine viel bessere Idee als die, die ich im Kopf hatte. »Moment, gibt es das wirklich?

Kennst du jemanden?«

Vince sieht mich mit einem sehr seltsamen Gesichtsausdruck an und mir wird klar, dass er das nicht ernst gemeint hat. Und zwar so was von nicht. »Ich habe einen Scherz gemacht, Payton. Heiliger, du kannst dir doch nicht probeweise ein Baby ausleihen. Wie viel durchgeknallter kann das hier alles noch werden?«

»Das weiß ich. Ich habe auch nur Spaß gemacht. Haha.«

Er starrt mich einfach nur an.

»Wie dem auch sei, auch wenn die Babyprobe nach einer tollen Idee klingt, habe ich an etwas anderes gedacht.«

»Babyprobe«, murmelt er vor sich hin, als wäre ich die verrückte Person, die das Thema überhaupt erst angesprochen hat. Das war er, nur damit das klar ist. Nur für den Fall, dass das jemand vergessen haben sollte.

»Wer auch immer beim Minigolf gewinnt, darf die andere Person fesseln.« Ich zwinkere ihm dramatisch zu, damit er versteht, was ich meine. Nämlich Sex. Ich stelle mir einen von uns mit am Kopfende gefesselten Händen vor.

Vince macht seinen ersten Schlag an Loch drei, dann lässt er seinen Blick über meinen Körper schweifen, als würde er mich im Geiste ausziehen. »Also wenn ich gewinne, darf ich dich fesseln?«

»Ja!« Ich grinse breit.

»Das kann ich so oder so machen«, sagt er schließlich.

Dieser Typ ... Ich seufze und widerstehe dem Drang, ihm den Mittelfinger zu zeigen, da wir in der Öffentlichkeit und zudem Kinder um uns herum sind. »Hör zu, du Spaßverderber, das ist immer noch ein verdammt gutes Angebot.«

»Ich bin mir nicht sicher, dass du das Konzept von Verhandlungsführung verstehst.«

»Also schön, was habe ich, was du möchtest?«

»Alles«, antwortet er. Seine Stimme ist tief und rau, das Wort leise gesprochen, und er sieht mir direkt in die Augen, als er das sagt. Die Schwäne in meinem Bauch haben gerade einen Wasserpark gefunden, in dem es wassergängige Autoscooterfahrzeuge gibt. Kennt ihr die? Sie sehen aus wie große Schwimmreifen, haben aber einen Sitz und sind motorisiert. Man nutzt sie, um auf dem Wasser zu treiben und gegeneinanderzufahren. Die Schwäne in meinem Bauch knallen gerade definitiv gegeneinander. Sie schwimmen im Kreis und stoßen gegen alles, was ihren Weg kreuzt.

»Okay«, antworte ich, auch wenn ich meiner Stimme nicht ganz traue und mich frage, ob ich zu viel in die Situation hineininterpretiere. »Wenn ich gewinne, darf ich dich fesseln, und wenn du gewinnst, bekommst du, was auch immer du möchtest.«

»Deal.« Er streckt mir seine Hand hin, damit ich sie schütteln kann. Das ist seltsam lustig und sexuell zugleich. Ich ergreife sie und wir schütteln uns die Hand. Ich habe seine Hände die vergangene Woche viel zu oft in meinen und auf allen möglichen Körperstellen gespürt, um es zu zählen, dennoch bekomme ich nicht genug davon. Von dem Funken. Von der Anziehungskraft zwischen uns. Vince zwinkert mir zu und ich komme beinahe an Ort und Stelle. Okay, nicht wirklich. Aber ich bin extrem erregt und heiß auf ihn, weswegen ich nicht Nein sagen würde, wenn er unser Minigolfspiel zugunsten eines Hotelzimmers und ein paar sexy Stunden beenden wollen würde.

Aber ich kann geduldig sein.

Geduldiger, als man von einer Frau, die gleich beim ersten Date mit einem Mann durchbrennt, erwarten würde.

Die nächsten drei Löcher lang zweifle ich nicht daran, dass ich definitiv gewinnen werde, aber an Loch zehn herrscht wieder Gleichstand zwischen uns. Am zwölften Loch überholt er mich punktemäßig. Am dreizehnten sind wir wieder gleichauf. Aber danach geht alles den Bach runter. Ich verliere mit acht Schlägen. Aber seien wir ehrlich, für mich ist das trotzdem ein Sieg.

Ich bin ganz kribbelig bei der Vorstellung, was er heute Abend vielleicht tun möchte, mit seinem Gewinn. Butt-Stuff? Nippelklemmen? Sex ohne Kondom? Ein Sextape drehen? Mir gestehen, dass er sich unsterblich in mich verliebt hat?

25. Kapitel

Er möchte in der *Cheesecake Factory* mit mir zu Abend essen.

Jap. Die *Cheesecake Factory*.

An einem Samstagabend.

Das ist seine Wahl.

Es hat siebenundvierzig Minuten gedauert, einen Tisch zu bekommen. Ich habe jede einzelne davon gezählt.

Und dann hat er keinen Käsekuchen bestellt.

Sondern Lachs. Mit Broccoli. Kein Dessert. Wir waren ganz kurz davor, unseren ersten Streit zu haben.

Ich selbst habe eine Barbecue-Pizza gegessen, allerdings ohne Zwiebeln, weil ich noch immer beabsichtige, heute Sex mit ihm zu haben, auch wenn er absichtlich ein Restaurant mit langer Wartezeit ausgewählt hat, um sich auf meine Kosten zu amüsieren. Außerdem habe ich zwei Stück Käsekuchen bestellt. Beide waren für mich.

Nach dem Abendessen werden die Dinge endlich besser.

»Ich muss kurz bei *Target* anhalten«, sagt er, als er nach links statt nach rechts abbiegt, was uns zurück zur Umgehungsstraße und zu meinem Appartement gebracht hätte.

Scheiße, ja.

»Müssen Sie ein paar Utensilien für Ihren Gewinn besorgen, Sir?«, frage ich in bester Sexkitten-Manier und streiche mit einem Finger über seinen Unterarm, während bereits zahlreiche Ideen in meinem Kopf herumspuken.

»Genau das.« Er nimmt meine Hand und drückt einen Kuss auf die Handfläche, ehe er meine Hand auf der Mittelkonsole zwischen uns platziert, mir zulächelt und sich wieder auf die Straße konzentriert.

Oh jaa, heute Nacht wird es heiß werden.

»Bleib hier«, weist er mich an, als er das Auto geparkt hat. »Ich bin gleich wieder da.« Mit einem durchtriebenen Grinsen im Gesicht lässt er seinen Blick kurz auf meinen Lippen verweilen und verschwindet dann. Der Motor läuft noch und mein

Puls überschlägt sich förmlich.

Was könnte er wohl bei *Target* kaufen? Nippelklemmen sind damit jedenfalls raus. Es sei denn, er kauft eine Packung Allzweckklammern. Allein bei der Vorstellung zucke ich zusammen. Das kann nicht sicher sein, also ist das auch raus.

Klebeband? Allerdings kann ich mir nicht vorstellen, dass das nicht wehtut, wenn man es abmacht, doch ich bin nicht auf echten Schmerz aus, sondern möchte nur ein wenig angenehmen Schmerz verspüren. So was wie ein leichtes Brennen, das ein Seil um meine Handgelenke verursacht, oder so etwas in der Art.

Gleitgel? Dort kann man Gleitgel kaufen, oder?

Das hier ist Folter. Wie lang ist er schon weg? Ich sehe auf die Uhr am Armaturenbrett und wünschte, ich hätte mir die Uhrzeit gemerkt, zu der er aus dem Auto gestiegen ist. Wie viele Minuten sind seitdem vergangen? Drei? Zehn?

Ich habe keine Ahnung.

Vielleicht hat er ja beschlossen, mein Angebot, mich als sexy Gefängniswärterin zu verkleiden, anzunehmen, und stellt ein heißes Kostüm für mich zusammen? Wie das wohl aussehen könnte? Würde er mich in einen schwarzen BH und ein passendes Höschen stecken? Strümpfe und Strapsgürtel? Oder würde er für mich ein Denimhemd wählen, das mir kaum über den Hintern reicht und unter dem ich nackt bin?

Was, wenn er wirklich nur Zahnpasta braucht?

In meinem ganzen Leben war ich noch nie so geil. Und damit meine ich, dass ich versucht bin, meine Hand in mein Höschen zu schieben und mich hier auf dem Parkplatz zum Höhepunkt zu bringen. Was ich nicht mache, weil der Parkplatz gut beleuchtet ist und ich nicht für unzüchtiges Verhalten in der Öffentlichkeit verhaftet werden möchte, auch wenn ich mit einem exzellenten Strafverteidiger verheiratet bin, doch ich bin wirklich in Versuchung. Darum überkreuze ich lieber ganz fest meine Beine, während ich warte.

Zwölf Minuten. Plus die Minuten, die ich am Anfang vergessen habe, zu zählen.

Erst nach drei weiteren Minuten taucht er wieder auf. Ich schaue aus dem Fenster in Richtung des Eingangs und erblicke ihn sofort, als die automatischen Türen sich öffnen und er nach draußen tritt, eine Tüte in der Hand.

Aber was zur Hölle ist in der Tüte? Eine Hemdsverpackung? Nein ...

Unter keinen Umständen.

Ich beobachte, wie er aufs Auto zugeht, den Blick die ganze Zeit auf diese blöde Tüte geheftet. Er hält sie nicht an diesen dünnen Plastikträgern fest, sondern hat sich die Tüte, aus der eine Schachtel hervorlugt, unter den Arm geklemmt. Beim Auto angekommen, öffnet er die Fahrertür, beugt sich ein Stück nach vorn, sodass er mich ansehen kann, während er die Schachtel schüttelt, und grinst, ehe er sie auf den Rücksitz wirft und sich hinters Lenkrad setzt.

Monopoly.

Er will *Monopoly* spielen.

Was für ein kranker Perversling möchte ein Brettspiel spielen, das Ewigkeiten dauert, wenn er eine heiße Blondine im Auto hat, die für alles offen ist. Wirklich alles.

Ich drehe den Kopf in Richtung Rückbank, weil ich noch einmal eine visuelle Bestätigung brauche, dass ich mich nicht versehen habe, aber nein, das habe ich nicht. Die Tüte ist nicht einmal ausgebeult, also ist da auch definitiv keine Packung Gleitgel, ein Seil oder eine Box mit Wäscheklammern zusätzlich drin versteckt. Ich wende mich wieder nach vorn um, während Vince das Auto aus der Parklücke manövriert und in Richtung meines Appartements lenkt.

Auf der Rückfahrt redet er die ganze Zeit darüber, wie sehr er unsere Spieleabende liebt und dass *Monopoly* sein Lieblingsspiel als Kind war, während ich mich wie ein perverser Trottel fühle. Vielleicht war jegliche sexuelle Anspielung nur ein Produkt meiner Fantasie? Aber es war doch ziemlich eindeutig, oder? Dennoch ist es schön, dass er es genießt, Zeit mit mir zu verbringen. Zeit, in der wir uns unterhalten und keinen Sex haben. *Denk an das große Ganze, Payton. Er mag dich, sehr sogar.* Er könnte heute Abend jede Menge andere Dinge tun, aber stattdessen möchte er mit dir *Monopoly* spielen.

Das ist ... schön.

Ich trage die Tüte mit meinem Käsekuchen nach drinnen, Vince jene mit dem *Monopoly*-Spiel, während er noch immer über den epischen Spieleabend redet, der uns bevorsteht. Nachdem ich den Käsekuchen im Kühlschrank verstaut habe, ziehe ich einen der Küchenstühle hervor, setze mich darauf und lege abwartend das Kinn in die Hand.

Dann zieht Vince ein Päckchen aus der Tüte, das so flach ist, dass es mir unter der Spielschachtel nicht aufgefallen ist. Er zerrt an der Verpackung, bis das Etikett der Papphülle einreißt.

Meine Neugierde ist geweckt, als er den Gegenstand aus der Verpackung befreit.

Strümpfe.

Okay, wow. Der Spieleabend ist soeben interessant geworden. Er hält sie hoch, sodass sich die beiden Strümpfe aus schwarzem Nylon oder Spandex, oder aus welchem Material auch immer die Strümpfe sind, die man bei *Target* kaufen kann, entrollen.

»Möchtest du, dass ich die anziehe, während wir spielen?« Meine Gedanken rasen förmlich und formen das Bild von mir in nichts als diesen schenkelhohen Strümpfen. Mir gefällt, in welche Richtung das läuft.

»Nein.«

Vielleicht gefällt mir doch nicht so gut, in welche Richtung das geht. Ist jetzt der Zeitpunkt, an dem Vince mir gesteht, dass er auf Frauenklamotten abfährt? Also für ihn selbst? Ich möchte niemanden verurteilen, aber ich glaube nicht, dass ich darauf abfahre. Aber möglicherweise könnte ich es ja versuchen? Für Vince?

»Steh auf«, befiehlt Vince und ich gehorche, auch wenn ich keine Ahnung habe, was hier vor sich geht. Ich erhebe mich und schiebe den Stuhl zurück unter den Tisch. Dann umfasse ich mit den Händen die Rückenlehne des Stuhls und sehe Vince an, der einen Moment später plötzlich laut zu lachen beginnt. »Wenn du gerade dein Gesicht sehen könntest«, sagt er und ich schaue irritiert drein, da ich noch immer nicht weiß, was hier los ist.

»Spielen wir *Monopoly* oder ...?« Ich verstumme.

»Zieh dein Oberteil aus.«

Anscheinend nicht, wie es aussieht. Also ziehe ich mir mein Oberteil über den Kopf und drapiere es über der Rückenlehne.

»BH.«

Ich entledige mich auch meines BHs und hänge ihn über das Oberteil. Dann beginne ich, unter der kühlen Luft der Klimaanlage und Vinces Blick zu zittern, und meine Nippel richten sich auf.

»Komm her.«

Erst als ich vor ihm stehe, er mich herumdreht, mich nach vorn auf die Küchenanrichte drückt und mir mit den Strümpfen die Hände hinter dem Rücken zusammenbindet, begreife ich es. Ja, ich gebe zu, dass ich einen peinlich langen Moment dafür gebraucht habe.

Als er meine Hände gefesselt hat, küsst er sich meine Wirbelsäule hinunter, während er mit den Händen den Reißverschluss meines Rocks lokalisiert. Kurz darauf fällt dieser mit einem leisen Geräusch zu Boden, gefolgt von meinem Höschen. Dann schlägt mir Vince mit der flachen Hand auf den Po und ich zucke zusammen, doch bevor ich noch weiter darauf reagieren kann, hat er mich bereits in die Höhe gezogen und führt mich in Richtung meines Schlafzimmers. Dabei fühle ich mich so was von schmutzig. Die gute Art von schmutzig. Fantastisch schmutzig. Verführerisch schmutzig.

Als wir mein Bett erreichen, dreht er mich zu sich um und schubst mich rücklings aufs Bett. Meine gefesselten Arme sind unter meinem Körper gefangen, und auch wenn das nicht unbedingt die bequemste Position der Welt ist, dient sie dazu, mein Becken perfekt für ihn zu positionieren. Insbesondere, sobald er meine Beine gepackt und sie weit auseinandergespreizt hat, sodass meine Absätze an der Bettkante Halt finden und ich entblößt vor ihm liege.

»Beweg dich nicht.«

Das werde ich nicht. Es würde mich eine Menge Mühe kosten, mich mit hinter dem Rücken gefesselten Armen aufzurichten, und darüber hinaus gefällt mir wirklich sehr, in welche Richtung das hier läuft.

Vince geht zu meinem Nachttisch hinüber, in dem sich der Stapel Kondome und das einzelne Päckchen Gleitgel befinden. Nur dass er gerade kein Kondom in der Hand hält, sondern meine Augenmaske. Die, die ich manchmal benutze, wenn ich am Wochenende ausschlafe und das Licht, das durch die vor meinem Fenster angebrachten Minijalousien scheint, zu hell ist. Als er sie mir über die Augen schiebt, beginnt mein Puls zu rasen. Die Dunkelheit setzt der ganzen Situation definitiv noch mal einen drauf. Dass ich nichts mehr sehen kann, sorgt dafür, dass ich jedes Geräusch im Raum intensiver wahrnehme und begierig darauf bin, auch nur die kleinste Bewegung zu identifizieren und zu ergründen, was sie für mich bedeuten könnte.

Die Kommode gegenüber von meinem Bett quietscht ein wenig. Ich stelle mir vor, dass er dagegen lehnt, die Arme lässig vor der Brust verschränkt, und mich betrachtet. Einerseits ist es mir peinlich, andererseits ist es aber auch echt heiß.

Ich höre etwas, eine minimale Bewegung, genau bevor er mit der Fingerspitze die Innenseite meines Oberschenkels entlangstreicht. Reflexartig zucke ich zusammen und schließe die Beine.

»Ich habe gesagt, dass du dich nicht bewegen sollst. Muss ich erst deine Beine fesseln, damit sie gespreizt bleiben, Payton?«

»Nein.« Ich schüttle den Kopf, bin mir aber nicht sicher, warum ich Nein sage, denn die Vorstellung, dass er meine gespreizten Beine ebenfalls fixiert, hat mich so feucht werden lassen, dass ich sicher bin, dass er es sieht. »Ich werde artig sein.« Vielleicht. »So gut es geht«, relativiere ich, da ich ihn nicht in die Irre führen möchte. Dann spreize ich wieder die Beine und wölbe die Füße in nervöser Erwartung. Oder ist es freudige Erwartung? Beides vermutlich. Gefesselt zu sein, löst diese Gefühle in mir aus. Ich frage mich, ob das komisch oder verrückt ist, aber dennoch fühle ich mich, als könnte ich all den Stress darüber, nicht zu wissen, wohin diese Beziehung führt, loslassen. Denn während meine Hände gefesselt sind, liegt es an ihm, mir das Gefühl zu geben, dass alles gut ist, ich sicher bin und begehrt werde. Es gibt nichts, was ich dagegen tun kann, außer es zu akzeptieren und zu genießen. Mich an seinen Berührungen und seiner Aufmerksamkeit zu weiden.

Vince stößt ein leises Lachen aus, dann berührt er meine Klit mit seiner Fingerspitze. Unter keinen Umständen kann ich dabei stillhalten. Es ist so viel intensiver, wenn ich nicht sehen kann, was er tut. Ich bin nervös, aufgedreht und absolut sicher, dass ich noch nie in einem Leben so erregt war. Da sich Vince aber zwischen meinen Beinen befindet, kann ich nicht viel mehr machen, als meine Oberschenkel um ihn zu schließen. Als ich seine Zunge an meiner Klit spüre, bin ich gewillt, zuzugeben, dass ich zu voreilig mit meiner Aussage war, denn er stachelt meine Erregung immer noch weiter an.

»Bitte lass mich kommen«, bettle ich.

»Du möchtest kommen?« Vince Stimme klingt amüsiert. »Du möchtest nach drei Minuten dieses Spielchens kommen?«

»Ja, bitte!« Sind wirklich erst drei Minuten vergangen? »Danach können wir *Monopoly* spielen oder was auch immer du willst.«

»Ich wünschte, ich hätte Klebeband gekauft«, murmelt er, bevor er die Innenseite meines Oberschenkels entlangleckt. Ich glaube, ich bin mittlerweile klatschnass. Ich hebe ihm mein Becken entgegen, weil das die einzige Bewegung ist, die ich machen kann. Es ist die einzige Kontrolle, die ich darüber habe, mehr zu bekommen. Mehr Reibung, mehr von seinem Mund. Mehr von seiner verruchten Zunge.

»Ich möchte heute Abend kein Brettspiel spielen, Payton.«

»Nein?«

»Nein, ich denke, alles, mit dem ich spielen möchte, liegt hier vor mir.«

Er wandert mit der Hand mein Bein entlang, von der Hüfte bis zu meinen Zehen, und massiert mit festen, kreisenden Bewegungen meinen Spann, als er meinen Fuß erreicht, ehe er mir einen Kuss darauf drückt. Dann platziert er meinen Fuß wieder auf dem Bett.

Anschließend streichelt er meine Klit, ehe er mir in den Nippel kneift. Erst in den einen, dann in den anderen.

»Bitte«, flehe ich. Bitte hör nicht auf. Bitte mach das noch mal. Bitte fick mich, bis ich nicht mehr weiß, wie ich heiße.

Als er seinen Finger in mich hineinschiebt, bedanke ich mich im Stillen bei ihm. Danke, danke, danke. Ich bin so kurz davor, doch dann ist sein Finger verschwunden, dafür sind aber seine Lippen wieder zurück. Saugend, knabbert und küssend. Als er mit dem Finger, der von meiner Erregung benetzt ist, mein Poloch umkreist, zucke ich zusammen, möchte aber nicht, dass er aufhört. Nicht im Geringsten. Mein gesamter Körper pulsiert vor Empfindungen und Erregung.

Als er »Entspann dich« flüstert, gehorche ich. Dann bringt er mich wieder an den Rand eines Höhepunkts, nur dass ich dieses Mal mit seinem Finger im Po und seinen Zähnen an meiner Klit in Millionen kleine Teile zerspringe. Danach zieht mir die Augenbinde ab und küsst mich. Er schmeckt nach Sex und Für immer.

Er dreht mich um, befreit meine Hände von den Nylonfesseln und reibt über meine Unterarme, bevor er mir die Anweisung gibt, mich auf alle viere zu begeben. Als er sich ein Kondom schnappt, möchte ich ihm sagen, dass er es nicht braucht, da ich die Pille nehme, ich gesund bin und wir verheiratet sind, aber etwas hält mich zurück. Denn wenn er kein Interesse daran hat, in mir zu kommen, würde das definitiv den Moment ruinieren und dafür habe ich jetzt nicht den Kopf.

Als er hinter mir kniet, meine Hüften packt und tief in mich hineinstößt, ist mein Kopf allerdings wie leer gefegt. Er nutzt mein Becken, um mich in der von ihm gewünschten Geschwindigkeit zu sich heranzuziehen. Seine Finger bohren sich in meine Haut, während er es mir hart und schnell von hinten besorgt. Das Geräusch unserer Haut, die aufeinanderschlägt, hallt zusammen mit meinem Stöhnen, Seufzen und Flehen durch den Raum. Ich weiß nicht einmal, worum ich flehe, bis er meine Haare dazu benutzt, um mich nach oben zu zerren, und bei

Gott, dieses Ziehen an meiner Kopfhaut sorgt dafür, dass ich beinah sofort noch einmal komme.

Vince fickt mich immer weiter, eine Hand in meinem Haar vergraben, die andere an meiner Klit. Ich bin so dermaßen feucht, als er zwei Finger zwischen meine Schamlippen schiebt und mir in meine Klit zwickt. Meine Pussy verkrampft sich so heftig um ihn, dass ich das Gefühl habe, möglicherweise gleich zu zerbersten. Noch zweimal stößt er in mich hinein, ehe ich fühle, wie er erschauert, bis er schließlich den Griff in meinem Haar lockert und ich mit dem Gesicht auf der Matratze zum Ruhen komme. Vince ist noch immer über mir, noch immer in mir, aber erledigt.

»Wow.« Er streicht über meinen Nacken und küsst mich dort. Ich wiederum erzittere und frage mich, ob man allein durchs Kommen sterben kann.

Vince kümmert sich im Anschluss um uns. Er steht auf, um das Kondom zu entsorgen, und kommt mit einem warmen Waschlappen wieder, mit dem er mich säubert.

»Ich kann aufstehen«, protestiere ich, weil das zuvor noch nie jemand für mich gemacht hat und ich möglicherweise zugrundegehe, wenn er meine Liebe nicht erwidern sollte. Denn ich liebe ihn. Ich liebe ihn verdammt noch mal und es ist mir egal, wie doof und unvorhersehbar die Liebe ist. Wie unsicher und zerbrechlich und garantielos.

»Klar kannst du das«, stimmt Vince zu, was nett von ihm ist, da wir beide wissen, dass das eine Lüge ist. »Aber jetzt bin ich ja schon mal hier.« Er zwinkert mir zu, als er das sagt, und schenkt mir ein verruchtes kleines Grinsen. Gott, er sagt charmante Dinge, während er mich nach dem Sex sauberwischt, damit ich mich nicht bewegen muss. Wenn ich ihn zuvor noch nicht geliebt hätte, wäre das allein Grund genug, es zu tun. Nachdem er fertig ist, kommt er zurück zu mir ins Bett und ich kuschle mich an ihn.

Alles ist so verdammt normal und perfekt. Er verschränkt seine Finger mit meinen, die auf seiner Brust liegen, dann reden wir. Mit der anderen Hand spielt er mit meinen Haaren, und ich bin mir nicht sicher, ob ich einschlafen oder für immer wach bleiben möchte, damit dieser Abend niemals endet.

Als er mir erzählt, dass er die nächste Woche auf Geschäftsreise ist, weiß ich, dass ich etwas sagen sollte. Jetzt, bevor er geht, weil er wegen eines Prozesses, bei dem er als Berater fungiert, eine ganze Woche lang weg sein wird. Vielleicht ist es zu früh, aber scheiß drauf. Meine Entscheidungsfähigkeit mag zwar echt beschissen sein, meine Spontanität hat mir dafür aber schon immer einen guten Dienst erwiesen.

»Kennst du das, wenn man jemand Neuen kennenlernt und sich von seiner besten Seite zeigt? Wenn die Dinge zwischen sich und dem anderen noch ein wenig unbehaglich sind, weil man diesem noch auf den Zahn fühlt?«

»Du hast dich von deiner besten Seite gezeigt?« Er kann die Beunruhigung auf seinem Gesicht nicht verbergen und ich gebe seiner Brust einen Klaps.

»Nein! Das ist es ja. So habe ich mich bei dir nie gefühlt. Vom ersten Tag an habe ich mich wie ich selbst gefühlt.«

Vince sieht mich an und seine Züge entspannen sich.

»Ich glaube, ich verliebe mich gerade in dich.«

»Ja, tust du das?« Vince rollt uns herum, sodass er auf mir ist. Dann küsst er mich liebevoll. Diese zärtliche Berührung seiner Lippen im Gegensatz zu seinem harten Körper, der an mich gepresst ist, macht mich wahnsinnig. Genauso wie sein Schwanz, den ich an meinem Bauch spüre und der jede Sekunde immer härter wird.

»Ja, das tue ich. Eigentlich bin ich es bereits.« Ich bin abgelenkt von seinen Küssen und seinem Penis, aber ich möchte, dass er weiß, wie ich fühle. »Was gut ist, weil ich glaube, dass das Schicksal wollte, dass wir zusammen sind.«

»Das Schicksal?« Vince unterbricht seine Küsse, auf seiner Stirn hat sich eine Falte gebildet.

»Hm.« Ich fahre die Falte auf seiner Stirn mit der Fingerspitze nach. Er nickt, aber auf abwesende Art und Weise, sodass ich nicht weiß, ob wir bezüglich der Mitwirkung des Schicksals gleicher Meinung sind. Aber das ist okay, denn das Schicksal kümmert sich nicht wirklich darum, was du von ihm denkst, es zieht auch ohne deine Zustimmung sein Ding durch.

Apropos Ding, er streift sich gerade ein weiteres Kondom über, von daher können wir auch einfach später über das Schicksal reden.

Und mit später meine ich viel, viel später, denn Vinces Ausdauer in Runde zwei ist atemberaubend. Das Leben könnte nicht besser für mich laufen. Ich bin zu multiplen Orgasmen in der Lage und ich liebe meinen Ehemann. Einen Mann, der mich daran glauben lässt, dass die ewige Liebe vielleicht wirklich existiert.

Bis das Schicksal einen Haufen direkt vor meine Türschwelle setzt. Einen Haufen in Gestalt von Annullierungspapieren.

26. Kapitel

Vince ist am Montag weggefahren.

Das war in Ordnung. Er hat den Prozess erwähnt, an dem er arbeitet. Auch Reno hat er erwähnt. Und dass er mich vermissen würde. Das war es doch, was er gesagt hat, oder? *Ich werde dich vermissen, Süße.* Ich habe wie ein blöder Schwan gegrinst und war mir sicher, in welche Richtung das mit uns gehen würde. Sicher, dass sich seine Gefühle zumindest auf dem gleichen Spielbrett wie meine befinden würden. Doch vielleicht habe ich ihn mit meiner dummen Liebeserklärung überwältigt? Oder mit meiner hyperaktiven Fantasie und dem Verlangen nach seiner Zeit. Oder mit meiner Person.

Warum? Warum war ich so sicher?

Ich werde dich vermissen.

Mich für immer vermissen?

Er hat nie erwähnt, dass mir die Annullierungspapiere zugestellt werden würden. Papiere, die unsere Ehe beenden. Nein, nicht nur beenden.

Sie ungeschehen machen.

Ist es besser, jemanden geliebt und verloren zu haben, oder niemals geliebt zu haben?

Die Antwort ist hinfällig, da es immerhin echt war. Immerhin ist es passiert. Eine Annullierung ist nichts, eine Fußnote bei *Wikipedia.* Es sind offizielle Papiere, die erklären, dass etwas zu unbedeutend war, um zu existieren. Dass es niemals hätte geschehen sollen. Vielleicht haben wir uns doch auf unterschiedlichen Spielbrettern befunden. Vielleicht habe ich das *Spiel des Lebens* gespielt und er *Doktor Bibber*, denn ich habe das Gefühl, dass ich nur einen Wimpernschlag davon entfernt bin, einen Schlag verpasst zu bekommen, während Vince mein Herz entfernt.

Er debattiert beruflich jeden Tag mit Leuten, doch er konnte nicht einmal persönlich mit mir reden?

Das ist so ... beleidigend.

Ist es, weil ich ihn die ganze Woche über mit Sex abgelenkt habe? Musste er wirklich warten, bis er sechs Stunden weit weg war, um mir die Papiere zustellen zu lassen? Wisst ihr, wie sich das anfühlt? Wahrscheinlich nicht. Ich hoffe, ihr wisst es nicht, denn es ist fürchterlich. Schrecklich. Das schlimmste Gefühl überhaupt.

»Sind Sie Payton Tanner?« Mit diesem Satz wurde ich begrüßt, als ich heute Morgen die Haustür aufmachte. Ich war bereits auf dem Sprung zur Arbeit, als es an der Tür klingelte. Ich dachte, der Typ würde für den Appartementkomplex arbeiten. Das war mein erster Gedanke, als er mich das fragte, denn woher sonst würde ein Fremder vor meiner Tür meinen Namen kennen?

»Hiermit wurden Ihnen die Dokumente zugestellt«, sagte er, drückte mir einen braunen Umschlag in die Hand und verschwand. Einen sehr vertrauten braunen Umschlag, der genauso aussah wie der, den Vince vor eineinhalb Wochen auf meine Anrichte gelegt hatte.

Diese Worte sind übrigens erschreckend. *Hiermit wurden Ihnen die Dokumente zugestellt.* Mir ist bewusst, dass es nur Worte sind, aber bis ihr es selbst erlebt, habt ihr keine Ahnung, wie ihr darauf reagieren werdet. Wie sich euer Herz überschlägt, sobald ihr realisiert, dass gerade etwas Gravierendes passiert.

Es sind nur Worte.

Ich glaube, ich verliebe mich gerade in dich. Auch das sind nur Worte. Unerwiderte Worte.

Wir haben jeden Abend, seit er weg ist, miteinander telefoniert oder geschrieben. Jeden verdammten Abend. Als er am Montag anrief, habe ich während des gesamten Gesprächs gelächelt – ich liebe es, seine Stimme über das Telefon zu hören. Genauso gut gefallen hat mir, dass er mit mir reden wollte, weil er mich nicht sehen konnte. Dass er sich Zeit für mich nahm, obwohl er eine stressige Woche in Reno hatte.

Am Dienstagabend haben wir eine Reihe schlüpfriger Nachrichten ausgetauscht. Schlüpfrige, schmutzige und lüsterne Nachrichten.

Aber vielleicht war das auch nur meine Einbildung? Vielleicht bedeutete *Ich wünschte, du wärst hier, damit ich dich von hinten nehmen könnte* ja in Wirklichkeit *Ich bin geil* und nicht *Ich wünschte, du wärst hier.*

Oder vielleicht hat er mir damit auch gesagt, dass er mich will, aber nicht auf die gleiche Art, wie ich ihn. Es gibt so viel an Vince, das ich immer noch nicht kenne. Vielleicht kenne ich ihn auch gar nicht.

Ich schreibe ihm, für den Fall, dass ihr denkt, ihr würdet anders reagieren. Dass ihr das Handy in die Hand nehmen und ihn anrufen würdet. Oder warten würdet, bis er wieder in der Stadt wäre, um dann von Angesicht zu Angesicht mit ihm zu sprechen. Oder vielleicht denkt ihr ja auch, ihr würdet in ein Flugzeug springen und nach Reno fliegen, um jeden Gerichtssaal abzusuchen, bis ihr ihn gefunden hättet.

Da ich jedoch eine vernünftige Person bin, habe ich ihm geschrieben.

Ich: *Ich habe die Papiere bekommen.*

Dann habe ich gewartet. Zwanzig Minuten lang, ehe ich ihm eine weitere Nachricht geschickt habe. Anschließend bin ich allein mit meiner hyperaktiven Fantasie zur Arbeit gefahren. Zittrig vor Nervosität. Mich fragend, ob ich mir das Ganze nur eingebildet habe. Beispielsweise wie gut es zwischen Vince und mir lief. Vielleicht habe ich mir auch die Papiere eingebildet, die aus meiner Handtasche hervorlugten. Papiere, die mich zu verspotten scheinen, als ich ihnen einen schiefen Blick zuwerfe, während ich mein Auto durch die Parkgarage manövriere und nach einem guten Parkplatz Ausschau halte.

Nur dass sie immer noch da sind, nachdem ich den Wagen geparkt habe.

Amtsgericht. Clark County, Nevada.
Vincent Thomas Rossi vs. Payton Elizabeth Tanner.

Es ist süß, dass er meinen zweiten Vornamen kennt. Ich kannte seinen bis dato nicht. Warum habe ich ihn nie danach gefragt? Ich hatte bis zum jetzigen Augenblick zehn Tage lang Zeit, um ihn zu fragen. Ich bin eine schreckliche Ehefrau.

Ich schalte den Motor aus und sehe auf mein Handy. Keine Antwort. Das ist in Ordnung. So was von. Ich verstehe es. Ich möchte ihn wissen lassen, dass ich es verstehe, also schreibe ich ihm eine weitere Nachricht.

Ich: *Es ist in Ordnung.*

Ich werfe mein Handy in meine Handtasche und gehe nach drinnen. Da ich weniger als zehn Minuten habe, um pünktlich zu meinem Arbeitsplatz zu gelangen, habe ich keine Zeit, zu trödeln, während ich auf eine Antwort warte. Dass mir unerwartet Annullierungspapiere zugestellt wurden, hat meinen Zeitplan heute Morgen ein wenig durcheinandergebracht.

Ich lege mein Handy mit dem Display nach unten auf meinen Schreibtisch und verstaue meine Handtasche in der untersten Schublade. Dann bewege ich die Maus hin und her, damit mein Computer zum Leben erwacht. Dennoch brüte ich vor mich hin, denn das Ganze ist nicht in Ordnung. Nicht weniger als fünfmal schaue ich auf die Uhr und drehe mein Handy um, um zu sehen, ob ich neue Nachrichten erhalten habe. Nichts. Jede Minute gleicht einer Ewigkeit, in der ich mir unzählige Möglichkeiten vorstelle, wie die Beziehung zwischen Vince und mir böse endet.

Als Vince eine Stunde später anruft, leite ich seinen Anruf beinah auf die Mailbox weiter. Hauptsächlich, weil meine Fantasie Amok läuft. Aber wie ich ja bereits sagte, bin ich sehr vernünftig. Zumindest findet man mich auf der Vernunftsskala. Wenn auch am unteren Ende, ich weiß. Ich bin keine Vernunftstreberin, aber ich verstehe das Konzept sehr gut.

Von daher gehe ich ran.

»Hey«, sage ich. Denn so nimmt man einen Anruf entgegen, wenn einem der eigene Ehemann, den man zwar gerade erst kennengelernt, in den man sich aber bereits Hals über Kopf verliebt hat, Annullierungspapiere zustellen lässt. Annullierung bedeutet, etwas zurückzunehmen. Etwas zu beenden. Zurückzuziehen. Umzukehren. Ungeschehen zu machen.

Es ist das schlimmste Wort überhaupt.

Es ist das schlimmste Gefühl überhaupt.

Schlimmer als damals, als man mich bei den Pfadfinderinnen rausgeschmissen hat. Schlimmer als jede Scheidung meiner Eltern. Schlimmer, als von seinem Freund auf dem College betrogen zu werden. Schlimmer ist gleichbedeutend mit miserabel. Hundsmiserabel.

»Payton«, sagt er seufzend. Er hat einen tolle Telefonstimme. Tief und verführerisch. Ruhig und fesselnd. Doch jetzt gerade klingt er in Eile und abgelenkt. »Was für Papiere, Payton?« Am anderen Ende der Leitung sind viele Hintergrundgeräusche zu hören. Stimmen, Aufruhr, eventuell das Piepen eines Fahrstuhls. Er ist offensichtlich sehr beschäftigt. So beschäftigt, dass er vergessen hat, dass heute der Tag ist, an dem mir die Annullierungspapiere zugestellt werden würden. Oder vielleicht wusste er auch gar nicht, wann sie mir zugestellt werden würden. Wenn ich heute auch nur zehn Minuten früher zur Arbeit gegangen wäre, hätte ich den Zusteller verpasst.

Ich gestatte mir kurz die Fantasie, ich wäre früher zur Arbeit gefahren. Eine Fantasie, in der der Zusteller wochenlang versucht, mich zu finden, aber nie zur richtigen Zeit am richtigen Ort ist. Wochen, in denen sich Vince wahnsinnig in mich verliebt und die Auflösung unserer Ehe verhindert. *Wahnsinnig* ist allerdings das einzige Wort, das in diesem Satz überhaupt Sinn ergibt. Eine lustvolle Nacht, in der man betrunken war, kann unter keinen Umständen in ewiger Liebe münden.

»Die Annullierungspapiere, ich habe sie erhalten.«

»Was meinst du damit, dass du sie erhalten hättest?« Ich höre, wie er jemandem im Hintergrund sagt, dass er einen Moment Zeit braucht. Er spricht die Worte nicht direkt in den Hörer, vielmehr klingt es so, als hätte er das Handy ein paar Zentimeter von seinem Mund weggeneigt.

Ich kann ihn mir vorstellen, ohne ihn sehen zu müssen. Ich kann mir vorstellen, was er trägt und wie er dasteht. Seine Schuhe, frisch poliert, und seine Krawatte, ordentlich geknotet. Ob er wohl eine Krawatte trägt, die ich bereits kenne, oder eine, die ich noch nicht gesehen habe? Wahrscheinlich eher eine, die ich noch nicht kenne, da er mit Sicherheit mehr Krawatten besitzt, als ich zu Gesicht bekommen habe. In meiner Vorstellung sehe ich, wie er sich sein Handy mit zwei Fingern und gekrümmtem Daumen ans Ohr hält. Sein Handy hat keine Hülle. Ein eintausend Dollar teures Stück aus Glas und Metall, das er ohne Schutzhülle mit sich herumträgt. Ich habe ihn einmal gefragt, ob er keine Angst hätte, dass es kaputtgehen könnte, aber er hat nur mit den Schultern gezuckt und gesagt, er würde sich ein neues kaufen, sollte seinem aktuellen etwas zustoßen. Allerdings glaube ich nicht, dass er sein Handy kaputtmachen wird, weil sein Telefon einfach nicht so dumm ist, es zu wagen, sich aus seinem Griff zu lösen.

»Die Annullierungspapiere. Sie wurden mir heute Morgen zugestellt, kurz bevor ich zur Arbeit gefahren bin.«

»Scheiße.« Dieses Mal murmelt er das Wort direkt in den Hörer, aber ich habe das Gefühl, dass er das eher zu sich selbst als zu mir gesagt hat. »Payton, wegen dieser Sache ...« Er klingt gestresst, und das hasse ich. Vince klingt nie gehetzt. Er klingt nie so, als hätte er sich weniger als zu einhundert Prozent unter Kontrolle, und ich hasse es, dass ich ein Hindernis für ihn bin. Für seinen Tag. Für sein Leben. Ich habe ihn in diese Position gebracht, eine Ehefrau am Hals zu haben, die er nicht will. Ich bin ein auf Ehemänner lauerndes Monster, das nichtsahnende Männer für betrunkene Sperenzchen ins Visier nimmt, die in Ehegelöbnissen enden. Genau das habe ich mit ihm gemacht, richtig? Ich habe ihn bei der Arbeit in der Lobby gesehen, mich sofort zu ihm hingezogen gefühlt und entschieden, dass das Schicksal, meine Libido und meine Liebe für Reality-TV-Shows, in denen Menschen einander auf den ersten Blick heiraten, bedeuten, dass wir eine Chance auf ewige Liebe hätten.

Zu denken, ich könnte ein Scheitern mit Glück und Begierde

umgehen. Zu denken, wir hätten statistisch gesehen genauso gute Chancen wie alle anderen. Zu denken, ich könnte Alkohol als meinen Sündenbock verwenden – einfach nur dumm.

Ich schäme mich. Schäme mich so sehr, weil er nicht das Gleiche fühlt wie ich, denn darauf läuft es letzten Endes hinaus. Samstagnacht habe ich ihm gesagt, dass ich dabei wäre, mich in ihn zu verlieben, und nicht nur, dass er es nicht erwidert hat, nein, er hat meine Liebeserklärung auch noch infrage gestellt. Was waren noch seine Worte? *Ja, tust du das?* In dem Moment hat es mich nicht beunruhigt. Es hat sich nicht komisch angefühlt, als er einfach nur gelächelt und mich als Antwort zu multiplen Orgasmen gevögelt hat.

»Es ist in Ordnung«, unterbreche ich ihn, bevor er die Möglichkeit hat, zu einer langen Erklärung anzusetzen. Zumindest glaube ich, dass er nicht mit mir Schluss macht. Das kann er wohl kaum machen, schließlich hatten wir vor zwölf Stunden noch Telefonsex. Vermutlich möchte er unsere Beziehung einfach etwas langsamer angehen. Er ist schwer beschäftigt und mit mir hat man es selbst an den besten Tagen nicht leicht.

Heute ist nicht einer meiner besten Tage. Aber trotzdem suche ich ganz tief in mir drinnen nach dem Funken Vernünftigkeit und klammere mich daran fest.

»Was meinst du damit, dass es in Ordnung ist?«, fragt er und klingt dabei genervt. Die Worte *in Ordnung* betont er mit mehr Schärfe, als ich es von Vince gewohnt bin. Es sei denn, ich bilde es mir nur ein. Meine Fantasie geht gern mal mit mir durch und um meine Vernünftigkeit steht es gerade auch nicht zum Besten. Könnte das gestern Abend Abschiedstelefonsex gewesen sein? Bei Gott, das kann nicht sein, oder? Niemand macht so etwas.

Dann höre ich ihn kurz mit jemandem sprechen. Das Handy hält er gerade so weit von seinem Mund weg, dass die Hintergrundgeräusche zunehmen und ich seine Stimme weniger deutlich verstehen kann, aber dennoch höre ich jedes Wort: »Telefonierst du noch immer mit Gwen? Sie soll dranbleiben, ich muss nach deinem Anruf mit ihr sprechen.«

Gwen? Ich brauche nur null Komma zwei Sekunden, um den

Namen einzusortieren. Gwen ist der Name seiner Ex. Wie viele Frauen, die in und um Los Angeles leben, können wohl Gwen heißen? Der Name ist nicht so geläufig. Oder beliebt. Gwen. Ich hasse dich und deinen dummen Namen, denn meine Rechnung ergibt, dass diese Gwen und seine Exfreundin sehr wahrscheinlich ein und dieselbe Person sind. Die ganze Sache wurde gerade noch fürchterlicher, denn warum muss er mit Gwen über irgendwas reden? Warum redet er überhaupt mit ihr?

»Was meintest du damit, Payton?«, bohrt Vince nach, weil ich noch immer nicht geantwortet habe, da mich sein Ton und meine unberechenbaren Gedanken aus dem Takt gebracht haben.

»Ich meinte, dass es in Ordnung ist, Vince. Ich meinte damit, dass ich es verstehe. Wir haben betrunken etwas Verrücktes gemacht. Mir ist klar, dass das nicht für immer ist. Aber wir haben doch Spaß miteinander, oder?«

»Spaß«, wiederholt er und ich kann aus seinem Tonfall nicht ablesen, ob es ein Statement, eine Frage oder eine Anschuldigung ist.

»Großen Spaß?«, verbessere ich, da ich nicht weiß, was er denkt, und mich die Ereignisse der letzten Stunden, sein Ton und schlussendlich die gesamte Situation verunsichern. Weil ich bei der Arbeit bin und versuche, möglichst leise zu sprechen, und alles einfach so seltsam ist. Die Stimmung zwischen uns wirft mich aus der Bahn, weil ich nicht daran gewöhnt bin. Zwischen uns war zuvor alles normal. Einmal abgesehen von der überstürzten Hochzeit, meiner Flucht am nächsten Morgen und den Annullierungspapieren, die er erst mitgebracht, dann wieder mitgenommen und letztlich nie wieder erwähnt hat. Ansonsten war alles super normal. Daher weiß ich auch nicht so recht, wie ich mit der Situation und mit ihm in diesem Moment umgehen soll. »Es ist okay, war alles, was ich meinte. Es ist in Ordnung. Ich verstehe es.«

»Was zur Hölle glaubst du zu verstehen, Payton?«

Gott, ich weiß es doch nicht! Keine Ahnung, was ich noch zu verstehen glaube. Zudem legt meine neue Chefin gerade ein perfektes Timing an den Tag, denn sie steht vor meinem Schreibtisch und sieht von meinem Handy zu ihrer Uhr und wieder zurück. Dann deutet sie mit dem Daumen in Richtung des Konferenzraums. Stimmt, ich habe ein Teammeeting vergessen, das in ... einer Minute beginnt.

»Mach dir keinen Kopf deswegen«, sage ich zu Vince. »Wir können darüber reden, wenn du wieder zurück bist.«

Am anderen Ende der Leitung tritt Schweigen ein. So lange, dass ich mich schon frage, ob er aufgelegt hat, obwohl ich noch die Hintergrundgeräusche an seinem Ende der Leitung hören kann. »Sag ihr, sie soll dranbleiben«, schnauzt er jemanden in seiner Nähe an.

»Du bist ein chaotischer Wirbelwind, Payton. Du bist ein gottverdammter, Verwirrung stiftender Höllentornado und ich ...« Er bremst seine Worte, indem er scharf die Luft einzieht. Als er sie geräuschvoll wieder ausstößt, stelle ich mir vor, wie er sich mit zwei Fingern über die Stirn reibt und wegen meiner komplizierten Art den Kopf schüttelt. »Wir werden reden, wenn ich wieder zurück bin. Ich muss los.«

Ich weiß, Vince. Gwen wartet schließlich noch in einer anderen Leitung auf dich.

»Versuch, heute nichts Impulsives oder Leichtsinniges zu machen, wenn du das schaffst«, sagt er statt einer Verabschiedung zum Schluss.

»Wie einen Fremden zu heiraten?«, erwidere ich ein wenig eingeschnappt, da ich gerade wirklich angefressen bin. Ich bin auf der Hut und verwirrt und jedes Wort, das das Gegenteil von vernünftig beschreibt.

»Wie das, ja«, antwortet er nach einer langen Pause und legt dann auf.

Okay, so viel dazu. Seufzend schiebe ich meinen Stuhl zurück, stehe auf und suche meine Sachen für das Abteilungsmeeting zusammen. In letzter Sekunde schnappe ich mir noch die Annullierungspapiere und schiebe sie zwischen die Dokumente, die ich mit ins Meeting nehme. Diese Treffen sind immer extrem langweilig, also kann ich die Zeit auch genauso gut nutzen, um mir die Papiere anzusehen und mich mit ihnen vertraut zu machen, um mich danach vielleicht ein wenig zu beruhigen und zu entschlüsseln, ob dieser ganze verrückte Austausch gerade wirklich stattgefunden hat. Ob ich überreagiert und aus einer Mücke einen Elefanten gemacht oder aber nicht heftig genug reagiert habe.

Gwen beispielsweise, was hat sie damit zu tun? Wahrscheinlich nichts, oder? Aber warum spricht er dann mit ihr? Das ist ätzend. Vielleicht reden alte Menschen noch mit ihren Expartnern, aber davon will ich nichts wissen. Schnaubend verschränke ich die Arme vor der Brust, während ich versuche, Interesse an diesem Meeting vorzugaukeln.

Wahrscheinlich stimmt mit ihm sowieso irgendwas Gravierendes nicht. Er ist viel zu perfekt dafür, um siebenunddreißig Jahre auf dieser Welt zu sein, als Single, und auf mich gewartet zu haben. Stimmt doch, oder? Ich bin ein Desaster und er ist perfekt. Und Heiliger, die Dinge, die er bei mir mit seiner Zunge anstellt. Und mit diesen Fingern. Und mit seinem ... nun, ich kann jetzt nicht an seinen Penis denken, da ich gerade bei der Arbeit bin und auch so schon genug Probleme habe, ohne mitten im Meeting spontan von einem Orgasmus erschüttert zu werden. Der Punkt ist, dass er in vielen Sachen wahrscheinlich super anstrengend ist, die ich nur noch nicht herausgefunden habe.

Wahrscheinlich.

Es ist so verdammt nervig, wie er mir Lebensmittel mitbringt. Und kocht. Und aufräumt. Und mit mir Brettspiele spielt. Und bedeutungsvolle Gespräche mit mir führt, ehe er mit mir ins Bett geht und alle möglichen schmutzigen Dinge mit mir anstellt, bis ich komme – immer bevor er selbst kommt. Jap. Er ist ein Arsch. Die Frauen verlassen ihn wahrscheinlich ständig.

Ich stoße ein frustriertes Seufzen aus und Mark stößt mich mit seinem Ellenbogen an, um mich daran zu erinnern, dass ich in einem Meeting sitze. Also wackle ich mit meinem Stift in der Hand herum und tue so, als würde ich zuhören. Ich bin keine schlechte Mitarbeiterin, es ist nur so, dass wir das gleiche Material durchgehen, das wir vor zwei Tagen bereits per E-Mail erhalten haben. Vielleicht muss man manchen Leuten diese E-Mail laut vorlesen, aber mir nicht. Ich bin eine exzellente Leserin. Das ist eine meiner Stärken.

Was in mir den Gedanken weckt, dass ich mir diese Papiere wohl mal ein bisschen genauer ansehen sollte. Ich wette, er hat sie direkt am ersten Tag nach unserer Hochzeit eingereicht. Eigentlich weiß ich ja, dass er das gemacht hat. Schließlich hat er den Umschlag auf meine Küchenanrichte geworfen und gesagt, dass wir reden müssten. Nur dass wir nicht darüber gesprochen haben und er ihn wieder mitgenommen hat, ohne dass je zur Sprache kam, was genau in dem Umschlag enthalten war.

Aber man muss kein Genie sein, um das herauszufinden. Natürlich hat er Annullierungspapiere unterzeichnet. Er ist ein verdammter Anwalt, wahrscheinlich hat er das direkt am Sonntagnachmittag gemacht, nachdem ich ohne BH aus meinem Appartement geflüchtet bin. Wahrscheinlich ist er nach Hause gefahren, hat seinen Laptop angeschmissen und die Papiere ausgefüllt, warum sollte er es auch nicht tun? Ich bin eine verrückte Frau, die ihn betrunken zu einer Hochzeit verführt und dann die Flucht ergriffen hat, nachdem sie mit ihm geschlafen hatte.

Ehrlich gesagt weiß ich nicht, warum er es so lang mit mir ausgehalten hat. Sicher, ich bin gut im Bett, aber jetzt auch nicht *so* gut. Ich kenne keine Tricks oder so was. Ich kann nicht mal *deepthroaten*, nicht mal ein kleines bisschen. Versteht mich nicht falsch, es hat sich noch nie jemand beschwert. Zudem glaube ich, meine Hand-Mund-Kombination perfektioniert zu haben, die möglicherweise die Illusion vermittelt, dass ich mehr in den Mund nehme, als das tatsächlich der Fall ist. Aber bei mir gibt's keine Angebote à la *Fick meinen Mund, Sir*, das kann ich euch versprechen. Ich bin eine schreckliche Köchin und ich habe bereits zugegeben, dass ich kein Interesse daran habe, seine Wäsche aus der Reinigung zu holen. Wenn mir klar gewesen wäre, dass er nichts als Anzüge und frisch gebügelte Hemden trägt, hätte ich diese Tatsache für mich behalten. Nicht dass das meine Meinung geändert hätte, aber dann hätte ich zumindest die Illusion noch ein wenig länger aufrechterhalten, dass ich seine Wäsche *vielleicht* aus der Reinigung abholen würde.

Aber dennoch scheint er mich zu mögen. Vielleicht liebt er mich nicht, aber wer könnte ihm das verübeln? Wir haben ja noch nicht mal unser zweiwöchiges Jubiläum erreicht.

Ich lasse die Papiere aus dem Umschlag gleiten und lese sie. Sie sind wirklich langweilig und voll mit den Worten *Beklagte* und *Kläger*. Mir ist bewusst, dass es sich dabei um Rechtsjargon handelt, aber es ist trotzdem traurig.

Als ich einen näheren Blick auf die Papiere werfe, fällt mit etwas auf.

Anwaltskanzlei Rossi, South 4th Street, steht darauf. Aber ebenso werden auch eine *Gwen Jones, Esq*, und eine Gerichtsnummer aus Nevada für sie aufgeführt. Und hier, auf der letzten Seite steht es: *Gwen Jones, Esq, Anwältin des Klägers Vincent Thomas Rossi.*

Ich bin mir sicher, dass ich gerade vor Demütigung und vermutlich auch vor Wut knallrot im Gesicht geworden bin. *Sag Gwen, sie soll dranbleiben, ich muss mit ihr reden.*

Dieser verfluchte Wichser. Er hat die Papiere von seiner Ex erstellen lassen? Ich war ihm nicht mal siebenhundert Dollar alias eine Stunde seiner Zeit wert, um sie persönlich zu verfassen? Er hat das seine Ex für sich machen lassen? Seine Ex, die mit ihm zusammenarbeitet? In seiner Anwaltskanzlei?

Ob sie wohl über mich gelacht haben? Sich auf meine Kosten einen Scherz erlaubt haben? Ist er an jenem Montagmorgen in ihr Büro geschlendert und hat sich mit ihr über die Geschichten seines bereuungswürdigen Wochenendes unterhalten? Über das dumme Mädchen, das nicht aufhören konnte, sich ihm das ganze Wochenende an den Hals zu schmeißen? Haben sie über Rechtskram geredet, ehe er ihr erzählt hat, dass er, weil er so betrunken gewesen war und sich von ihr angezogen gefühlt hatte, aus Versehen eine Frau geheiratet hat, deren Beruf es ist, Hochzeiten zu planen?

Kismet ist gestorben. Nicht mal eine Badewanne voll *Cheez-Its* könnte das hier wieder gut machen.

27. Kapitel

»Hast du alles bekommen, was du brauchtest, oder soll ich dir ein Stück Pizza holen?«

Ich schaue Mark finster an, denn das war kein nettes Angebot, sondern eins mit einem Schuss Sarkasmus und einem Urteil über die Wahl meines Mittagessens. Es besteht aus einer Schale mit Pasta und einem Teller voll Truthahn mit Kartoffelbrei und Bratensoße sowie grünen Bohnen und Füllung. Und einem Cupcake. Na gut, zwei Cupcakes, aber ich befinde mich gerade in einer Krisensituation und es passte alles auf ein Tablett, also weiß ich nicht, warum er an mir herumnörgelt. Ein Tablett entspricht einer Mahlzeit, das ist jedem bekannt. Ich werfe ihm noch einen bösen Blick zu, ehe ich mein Tablett hochnehme und mich auf die Suche nach einem guten Platz begebe.

Wir machen heute später Mittagspause, weil sich unser Abteilungstreffen Ewigkeiten hinzog, ganz im Gegensatz zu meiner Ehe, die nur zwölf Tage lang angedauert hat.

Das Gute ist, dass ich bereits Stufe vier des Trauerprozesses erreicht habe – Depression und Kohlenhydrate. Scheinbar bin ich ein Streber, was die Trauerbewältigung angeht. Ich werde es zu der Liste mit meinen Stärken hinzufügen, weil ich dafür trotzdem Anerkennung verdient habe.

Was mich an etwas anderes erinnert, das ich tun sollte.

»Wir sollten im Internet nach Gwen suchen«, verkünde ich, sobald ich einen passenden Tisch erspäht habe. Er befindet sich in einer Nische im hinteren Bereich der Cafeteria, was super ist, denn Sitznischen eignen sich hervorragend für diskrete Bitching-Sessions. Und dafür, die Knöpfe der eigenen Hose zu öffnen, um die Kalorien optimal in sich aufnehmen zu können.

Lydia hat ihre Mittagspause schon vor einer Stunde gemacht, was ehrlich gesagt ein Segen ist, da ich gerade nicht so tun könnte, als wäre ich glücklich. Ich habe ihr außerdem noch immer nicht erzählt, dass ich verheiratet bin. Was jetzt auch nicht mehr von Bedeutung ist, weil sich meine Ehe bereits nahezu erledigt hat. Warum das Thema also groß zur Sprache bringen?

Akzeptanz. Das ist die fünfte Stufe der Trauer. Ich werde so tun, als hätte ich sie nicht erreicht, da ich auf keinen Fall die Kohlehydratphase beenden werde.

Drauf geschissen.

»Na klar.« Mark rutscht auf den Platz mir gegenüber. »Das klingt vernünftig.«

»Bist du gut in Mathe?«, frage ich, während ich den Internetbrowser auf meinem Handy öffne. »Wie viele Packungen *Cheez-Its* brauche ich deiner Meinung nach, um eine ganze Badewanne mit mir darin zu füllen?«

»Darauf antworte ich nicht.«

»Ich hatte an zwanzig Packungen gedacht, habe mich dann aber gefragt, ob das die Badewanne zu meiner Zufriedenheit füllen würde oder nur so weit, dass es gerade den Boden der Wanne bedeckt. Was meinst du?«

Mark schraubt den Deckel seiner Wasserflasche ab und seufzt, als würde er sich seinem Schicksal fügen, eine Unterhaltung über die Menge an Crackern zu führen, die es braucht, um eine Badewanne zu füllen. »Ich glaube, man bräuchte dafür hundert Packungen oder mehr.«

»Himmel, das macht ungefähr dreihundert Dollar für Cracker. Meinst du, ich kann diese Ausgabe in meinen Annullierungspapieren geltend machen?«

»Ich glaube nicht, dass du im Rahmen einer Annullierung irgendwas etwas geltend machen kannst. Du redest von einer Annullierung wie von einer Steuererklärung, mit der sie aber rein gar nichts zu tun hat. Und was deine Frage angeht, ob du beantragen kannst, dass Vince als eine Art Abfindung dir gegenüber für hundert Boxen *Cheez-Its* aufkommen muss, so lautet die Antwort Nein. So funktioniert eine Annullierung nicht. «

»Dieser Tag wird immer schlimmer und schlimmer«, stöhne ich, als ich *Anwaltskanzlei Rossi* in die Suchmaschine eintippe. Die Website der Kanzlei ist wirklich schön gestaltet und der Anzahl der dort arbeitenden Anwälte nach ist es auch eine wirklich große Kanzlei. Wenn ich eine Ehefrau wäre, die ihren Mann gern unterstützt, statt eine verbitterte Bald-Ex-Frau, dann wäre ich beeindruckt. Ich klicke auf den Reiter *Anwälte* und da ist sie – Gwen Jones. Es gibt auch ein Bild von ihr. Sie ist blond, hat an der *UCLA* studiert und ich hasse sie. Das sind die ersten Dinge, die mir auffallen. Sie ist einer der Partner der Kanzlei, was ätzend ist und ihr noch ein paar zusätzliche Punkte auf meiner Hassskala einbringt. Sie ist auf Familienrecht spezialisiert und in ihrer Freizeit sitzt sie im Vorstand der Pfadfinderinnen von South Los Angeles.

Wer zur Hölle kann dagegen anstinken?

Ich jedenfalls nicht. Das ganze Ausmaß meines sozialen Engagements beschränkt sich darauf, die von mir verwendeten Einkaufswagen zurück an ihren Platz zu schieben, nachdem ich meine Einkäufe im Auto verstaut habe, und mal ehrlich, ich glaube nicht, dass das zählt.

»Siehst du, dass ist die Art von Frau, mit der er zusammen sein sollte.« Ich halte Mark mein Handy unter die Nase. »Nicht mit einer partyplanenden Verrückten wie mir. Ein Anwalt sollte eine seriöse Gattin haben.«

»Okay, beruhig dich. Mach jetzt keinen auf Elle Woods aus *Natürlich blond*. Du ziehst hier gerade ein paar sehr voreilige Schlüsse, selbst für deine Verhältnisse.«

»Vielleicht.« Ich wickle ein paar Spaghetti um meine Gabel und stopfe sie mir in den Mund. Dann google ich nach Gwen Jones, Esq, und sehe mir die Bilder an. Und da ist es. Ein Bild von Vince und Gwen. Es wurde auf dem roten Teppich eines Wohltätigkeitsevents aufgenommen. Das Foto wurde vor einem wirklich süßen Hintergrund gemacht und ich frage mich, wer das Event geplant hat, da ich gern wissen würde, wer für deren Graphiken verantwortlich war.

Ich reiche Mark das Handy. »Ich hatte aber recht, was die beiden angeht. Da sind sie gemeinsam als Paar.« Ich sacke auf meinem Platz zusammen und stochere mit meiner Gabel im Kartoffelbrei herum

»Vor drei Jahren«, sagt Mark, während er mein Display betrachtet. »Dieses Event war vor drei Jahren.« Er verdreht die

Augen und legt das Handy auf den Tisch.

»Mir ist egal, wie lang das her ist, er hätte seine Exfreundin nicht die Annullierungspapiere aufsetzen lassen sollen. Das ist einfach ... unverschämt.« *Unverschämt* ist für mich letzten Endes das Wort, das *rücksichtslos*, *ungeschickt*, *ignorant* und *beleidigend* am besten zusammenfasst. Dann blicke ich Mark herausfordernd an. Wehe, er widerspricht mir!

»Das hier ist nicht die Arbeitsgattin, um die ich nicht gebeten habe.« Mark schüttelt mit enttäuschtem Gesichtsausdruck den Kopf.

»Siehst du!« Ich werfe die Hände in die Luft, als würde das alles beweisen. »Ich bin ein auf Ehemänner lauerndes Monster! Ich mache Jagd auf unschuldige Männer und verführe sie zur Ehe!«

»Nein, ich meinte damit nur, seit wann lehnst du dich einfach zurück und lässt passiv alles auf dich zukommen? Das hast du bei mir auch nicht gemacht. Du hast mir an unserem zweiten Arbeitstag gesagt, dass wir Freunde wären. Nachdem ich diesen Witz über die Waschbären gemacht habe, hast du einfach gesagt: *Mark, wir sind jetzt Freunde.*«

»Oh ja, stimmt.« Ich grinse. »Waschbären sind aber auch wirklich lustig. Außerdem haben sie diese albernen kleinen Masken im Gesicht, die sie so aussehen lassen, als würden sie gleich eine Bank ausrauben.« Ich imitiere mit den Händen kleine Waschbärpfoten.

Mark starrt mich verblüfft an.

»Wusstest du, dass Waschbärenmoms ihre Kinder allein großziehen?« Ich nicke feierlich, während mich Mark einfach weiter anstarrt und sein Essen verdrückt. »Die Leute sollten mehr Verständnis dafür haben, wenn ein Waschbär in ihrem Müll herumwühlt oder versucht, ein Pizzastück zu erbeuten. Das Leben als alleinstehende Mom ist nicht einfach.«

»Der Punkt ist«, fährt Mark fort, »dass du mich nicht gefragt hast, ob ich dein Freund sein möchte, sondern mir einfach gesagt hast, dass es so ist. Was wirklich nervig war, jetzt, wo ich darüber nachdenke, aber eben auch deinen Charme ausmacht.

Und dann hast du das Gleiche noch mal gemacht, als du mich zu deinem Arbeitsgatten ernannt hast.«

Ich nicke. Ich bin sowohl nervtötend als auch charmant. Und wahrscheinlich hausiere ich relativ weit oben auf der Offensivitätsskala.

»Als die Harrison-Nichols-Hochzeit beinah wegen eines Streits – es ging darum, wo die Verbindungsbrüder des Bräutigams sitzen sollten –, ins Wasser gefallen wäre, hast du auch nicht einfach aufgegeben, sondern einen neuen Sitzplan erstellt und es geschafft, die Braut der Cousine mit einem dieser Verbindungstypen zu verkuppeln.«

Das stimmt. Das habe ich getan. Sie waren in der Theorie echt kompatibel. Damit meine ich, dass ich mir die *Instagram*-Accounts aller Gäste, die ohne Begleitung kamen, angesehen und sie dann auf dem Sitzplan so arrangiert habe, wie sie meiner objektiven Ansicht nach am besten zueinanderpassten. Es ist erst drei Wochen her, aber laut meines Stalkings via *Instagram* sieht es gut aus für die Cousine der Braut und den Verbindungstypen, mit dem ich sie zusammengebracht habe.

»Als die Bronsons – nur einen Tag vor der Erneuerung ihrer Gelöbnisse – darauf bestanden haben, dass es in einem Ballsaal von Las Vegas schneien soll, hast du ihnen da gesagt, dass das nicht ginge? Nein, das hast du nicht. Du hast an einem Freitagnachmittag in Las Vegas eine Schneemaschine aufgetrieben und sie in diesem Ballsaal aufstellen lassen, ehe du Feierabend gemacht hast. Weil du keine Aufgeberin bist.«

Das stimmt. »Und als dich das Schicksal in Vinces Büro befördert hat, hast du ihn geheiratet. Genau wie du gesagt hattest.«

»Okay, jetzt mal langsam.« Ich halte eine Hand hoch. »Das meiste davon war nur Spaß. Na gut, sicher, ich stand einer Hochzeit mit ihm positiv gegenüber, als ich ihn das erste Mal gesehen habe. Wegen des Kismets, verstehst du? Und wegen der sexuellen Anziehungskraft. Aber meine Worte bezogen sich auf den Fall, dass wir einander kennenlernen, uns daten, uns nicht gegenseitig auf die Nerven gehen und der Sex auch nur halb so gut wie in meiner Vorstellung sein würde. Ich meinte damit nicht, dass ich ihn bei unserem ersten Date in die Ehefalle locken würde.«

»Genau.«

»Genau was? Was hast du damit gerade bewiesen?«

»Das du kein auf Ehemänner lauerndes Monster und keine Aufgeberin bist.«

Vermutlich stimmt das irgendwie. Ich bin nicht mit dem Vorsatz los, ihn in eine Ehefalle zu locken. Es ist nicht meine Schuld, dass er nicht Option A gewählt und zugelassen hat, dass ich mir einen Tiger auf den Hintern tätowieren lasse. Niemand hat ihn dazu gezwungen, die Tattoopolizei zu spielen.

»Vielleicht nicht, aber woher weiß ich, dass mich das Kismet nicht verarscht.«

»Pffft. Als würde Kismet so etwas wagen. Als hätte das Schicksal eine Chance gegen Payton, die auf einer Mission ist.«

Hm, da ist was dran.

»Ich bin so verwirrt, Mark. Vince zu lieben, ist ähnlich wie bei *Target* einzukaufen.«

»Na klar.« Mark nickt, ohne mich zu verurteilen, weil er ein exzellenter Arbeitsgatte ist. »Inwiefern genau?«

»Tja, ich hatte keine Ahnung, dass ich ihn brauchte, bis ich ihn gesehen habe. Verstehst du? Ich habe einfach fröhlich mein Leben gelebt und dachte, ich wäre glücklich. Ich dachte, ich hätte alles, was nötig ist. Aber dann, Simsalabim, da war er und auf einmal spürte ich, dass ich diesen Mann *brauche* und ich nicht ohne *diesen* Mann leben kann. Also habe ich ihn in meinen Einkaufswagen getan und ihn geheiratet. Wenn er mich jetzt an der Warenrücknahme wieder zurückgibt, ist das mein Untergang. Dann muss ich für den Rest meines Lebens durch den Laden irren und nach einem besseren Vince als jenem suchen, den ich bereits hatte.«

Mark blinzelt mich nur stumm von der gegenüberliegenden Seite des Tisches an. Ich glaube, es liegt daran, dass meine Analogie so tiefsinnig war, dass er keine passenden Worte findet, um etwas zu erwidern. Aber das ist in Ordnung, denn ich habe einen Plan.

28. Kapitel

»Du musst jemanden für mich finden«, verkünde ich, als ich in Canons Büro stürme und mich in einen der Gästestühle vor seinem Schreibtisch setze.

»Vince ist in Reno, als Berater in einem Verfahren.«

»Ich weiß, wo Vince ist«, erwidere ich, ohne auch nur zu versuchen, mir meine Frustration nicht anmerken zu lassen. »Ich muss wissen, wo Carol ist.«

»Wer zum Teufel ist Carol?« Canon unterbricht das Tippen und sieht von seiner Tastatur auf. Er lehnt sich auf seinem Stuhl zurück, verschränkt die Finger miteinander und ich habe den eindeutigen Verdacht, dass ich sein Interesse geweckt habe. Hauptsächlich, weil er ein neugieriger Wichser ist.

»Mein Life-Coach.«

»Dein Life-Coach.« Canon nickt langsam und zieht eine Braue in die Höhe. Ich habe den Eindruck, dass ich ihm soeben den Tag versüßt habe. »Rede weiter.«

»Ja, mein weiblicher Life-Coach. Ich muss sie so schnell wie möglich finden, weil ich einen Lebensratschlag brauche.«

»Hast du versucht, sie anzurufen?«

»Ich habe ihre Nummer verloren.« Ich werfe die Hände in die Luft, als könnte das jedem mal passieren.

»Wie hast du ihre Nummer verloren, wenn du sie von deinem Handy aus angerufen hast? Sie bleibt da für immer drin. Unter gewählte Rufnummern. Soll ich dein Handy wieder hacken und sie für dich raussuchen?« Er beugt sich über seine Tastatur, als würde er das in Angriff nehmen.

»Nein! Mach das nicht!« Ich mache mit meiner Hand eine Stoppgeste. Gott, Canon ist wirklich eine Nervensäge. Eine Nervensäge mit fantastischen Stalking-Fähigkeiten, rufe ich mir in Erinnerung. »Ich mache die Termine nie telefonisch aus, deswegen habe ich ihre Nummer nicht.«

»Alles klar. Vereinbarst du sie dann per E-Mail?«

»Okay.« Ich seufze heftig, weil ich wirklich keinen anderen

Weg sehe, als mit der Wahrheit herauszurücken. »Die Sache ist die ...«, beginne ich, aber Canon unterbricht mich.

»Ich kann nicht erwarten, was es mit dieser Angelegenheit auf sich hat.« Er lächelt und mir ist klar, dass er die Situation viel zu sehr genießt. Aber da ich verzweifelt bin, bedenke ich ihn nur mit einem Blick, der besagt, dass er die Klappe halten soll, wenn er möchte, dass ich ihm Näheres erzähle. Er grinst wie ein echtes Arschloch und lehnt sich wieder auf seinem Stuhl zurück.

»Die Sache ist, dass Carol nicht direkt mein Life-Coach war.«

»Das heißt?«

»Ich habe mir nur eine Art Kostprobe geholt, was das Life-Coaching angeht.« Ich entferne mir einen nicht existenten Fussel von meinem Knie und vermeide es, Canon anzusehen. Als ich die Stille nicht mehr ertragen kann, riskiere ich einen Blick in seine Richtung.

»Erzähl mir alles. Ich brauche das visuelle Gesamtbild.«

»Boah, du bist so ätzend.«

»Raus damit oder ich werde dir nicht helfen.«

Widerwillig erzähle ich ihm die ganze Geschichte, wie mich das Schicksal mit ein paar Life-Coaching-Probesessions versorgt hat, während Canon hier und da eine Frage stellt. Als ich zu Ende erzählt habe und er fertig damit ist, sich kaputtzulachen, sagt er mir, dass ich Observationspotenzial hätte, für den Fall, dass ich jemals einen Jobwechsel in die Sicherheitsbranche in Erwägung ziehen sollte. Was nett ist. Ich füge Observationsfertigkeit zu der Liste mit meinen Stärken hinzu, denn mal ehrlich, das ist keine schlechte Fähigkeit, und es ist gut zu wissen, dass ich über Veränderungspotential verfüge.

»Also möchtest du Carol finden, weil du auf der Suche nach Lebensratschlägen bist, die du nicht durchs Belauschen der Sessions bekommen kannst?«

»Kostprobe. Ich habe eine Kostprobe in Anspruch genommen.«

»Kostprobe, richtig.«

»Aber ich bin bereit, einen richtigen Termin auszumachen, da ich Hilfe dabei brauche, meine Stärken zu identifizieren. Im

Sinne einer umfassenden Liste und nicht eines einfachen Überblicks.«

»Warum genau?«

»Damit ich sie Vince präsentieren kann.«

»Natürlich. Ist das so eine Art Fetischding? Eine Art verrücktes Rollenspiel, bei dem Papierkram und Spanking involviert sind? Warte, antworte nicht darauf, das ist mehr, als ich wissen will.«

»Kannst du Carol finden oder nicht?«

»Du möchtest, dass ich einen Life-Coach namens Carol finde, ohne deren Nachnamen, Telefonnummer, E-Mail- oder Büroadresse zu haben?«

»Ich habe gehofft, dass du das könntest.«

»Heiliger, natürlich kann ich das.« Canon verdreht die Augen und tippt auf seiner Tastatur herum, während er vor sich hinmurmelt, dass die Leute seine Fähigkeiten ausnutzen. »Erzähl mir, über welche Dinge in diesen Sessions geredet wurde.«

»Das Klassische. Karriereziele, Entscheidungsfähigkeit, das Übliche eben.«

»Ich habe zwei Treffer für Life-Coaches namens Carol in Las Vegas.« Canon dreht seinen Monitor zu mir herum, sodass ich die Bilder sehen kann, die er gefunden hat. Keine der beiden ist mein Coach. Nach einer Reihe von Fehlversuchen, dreht Canon den Bildschirm wieder zu mir und da ist sie endlich. Carol!

»Das ist sie!« Aufgeregt rutsche ich auf meinem Stuhl herum. »Kannst du eine Telefonnummer oder eine E-Mail-Adresse finden?«

»Carol ist kein Life-Coach, Payton«, sagt Canon, als er den Monitor wieder zu sich dreht.

»Doch, ist sie! Sie ist wirklich gut!«

»Über welche anderen Dinge wurden während dieser vermeintlichen Coaching-Sessions gesprochen?«

»Ich weiß nicht, ich habe ja nicht alles aufgeschnappt. Bei so einer Probesitzung geht es mehr darum, einen Gesamteindruck zu bekommen.«

»Sachen wie Verkaufsziele? Ergebniszuschläge? Vermittlungsprovisionen?«

»Vielleicht? Ich habe diesen Kram irgendwie ausgeblendet, da ich mehr an der Persönlichkeitsentwicklung interessiert war. Allerdings glaube ich, dass Meghan Geld gespart hat, um irgendwelche Teilnutzungsrechte zu erwerben. Ich weiß nicht.«

»Carol verkauft ätherische Öle, Payton. Sie ist kein Life-Coach. Sie ist die Verkaufsleiterin und Meghan ist eine ihrer beauftragten Handelsvertreterinnen.«

Was?

Canon dreht seinen Bildschirm erneut in meine Richtung, auf dem Carol zu sehen ist. Anscheinend kann ich einen Termin bei ihr bekommen, wenn ich gewillt bin, ein Starterkit für hundertsechzig Dollar zu kaufen.

»Carol ist kein Life-Coach?«

»Nein.«

»Ich wäre beinah einer Sekte beigetreten?«

»Ich glaube, dass das Wort *Sekte* doch sehr weit hergeholt ist. Eventuell wärst du dazu gebracht worden, dir einen Zerstäuber zu kaufen und einen Nebenjob anzunehmen, aber ich denke, das wäre dann auch alles gewesen.«

»Krass.« Ich sacke in mich zusammen, weil ich nicht glauben kann, wie verrückt ich bin. »Ich bin so eine Idiotin.«

»Ich finde, dass du eigentlich ziemlich clever bist.«

Stöhnend lasse ich den Kopf in den Nacken fallen und starre an die Decke von Canons Büro. Das ist schon okay, ich brauche Carol nicht. Ich habe nur in einer Selbstvertrauenskrise gesteckt, was lächerlich ist, da ich das hier schon hinbekomme.

»Du bist doch Vinces bester Freund, oder?«

»Wir haben es zwar noch nicht bei *Facebook* offiziell gemacht«, Canon zuckt mit den Schultern, »aber es sieht gut aus.«

»Die Sache ist, dass ich ihn wirklich liebe, Canon.«

»Wie jeder, Vince ist ein echt liebenswerter Bastard. Oh, das erinnert mich daran, dass ich hier etwas für dich habe.« Er öffnet eine der Schreibtischschubladen und zieht etwas heraus. Bevor er es über den Schreibtisch zu mir schiebt, betrachtet er es lächelnd. Es ist eine Mitarbeiter-ID-Karte, allerdings mit meinem neuen Nachnamen. Rossi. Payton Rossi.

»Die brauche ich nicht.« Ich seufze, als mich eine Welle an Emotionen überrollt. Das ist das erste Mal, dass ich meinen ehelichen Namen auf irgendwas gedruckt gesehen habe. Abgesehen davon, dass ich den Namen während der Meetings in dieser Woche siebenundachtzigmal zu Übungszwecken aufgeschrieben habe. Doch das war einfach nur so dahingeschrieben und stand nicht auf etwas Offiziellem wie einer Mitarbeiter-ID-Karte.

Ich stoße geräuschvoll den Atem aus und sacke noch ein wenig mehr auf meinem Stuhl zusammen. »Vince verlässt mich.«

»Ich bezweifle, dass das wahr ist.« Canon scheint nicht sonderlich bewegt von meiner bevorstehenden Trennung zu sein. Ich dachte, er würde mehr Anteilnahme bekunden, immerhin war er meine Brautjungfer, aber nein. Er dreht sich auf seinem Stuhl herum, als würden wir nur über die Qualität der Fleischklöße in der Cafeteria sprechen.

»Es stimmt! Na ja, zumindest teilweise. Ich glaube, er mag mich.« Ich halte kurz inne, nachdem ich das gesagt habe, weil ich diese Worte neu formulieren muss. »Ich weiß, dass er mich mag. Er hat nichts anderes getan, als mir zu zeigen, wie sehr er mich mag, bis auf heute. Heute war er launisch, aber er klang auch so, als wäre er im Stress, und vielleicht telefoniert er nicht gern? Oder doch? Telefoniert ihr Jungs miteinander?«

»Jeden Abend um zweiundzwanzig Uhr. Wir besprechen den Tag und reden darüber, welche Gefühle er in uns ausgelöst hat, ehe wir unsere Outfits für den nächsten Tag planen.«

»Er war am Telefon irgendwie mürrisch«, fahre ich fort und ignoriere Canons sarkastische Antwort. »Vermutlich überfordert ihn diese ganze Ehemannsache. Ich hoffe, ihn davon überzeugen zu können, mein Freund zu sein, aber ich brauche einfach eine zweite Chance.«

»Wie viel weißt du über Vince?«

»Gott, hack jetzt nicht auf mir herum, Canon. Ich kenne ihn erst seit weniger als zwei Wochen. Ich gebe zu, dass wir uns eher im unteren Bereich der Kennenlernskala befinden, aber manchmal weiß ein Mensch es einfach, wenn er die richtige Person gefunden hat. Ich meine andere Leute, nicht dich. Du bist noch immer Single, also hast du offensichtlich noch nicht erfahren, wie es ist, wenn man es einfach weiß.«

»Manchmal treffe ich eine Frau, bei der ich einfach weiß, dass ich dazu bestimmt bin, einmal mit ihr Sex zu haben und sie danach nie wiederzusehen. Zählt das?«

»Hm.« Ich ziehe die Nase kraus, während ich darüber nachdenke. »Ich weiß es nicht mit Sicherheit, aber es klingt so, als würdest du zumindest das Konzept dahinter verstehen. Aber mach dir keine Sorgen, ich habe nicht an die ewige Liebe geglaubt, bis ich Vince kennengelernt habe, also besteht noch Hoffnung für dich. Ich dachte früher immer, dass Liebe nur eine Zeitspanne von einem bis maximal zehn Jahren hält, aber Vince hat meine Ansicht verändert. Er hat dafür gesorgt, dass ich glaube, dass das Streben nach der großen Liebe das Risiko wert ist.«

Canon starrt mich von der anderen Seite des Schreibtischs nachdenklich an. »Lass mich dir ein paar Dinge über Vince erzählen.«

29. Kapitel

Am Ende beschließe ich, dass hundert Boxen mit *Cheeze-Its* extrem sind. Okay, das ist eine Lüge. Es gab nur siebenundsechzig Packungen im Supermarkt und ich halte das für zu wenig, um eine ganze Badewanne damit zu befüllen. Außerdem wäre es unhöflich, den gesamten Vorrat an *Cheeze-Its* aufzukaufen, immerhin könnte es sein, dass eine andere Frau ebenfalls in einer Krise steckt und dringend eine dieser Boxen voll Cracker benötigt. Um also nicht zum Mangel an Crackern mit Käsegeschmack beizutragen, kaufe ich nur drei Packungen.

Sie stehen jetzt aufgereiht auf dem Rand meiner Badewanne. Eine Box voll Cracker mit dem originalen Käsegeschmack, eine mit extra Röstkäse und eine mit dem Geschmack von Cheddar. Ich wiederum liege gänzlich angezogen in der Badewanne. Auch wenn kein Wasser in der Wanne ist, fühlt sich das Ganze immer noch recht tröstend an. Wie eine Umarmung. Die Decke und das Kissen, die ich mitgenommen habe, helfen dabei natürlich. Die Couch wäre zugegebenermaßen die bequemere Wahl gewesen, aber sie hat nicht die gleiche selbstberuhigende Anziehungskraft wie die Badewanne. Die Badewanne ist wie ein Nest, in das ich mich verkriechen kann, um über meine Lebensentscheidungen nachzudenken.

Ich weiß, das ist seltsam, aber die gesamte Badewanne mit Crackern zu füllen, wäre noch komischer gewesen, also werte ich das hier als Gewinn, denn ich brauche dringend einen.

Scheiß auf Carol und ihre ätherischen Öle.

Wie sich herausgestellt hat, ist Vince ein kleiner Weltverbesserer, und der Stripclub nicht sein Hobby. Anderen zu helfen wiederum schon. Ich dachte, er wäre ein wenig Bad Boy – als stripclubbesitzender Anwalt und so ...

Ein sexy Schurke.

Aber das ist er nicht. Vielmehr ist er einfach perfekt. Mein weltverbessernder Ehemann. Ich weiß, ich weiß. Wie viel Gutes kann ein Stripclubbesitzer Schrägstrich Anwalt schon tun?

Eine Menge.

Er sitzt im Vorstand für drei hiesige Wohltätigkeitsorganisationen. Seine Kanzlei hat mehr kostenlose Rechtsvertretung angeboten als jede andere Kanzlei in Nevada – und das seit vier Jahren in Folge. Alle Einnahmen aus dem Club fließen direkt in Stipendien für seine Angestellten. Für alle Angestellten: die Tänzerinnen, die Barkeeperinnen, die Kellnerinnen. Jeder, der sich weiterbilden möchte, bekommt die Chance dazu. In der Tat werden alle Mitarbeiter mit dem Wissen eingestellt, dass sie diese Chance nutzen und sich weiterentwickeln werden. Das Ganze ist ein Sprungbrett und keine Karrierelaufbahn. Also ja, ich nehme an, dass mein Versuch, Poledancing zu lernen, folglich nicht so beeindruckend und vielleicht sogar ein wenig beleidigend war.

Wir wissen ja bereits, dass sich *mein* soziales Engagement darauf beschränkt, Einkaufswagen nach dem Einkauf an ihren Platz zurückzustellen.

Mein Ehemann spielt echt so viele Ligen über mir.

Wollt ihr wissen, was das wirkliche Problem ist? Dass er mir nichts von diesen Sachen persönlich erzählt hat, sondern ich alles von Canon erfahren habe.

Warum hat er all diese guten Dinge über sich verschwiegen? Warum hat er sie nicht mit mir geteilt? Das ist es, was wehtut. Wir haben die ganze Woche über geredet. Geredet und gegessen, geredet und Brettspiele gespielt, geredet und Sex gehabt.

Aber wie viel hat er wirklich mit mir geteilt? Wie sehr hat er sich geöffnet? Eigentlich dachte ich, dass er sehr offen gewesen wäre. Wir haben über seine Mom, sein Aufwachsen in Las Vegas und so viele andere Dinge gesprochen. Darüber, wo er zur Schule gegangen ist und was seine Hobbys sind. Wir haben speziell über den Stripclub geredet und er hat mich kein einziges Mal korrigiert, als ich den Club als Hobby bezeichnet habe.

Er hat mir die Annullierungspapiere geschickt, ohne vorher mit mir darüber zu sprechen.

Er hat meine Liebeserklärung nicht erwidert.

Zugleich erinnere ich mich an die Art und Weise, wie er sich verhalten hat und welche Gefühle er in mir auslöste. Seine Taten besagen, dass ich ihm wichtig bin. Dass er Interesse an mir hat und mich mag. Er hat jeden einzelnen Abend mit mir verbracht, bevor er zu seiner Geschäftsreise aufgebrochen ist – und dabei ging es nicht ausschließlich um Sex. Es war so viel mehr als das. Vielleicht ist er noch nicht bereit, zuzugeben, dass er mich liebt. Aber ich bin mir sicher, dass er es tut. Ziemlich sicher. Sicher genug?

Ich habe nicht einmal gesehen, wo er wohnt. Ich habe ihn gefragt, wann er mir sein Zuhause zeigen würde, und er meinte, dass es ein Drecksloch wäre. Also habe ich ihn gefragt, was er mit seinen Einnahmen aus seinem Stundensatz von siebenhundert Dollar anstellen würde, und er hat gelacht und gemeint, er hätte eine Eigentumswohnung in Downtown in der Nähe seines Büros. Eine teure Eigentumswohnung, die im Vergleich zu meinem Appartement kühl und leblos wäre, die ich mir aber gern *jederzeit* anschauen könnte.

Dennoch hat er mir die Annullierungspapiere zustellen lassen, was bedeutet, dass er vielleicht gar nicht *jederzeit* meinte. Vielleicht wollte er auch einfach nicht, dass ich weiß, wo er wohnt.

Man sagt, dass die Liebe über alles siegt, aber das ist eine Lüge. Die Liebe macht ständig Fehler. Ich habe mit eigenen Augen gesehen, wie viel die Liebe nicht besiegen kann.

Die Liebe ist ein Arschloch.

30. Kapitel

Am Samstag beschließe ich, dass genug wirklich genug ist. Gewinner geben nie auf und Aufgeber gewinnen nie. Okay, das beschließe ich nicht im Geringsten, aber ich muss zur Arbeit. Denn heute ist die große Eröffnungsgala des Hotels und da ich nun einmal in der Eventplanung arbeite, muss ich zwingend anwesend sein. Jeder in meiner Abteilung hat eine Schicht, die er heute ableisten muss. Ich bin dafür verantwortlich, die Parkdiener von sechszehn bis zwanzig Uhr zu überwachen.

Lahm, ich weiß.

Ich kenne mich mit dem Parkservice nicht einmal aus, nicht wirklich zumindest. Aber ein Teammitglied aus der Eventplanung wird den ganzen Tag in den jeweiligen Bereichen über das ganze Hotel verteilt im Einsatz sein. Nur für den Notfall. Ich muss nichts anderes tun, als zur Stelle zu sein, sollte es doch mal einen Parknotfall geben.

Wie gesagt, eine lahme Aufgabe.

Eines Tages werde ich gute Aufträge bekommen, wie beispielsweise der Ansprechpartner für den Popstar zu sein, der für heute Abend engagiert wurde. Bis dahin werde ich jedoch erst einmal gekonnt sicherstellen, dass alle Parkdiener heute zügig arbeiten, und wenn ein Notfall eintreten sollte, bin ich da, um mich darum zu kümmern. Womit ich meine, dass ich meine Chefin anrufen und ihr erzählen werde, was sich zugetragen hat. Das ist alles, was ich heute tun muss.

Vielleicht werde ich die Zeit nutzen, um weiter über *Instagram* Leute zu verkuppeln. Ich bin mir sicher, dass mindestens einer der Parkdiener meine Hilfe gebrauchen könnte, also wird der Nachmittag keine komplette Verschwendung sein. Und im Anschluss kann ich an der Gala teilnehmen. Nicht, dass ich dafür wirklich in der Stimmung wäre, aber ich werde hingehen, um Lydia wiederzusehen. Sie wird mit Rhys da sein, und ich bin mir sicher, dass er beschäftigt sein wird. Also werde ich ein paar Minuten bekommen, um mich nach ihrem Wohlbefinden zu erkundigen und herauszufinden, wie die Dinge zwischen den beiden laufen.

Vorwärts und aufwärts und so.

Vince hat geschrieben, dass er heute wieder nach Hause kommt. *Ich werde Samstag zu Hause sein*, stand in seiner Nachricht. Ich habe es so verstanden, dass er irgendwann am Samstag von Reno aus zurück nach Las Vegas fliegen und in seine Wohnung fahren wird. Natürlich wird er zu sich nach Hause fahren, schließlich hat er ja bei mir keine Sachen rumliegen oder so. Ich bin mir sicher, dass wir uns irgendwann dieses Wochenende zusammensetzen und reden werden. Gott, ich bin nicht in der Stimmung, um zu reden. Das einzige Gespräch, das ich führen möchte, ist eins, in dem ich ihn noch besser kennenlerne, und keins, in dem wir über unsere baldige Trennung sprechen. Für Letzteres habe ich keinen Nerv. Absolut gar keinen Nerv.

Aber erst einmal ist heute Arbeiten angesagt. Dann die Gala. Erst danach werde ich herausfinden, was Vince und ich tun werden.

Ich dusche und mache mir die Haare, die ich zu einem hohen Knoten aufstecke. Ich gebe mir mit meinem Make-up besondere Mühe, dann ziehe ich ein ziemlich sittsames, blassrotes Kleid an, das sowohl für meine Nachmittagsverpflichtungen als auch für die Gala später angemessen ist. Es hat Dreiviertelärmel und reicht mir bis zur Mitte meiner Oberschenkel. Abschließend schlüpfe ich in ein Paar nudefarbene High Heels und betrachte mich im Spiegel.

Ich sehe sehr ehefrauenmäßig aus, wenn ich das so sagen darf. Was eine Verschwendung ist, da mich Vince heute Abend nicht sehen wird. Es sei denn, er ruft an, um sich dafür zu entschuldigen, dass er seine Exfreundin damit beauftragt hat, unsere Annullierungspapiere aufzusetzen, mir zu sagen, dass er mich liebt, und mich zu sich nach Hause einzuladen, um es mir mit seiner herrlichen Zunge zu besorgen, während ich über seinem Gesicht throne.

Da ich eine kleine Träumerin bin, habe ich mich hübsch gemacht und schöne Unterwäsche angezogen, nur für den Fall.

Auf dem Weg zur Arbeit mache ich einen Zwischenstopp im Drive-in des *Del Taco*, um mir einen Eiskaffee zu holen. Der erste Schluck erinnert mich an Vince. Was dumm ist, da ich mit ihm nur einmal im *Del Taco* gegessen habe, allein aber bestimmt vierzigmal mehr. Dennoch erinnere ich mich beim ersten Schluck daran, dass er mir Tacos mitgebracht hat. Tacos und meinen Lieblingseiskaffee, obwohl ich ihm tierisch auf den Wecker gehe, wenn ich mit den Eiswürfeln darin herumklimpere.

Als ich beim Hotel ankomme, parke ich im Mitarbeiterbereich der Garage und schaue kurz in meiner Ableitung vorbei, ehe ich mich zum Parkservice begebe. Ganz ehrlich, ich hatte echt Glück mit dieser frühen Schicht. Das Event wird erst ab zwanzig Uhr richtig Fahrt aufnehmen, von daher habe ich noch massig Zeit, ehe es hektischer zugehen wird. Ich suche das Verwaltungsbüro auf, das dem Parkbereich am nächsten ist, und stelle mich der Teamleiterin vor, die ich wissen lasse, dass sie mich rufen soll, wenn sie etwas braucht. Dann suche ich mir eine Stelle, um das Treiben zu beobachten, ohne im Weg herumzustehen, trinke meinen Eiskaffee und spiele ein paar Runden *Words with Friends* auf meinem Handy, bis mein Spiel von einer Nachricht von Canon unterbrochen wird.

Canon: *Schönes Kleid. Sehr ehefrauenmäßig.*

Ich schaue mich um, in der Erwartung, dass ich ihn irgendwo an eine Wand gelehnt erblicken werde, sehe ihn aber nicht. In dem Moment wird mir klar, dass er mich über die Sicherheitskameras beobachtet.

Ich: *Beobachtest du mich über die Kameras? Mal ganz ehrlich, du brauchst Hilfe.*

Canon: *Ja, ich weiß. Ich habe einen Überwachungsfetisch.*

Ich: *Du bist schon ein seltsamer Vogel. Sag mir, wo die*

Kamera ist, damit ich dir den Mittelfinger zeigen kann.

Canon: *Pffft. Wo sind keine Kameras, ist wohl eher die Frage.*

Ich: *Spinner.*

Canon: *Ich bin nicht derjenige, der gerade ein Wort mit zwei Buchstaben für fünf Punkte gespielt hat. Leg mal etwas Stolz an den Tag.*

Ich: *Das kannst du sehen?!?!?!*

Canon: *Ich kann von meinem Überwachungskönigreich aus alleeeees sehen.*

Ich: ...

Canon: *Innerhalb der nächsten Stunde treffen hier ein Popstar und ein ehemaliger Präsident ein. Ihnen wurde gesagt, dass sie den Privateingang unterhalb der westlichen Parkgarage nehmen sollen, aber wenn sie die Abbiegung verpassen, tauchen sie vielleicht bei dir auf. Nur so als Vorwarnung.*

Ich: *Danke.*

Die folgenden Stunden verbringe ich mit Nichtstun, da die Parkdiener keinerlei Hilfe benötigen. Die Garage ist nicht mal annähernd ausgelastet und die Servicemitarbeiter haben alles super im Griff. Bei jedem Auto, das vorfährt, nehmen sie innerhalb von dreißig Sekunden die Schlüssel in Empfang und verteilen entsprechende Tickets. Wie sich herausstellt, gehört doch ein wenig mehr zu meinem Verantwortungsbereich, als ein Auge auf mögliche Parknotfälle zu haben. Ich stehe auch für den Fall bereit, dass ein VIP-Gast im Bereich zwischen seinem Auto und der Lobby, wo die VIP-Gäste von einer entsprechenden Kontaktperson in Empfang genommen werden, etwas braucht. Wie erwartet, benötigt niemand etwas auf dem etwas mehr als sechs Meter langen Fußweg zum Eingang, von daher gebe ich mich der Beschäftigung hin, die Menschen zu beobachten. Die einzigen bekannten Personen, die um diese Uhrzeit ankommen, sind Nachrichtenleute. Ich habe einen Sprecher von *CNN* entdeckt sowie einen Reality-TV-Star, der jetzt für *E! Network* vom roten Teppich berichtet, aber mehr nicht. Ab zwanzig Uhr übernimmt Mark meine Schicht, daher halte ich mich in der Nähe der Parkdiener auf, während ich alles beobachte und auf ihn warte, sodass ich ihm direkt die Zügel übergeben kann.

Dabei stoße ich beinah mit Vince zusammen.

Er ist hier. In einem schwarzen Anzug und bei Gott, er sieht so gut aus. Ich entdecke ihn in dem Moment, als er aus seinem Auto steigt und mit einem langsamen Blick seine Umgebung abscannt. Ich ducke mich hinter den Tresen der Parkdiener, bevor er mich entdecken kann, ohne zu wissen, warum ich mich überhaupt verstecke. Ich bin so überrascht davon, ihn zu sehen, dass es mich komplett aus der Bahn wirft und mein Herz zu rasen beginnt, als wäre ich soeben eine halbe Meile in High Heels gerannt. Mein Handy piept, als eine Nachricht eintrifft.

Canon: *Hey, nur zu deiner Information, dein Ehemann ist auf dem Weg hierher.*

Ich: *Warum bist du so ein Idiot, wenn es darum geht, mich vorzuwarnen? Er ist bereits hier, aber das weißt du auch, nicht wahr?!?!?!*

Canon: *Ja, aber auf diese Weise macht es mehr Spaß.*

Ich: *Arschloch!*

Canon: *Er ist jetzt drinnen, falls du aufhören möchtest, dich hinter dem Tresen zu verkriechen.*

Ich strecke den Mittelfinger nach oben, bevor ich mich aufrichte und erleichtert aufseufze. Okay, Vince ist hier. Ist das gut? Ist es. Ich streiche mein Kleid glatt und überlege, was ich zu ihm sagen möchte, komme mit meinen Gedankenspielchen allerdings nicht weit, da Mark auftaucht. Also bringe ich ihn kurz auf Stand, was die ereignislose Aufgabe angeht, und gehe dann nach drinnen. Ich mache einen kleinen Umweg zu meinem Schreibtisch, um meine Handtasche zu holen, aber meine Chefin ist in Plauderlaune und letzten Endes ist es schon fast einundzwanzig Uhr, als ich auf der Party auftauche.

Ich bin nervös.

Denn wenn man einerseits nach einer bestimmten Person Ausschau hält, ihr andererseits aber auch aus dem Weg gehen möchte, sorgt das für jede Menge Anspannung. So als würde man ein Geisterhaus betreten, mit dem Wissen, dass nichts davon echt ist und keine Todesgefahr besteht, sich aber trotzdem erschreckt, wenn ein als Werwolf verkleideter Teenager *Boo!* schreit. So ähnlich ist das.

Wir erwarten heute Abend mindestens fünftausend Menschen und mindestens halb so viele tummeln sich im Ballsaal, also ist es absolut normal, dass ich vorgebe, Vince nicht zu sehen, und in die entgegengesetzte Richtung eile, als ich den Raum betrete und ihn sofort entdecke.

Absolut normal.

Ich kann eure urteilenden Blicke förmlich spüren, aber solang ihr einen Mann nicht am selben Tag des Kennenlernens geheiratet und euch irgendwie in ihn verliebt habt – obwohl Liebe beängstigend und unvorhersehbar ist und ohne Garantie daherkommt – könnt ihr nicht wissen, wie ihr reagieren würdet, wenn ihr ihn das erste Mal wiederseht, nachdem er euch Annullierungspapiere zugeschickt hat.

Also flüchte ich. Nicht weit weg, nur auf die andere Seite des Ballsaals, wo gerade eine Vorband für den Popstar spielt, und schließlich wieder zurück in die Mitte des Ballsaals, wo ich mit Karacho in Lydia hineinrenne.

»Hey!« Sie zieht mich in eine schnelle Umarmung, ehe sie fragt, wem ich aus dem Weg gehe.

»Vince.«

»Er ist hier?«

»Er ist verdammt noch mal überall.«

»Ich glaube, er ist mit Canon befreundet«, sagt sie mit leicht gerunzelter Stirn. Wahrscheinlich fragt sie sich, warum der Typ hier ist, der ihr geholfen hat, ihre Fake-Jungfräulichkeitsversteigerung für Rhys auf die Beine zu stellen, den sie aber möglicherweise immer noch für einen echten Zuhälter hält.

»Klar, das ist wahrscheinlich der Grund, warum er sich hier aufhält«, lüge ich, weil ich Lydia immer noch nicht über die Geschehnisse der letzten beiden Wochen aufgeklärt habe und jetzt nicht der richtige Zeitpunkt zu sein scheint, um das nachzuholen. *Hey, Vince ist nicht wirklich ein Zuhälter, und übrigens, ich habe ihn geheiratet.* Klingt ungeschickt, oder?

Als jemand mit einem Tablett voll Horsd'œuvres vorbeikommt, schnappe ich mir eins davon und stopfe es mir in den Mund, um etwas Zeit zu gewinnen.

»Steckst du irgendwie in Schwierigkeiten?«, hakt Lydia nach, die Augen besorgt zusammengekniffen. Verdammt, ich habe vergessen, dass sie sehr aufmerksam sein kann, wenn sie einmal nicht blind für die Geschehnisse um sie herum ist. Das ist bei ihr so ein Alles-oder-nichts-Ding.

»Natürlich nicht.« Ich schüttle den Kopf. »Ich kümmere mich darum.«

»Kümmerst dich worum?« Jetzt ist sie definitiv argwöhnisch. Und neugierig. Jemand namens Lydia wird am Montag ein Neugier-Abzeichen erhalten, das kann ich euch versprechen.

»Diese Sache«, antworte ich und schnappe mir ein Glas Champagner von einem der Tabletts, die von Kellnern und Kellnerinnen herumgetragen werden. »Ich werde sie regeln. Das stellt sich nur als etwas komplizierter heraus, als erwartet.« Himmel, wenn das nicht die Wahrheit ist, dann weiß ich auch nicht. Die Ehe ist einfach super kompliziert.

»Welche Sache, Payton? Was geht hier vor sich?«

»Nichts. Ich erzähle es dir später«, beharre ich. Dann sehe ich, wie Vince in meine Richtung kommt. Er sieht verärgert aus. Richtig verärgert. Ich denke, dass wir besser nicht über unsere Zukunft plaudern sollten, wenn er so schlechte Laune hat. Das macht keinen Sinn, also werde ich vielleicht einfach nach draußen schlüpfen, nach Hause gehen und morgen mit Vince reden. Wir treffen uns zu einem zivilisierten Sonntagsbrunch, sprechen über unsere Zukunft und haben Sex. »Hör zu, wir reden später«, sage ich zu Lydia, als ich versuche, mich an ihr vorbeizudrücken. »Ich möchte unbedingt alle Neuigkeiten über dich und Rhys hören«, ergänze ich noch, während ich panisch nach einem Fluchtweg suche. Doch ich sitze in der Falle. Eingekesselt von einem Kellner auf der einen und einer Schauspielerin auf der anderen Seite. Als ich mich umdrehe, hat Vince uns fast erreicht, und er ist definitiv angepisst.

»Mrs Rossi«, sagt er, als er ein paar Schritte von uns entfernt stehen bleibt, während ich mich weiter nach einem Fluchtweg umsehe. »Bleib. Gefälligst. Stehen.«

Als Lydia »Du hast ihn geheiratet!« schreit, sehe ich sie an und zucke mit den Schultern.

»Verfluchtes Las Vegas, hab ich recht?« Ich zucke ein weiteres Mal mit den Schultern, als wolle ich zum Ausdruck bringen, dass ich keinerlei Verantwortung für diese überraschende Hochzeit trage.

»Wann?«, verlangt Lydia zu wissen. »Wann ist das passiert? Wie ist das passiert? Ihr habt euch doch erst vor zwei Wochen kennengelernt. Payton! Und du hast mich nicht einmal eingeladen?«

Scheiße. »Das hätte ich ja«, sage ich langsam, denn ich hätte sie wirklich eingeladen. Ich hatte nicht vor, sie auszuschließen, aber es ist ja nicht so, als hätte ich das Ganze geplant. »Wenn ich gewusst hätte, dass das passiert. Dann hätte ich dich definitiv eingeladen. Du hättest eine viel bessere Trauzeugin abgegeben als Canon, so viel ist sicher. Meine Haare waren völlig durcheinander und er hat es mir nicht einmal gesagt. Die Hochzeitsfotos sind furchtbar.«

»Es gibt Fotos davon?«

»Ja, ich glaube, die gehörten zum Gesamtpaket dazu. Gehörten sie dazu, Vince?« Als ich ihn ansehe, wird mir etwas klar. Er hat mich Mrs Rossi genannt. Er sieht zwar so aus, als wolle er mir den Hals umdrehen, aber er hat mich Mrs Rossi genannt. Das hat er noch nie zuvor getan.

»Wann ist das passiert?«, fragt Lydia noch einmal.

»Ähm, irgendwann nach der Auktion, aber noch vor dem nächsten Morgen. Irgendwann dazwischen. Die Dinge liefen ein wenig aus dem Ruder. Ich will ja nicht darauf herumreiten, dass du es verpasst hast, aber die Nacht war ziemlich spaßig.«

»Warum gehst du Vince dann jetzt aus dem Weg?«, hakt sie nach. »Vince, auch bekannt als dein Ehemann. Warum gehst du ihm aus dem Weg, wenn ihr verheiratet seid?«

»Beruhig dich. Jeder weiß doch, dass das, was in Vegas passiert, nicht rechtlich bindend ist.« Sobald der Richter die Annullierung unterzeichnet, wird unsere Ehe rein rechtlich gesehen ein Nichts sein. Sie wird einfach ungeschehen gemacht.

»Das stimmt nicht«, widerspricht Lydia, als Vince neben mir laut den Atem ausstößt, die Distanz zwischen ihm und mir überbrückt und seine Hand in einem ziemlich offensichtlichen Versuch, mich am Weglaufen zu hindern, auf meinen unteren Rücken legt.

»Es reicht. Wir müssen reden«, sagt Vince und er scheint nicht in der Stimmung dafür zu sein, unser Gespräch, meinem Wunsch entsprechend, auf morgen zu verschieben. Also nehme ich an, dass wir das jetzt klären werden.

»Ugh. Reden ist das Schlimmste«, stöhne ich. Es sei denn ... es sein denn, er möchte mich wieder Mrs Rossi nennen? Das hat mir sehr gefallen. Aber warum hat er mich Mrs Rossi genannt, wenn er kein Interesse daran hat, verheiratet zu bleiben? Nur, um meine Aufmerksamkeit zu bekommen? Um mich daran zu erinnern, dass ich nur eine temporäre Mrs Rossi bin? Oder geht hier noch mehr vor sich?

31. Kapitel

Vince nimmt meine Hand. Sein Griff ist fest, so als wolle er mir keine Chance lassen, dass ich mich losreiße und in der Menge verschwinde, und er zieht mich entschlossen mit sich durch den Saal. Ich vermute, dass wir das Hotel verlassen werden, aber er bleibt auf der Ebene des Casinos stehen. Hier ist es weniger voll, aber genauso laut. Die Spielautomaten machen geräuschvoll auf sich aufmerksam und die Leute mischen sich plaudernd unter die Menge.

Daher bin ich völlig überrumpelt, als mich Vince gegen einen der Spielautomaten drückt und mich küsst. Und wie er mich küsst! Mit den Händen hält er mein Gesicht umfasst, mit der Zunge dringt er in meinen Mund ein und sein Knie schiebt er zwischen meine Oberschenkel. Es scheint ihn nicht einmal zu stören, dass wir uns hier in aller Öffentlichkeit befinden und keinen Tarnumhang besitzen.

Als er sich von mir löst, geht seine Atmung stoßweise und sein Blick bohrt sich in meinen.

»Sag mir noch einmal, wie *in Ordnung* es ist, dass dir Annullierungspapiere zugestellt wurden, die das hier zwischen uns beenden sollen.«

Irgendwie scheint er auf die Worte *in Ordnung* fixiert zu sein.

»Klar«, erwidere ich. »Sobald du mir erklärst, wie *in Ordnung* es ist, dass deine Exfreundin diese Papiere für dich aufgesetzt hat.«

Seine Augen werden kugelrund und ich möchte am liebsten *Ha, nimm das!* rufen, halte mich aber zurück.

»Woher weißt du von Gwen?«

Genau die Antwort, die jede Frau hören möchte.

Ich befreie mich aus seiner Umarmung und bedenke ihn mit dem finstersten Blick, den ich als Frau zustande bringen kann, die gerade auf eine Art und Weise geküsst wurde, die erwartungsgemäß eher auf einen Orgasmus als auf einen Streit hinausläuft. »Ich weiß, dass sie deine Exfreundin ist, dass sie mit dir zusammenarbeitet und dass sie die Annullierungspapiere aufgesetzt hat.«

»Okay.« Überrascht zieht er die Brauen nach oben, seufzt und reibt sich mit Daumen und Zeigefinger die Nasenwurzel. »Mir ist klar, wie das für dich wirkt.«

»Jap.« Ich betone das P am Ende besonders und verschränke die Arme vor der Brust, noch immer finster dreinblickend. »Wie wirkt das denn für mich?«, frage ich, um auch wirklich sicherzugehen, dass wir uns auf dem gleichen Grund und Boden bewegen.

»Es ist richtig, Gwen und ich waren früher zusammen, aber das ist Jahre her, Payton. Über vier Jahre, um genau zu sein, und es war von Anfang an nie etwas Besonderes. Und ja, sie arbeitet in meiner Firma. Und ja, ich habe sie gebeten, die Papiere für mich aufzusetzen, denn das ist ihr Spezialgebiet und ich bin förmlich in der Vorbereitung für den Fall in Reno ertrunken. Aber ich kann erkennen, wie absolut dumm das war. Gedankenlos. Rücksichtslos.«

»Kannst du das?« Gott, er ist ein schwieriger Streitgegner.

»Ja, das kann ich. Es tut mir leid, Payton. Ich dachte, dass du eine Annullierung wollen würdest, als du am Sonntag die Flucht ergriffen hast. Aber schon am Dienstag wollte ich keine Annullierung mehr, also habe ich Gwen eine E-Mail geschickt, mit der Bitte, dir die Papiere nicht zukommen so lassen, solang ich noch dabei bin, aus allem schlau zu werden. Aus dir schlau zu werden.«

»Wirklich?« Oh Gott, er möchte aus mir schlau werden. Er liebt mich und ich habe das Gefühl, als würde ein Funken Hoffnung in meiner Brust erblühen.

»Ja.«

»Also was ist dann passiert? Hat Gwen noch heimlich Gefühle für dich und die Papiere deshalb in einem verzweifelten Versuch verschickt, uns auseinanderzubringen?« Diese Szene läuft exakt so vor meinem inneren Auge ab.

»Nein, sie bekam Wehen.« Vince sieht mich mit gerunzelter Stirn an, als wäre ich völlig durchgeknallt.

»Wehen?«

»Das Kind ist nicht von mir«, stellt er rasch klar. »Bevor deine hyperaktive Fantasie wieder Richtung Neverland davonfliegt. Ich bin nicht der Vater dieses Kindes. Sie hat vor zwei Jahren einen Anwalt für Steuerrecht geheiratet. Mir war nicht bewusst, dass sie so kurz vor dem Mutterschutz stand, sonst hätte ich sie gar nicht erst gebeten, sich darum zu kümmern. Aber mal ehrlich ...« Er hält inne, als müsse er über seine weiteren Worte nachdenken, ehe er sie ausspricht. »Ich schenke ihr nicht sonderlich viel Aufmerksamkeit. Meine Firma ist ziemlich groß. Ich habe dort viele Angestellte, und auch im Club.«

»Deine Kanzlei hat eine wirklich schöne Website«, sage ich.

Er lächelt. »Du hast mich auf meiner Website gestalkt?«

»Vielleicht. Außerdem tut es mir leid, dass ich dich letzten Sonntag einfach sitzen gelassen habe. Aber ich hatte wirklich einen Termin.«

»Ja, mit deinem Life-Coach für ätherische Öle.« Vince schmunzelt, als er mit der Hand über meinen Arm streicht und mich näher zu sich heranzieht.

»Canon hat es dir erzählt?« Meine Wangen verfärben sich vor Scham feuerrot. »Ist diesem Kerl denn nichts heilig?«

»Nicht viel, nein.«

Vince küsst mich. Mit einer Hand hat er meine Hüfte gepackt, um mich an Ort und Stelle zu halten, mit der anderen umfasst er mein Kinn, sodass er meinen Mund in genau dem Winkel positionieren kann, den er haben möchte. »Du bist impulsiv«, sagt er, als er den Kuss beendet. »Voreilig. Du triffst unüberlegte Entscheidungen auf der Basis dessen, was dich in jenem Moment antreibt.«

»Das sind alles schreckliche, schreckliche Eigenschaften«, bestätige ich, weil er nicht unrecht hat und ich sehr selbstkritisch bin. »Aber ich bin auch sehr selbstkritisch und zu Veränderungen in der Lage. Außerdem bin ich spontan und extrovertiert.«

»Woher soll ich wissen, ob du nicht irgendwann von mir gelangweilt sein wirst? Ob das hier real für dich ist oder nur ein kurzfristiges Abenteuer? Ob du deine Meinung in einem Monat oder in einem Jahr ändern wirst?«

»Werde ich nicht.« Ich schüttle den Kopf. »Nicht in Bezug auf dich. Ich mag ja impulsiv und ein wenig verrückt sein sowie über eine fragwürdige Entscheidungskompetenz verfügen, aber nicht bei den wirklich wichtigen Dingen.«

»Du hast angeboten, mich mit anderen Frauen zu teilen, Payton. Erinnerst du dich? Du hast mir angeboten, eine Art Drittfreundin zu sein«, ruft er mir ins Gedächtnis.

»Diesbezüglich habe ich meine Meinung geändert!«

Er zieht seine Brauen in die Höhe, als würde das meine Wankelmütigkeit nur beweisen.

»Ich wusste damals nicht, dass ich mich in dich verlieben würde. Hals über Kopf, meine ich damit. Dass es die Art von Liebe sein würde, die mir Angst macht, weil mir nur beigebracht wurde, dass die Liebe nicht von Dauer ist und sich fortwährend wandelt. Aber ich habe mich in dich verliebt und ich liebe dich, und das bereue ich nicht. Ich bin bereit, mein Herz für meine Liebe zu dir aufs Spiel zu setzen.«

»Gut.« Er schenkt mir ein unbeschwertes Lächeln, das seine Augen zum Strahlen bringt.

»Was bedeutet das?«

»Es bedeutet, dass ich dich auch liebe, und den Rest meines Lebens damit verbringen werde, dir nachzujagen, wenn es das ist, was ich tun muss. Ich werde alles tun, was nötig ist, um dich zu behalten, denn ich werde nicht ohne dich leben, wenn du beschließt, dass das Schicksal oder Kismet oder ein Magic-8-Ball bestimmt hat, dass du mit jemand anderem zusammen sein sollst.«

»So funktioniert das Schicksal nicht, Vince. Kismet ist ein Schwan, kein Stachelschwein. Einige Tage lang war ich mir da nicht so sicher und hatte Angst, dass Kismet vielleicht ein echtes Stinktier sein könnte, aber das ist es nicht.«

»Ich habe nicht den Hauch einer Ahnung, wovon du da gerade gesprochen hast.«

»Schwäne suchen sich einen Partner fürs Leben, während Stachelschweine rumlaufen und einfach alles vögeln, was ihnen vor die Flinte läuft. Aber das ist unwichtig.«

»Alles klar«, sagt Vince, umfasst meine Hand und führt mich Richtung Parkplatz.

»Sind wir fertig mit unserem Gespräch? Denn ich habe noch ein paar Fragen.«

»Wir werden im Auto reden.«

32. Kapitel

»Wohin gehen wir?«

Es ist ja nicht so, als würde ich nicht mit Vince zusammen sein wollen, aber wir verlassen gerade die Stadt und das ganze Szenario fühlt sich sehr, sehr unheimlich an. Denn das Einzige, was sich außerhalb von Las Vegas befindet, ist die Wüste. Wüste, Kojoten und Wölfe. Okay, ehrlich gesagt, habe ich keine Ahnung, was in der Wüste so alles lebt.

»Es ist eine Überraschung.«

»Genau das, was ein Mörder sagen würde«, murmle ich.

»Himmel, Payton, du und deine Fantasie.« Lächelnd schüttelt Vince den Kopf.

Wir scheinen Richtung Red Rocks, einem Nationalpark in der Nähe des Stadtrands, zu fahren. Ich war noch nie hier, da ich nicht wirklich ein Outdoor-Mädchen bin. Insbesondere, wenn es um Outdoor-Bereiche geht, in denen es Bären und so etwas gibt.

»Gibt es Bären in der Wüste? Nein, egal. Das klingt unzutreffend.«

»Keine Bären. Nur Rehe und Dickhornschafe. Und natürlich Kojoten.«

Na toll.

Wir schweigen eine Weile, ehe ich ihn das frage, was ich schon die ganze Zeit wissen möchte. »Sag mir, warum du mir nichts von all deinem Wohltätigkeitskram erzählt hast. Erklär mir, warum du mich in dem Glauben gelassen hast, Stripperinnen wären dein Hobby?«

»Vielleicht sind sie das ja?«

»Vince.« Ich seufze.

»Meine Mutter war eine Stripperin, Payton. Sie hat sich den Arsch abgearbeitet, um mir alles zu ermöglichen, was ich brauchte. Baseball, Schwimmunterricht und Nachhilfe. Ihr Leben drehte sich darum, sicherzustellen, dass ich meine Ziele erreichen konnte, und ich wusste lange Zeit nicht, wie schwer sie es hatte.«

»Natürlich nicht, Vince, du warst ein Kind.«

»Sie starb bei einem Autounfall, als ich im Abschlussjahr des Colleges war. Sie ist am Steuer eingeschlafen und von der Fahrbahn abgekommen. Und weißt du, warum? Warum sie gestorben ist? Weil sie durch ihre drei Jobs so erschöpft war. Sie hatte drei Jobs, weil sie zu alt geworden war, um für Geld zu tanzen, und keinen Plan B hatte, Payton. Sie war eine Frau Mitte vierzig ohne eine berufliche Qualifikation, über die sie ihren Lebensunterhalt finanzieren konnte. Und ich war ein Collegestudent, der keine Ahnung hatte, was es braucht, um ohne Hilfe im Leben klarzukommen.«

»Also hast du einen Plan B erschaffen«, sage ich leise, weil ich sehr gerührt bin von dem, was ihn antreibt. Von diesem Gedenken an seine Mutter. »Du hast einen Club gekauft, um einen Plan B zu erschaffen, weil es zwar zu spät war, um deiner Mom zu helfen, du aber auf diese Weise andere Frauen unterstützen kannst. Mit den Stipendien, der Deckung der Auslagen für Kinderbetreuung und der guten Krankenversicherung.«

»Fuck, Canon ist eine alte Tratschtante, nicht wahr?«

»Jap.«

»Tja.« Er seufzt und wechselt die Spur, um einen *Sedan* zu überholen, der vor uns herschleicht. »Jetzt weißt du es. Ich mache das alles nicht, weil ich ein guter Mensch sein möchte, sondern weil ich verkorkst bin.«

»Du bist der am wenigsten verkorkste Stripclubbesitzer, der mir je untergekommen ist.«

»Das denkst du nur, weil du mich liebst.« Er streckt seine Hand aus, um meinen Oberschenkel zu drücken.

Ich lächle und in mir stellt sich das Gefühl ein, dass alles gut werden wird. Dass wir, was auch immer passieren mag, damit fertig werden.

Wir steuern noch immer auf den Red Rocks Park zu. Ich gehe davon aus, dass wir dorthin fahren werden, bis Vince abbiegt und das Auto vor einem großen Eisentor anhält. Er drückt einen Knopf am Steuerbord des Wagens und einen Moment später schwingt das Tor auf. Vince lenkt sein Auto durch eine abgelegene, bewachte Wohnanlage. Überall wurden Wiesen und Bäume gepflanzt. Alles ist sehr grün, und wirkt, als wäre eine Menge Mühe in den Anbau von Pflanzen geflossen. Gepflegte Rasenflächen, umgeben von wüstenfreundlichem Kies und Steinen, um die Landschaft aufzulockern.

Vince biegt von der Straße in einen Schotterweg ein, der ins ... Nichts führt. Hier gibt es nichts, nur ein großes, leeres Grundstück. Mehrere Morgen Land scheinen sich zwischen hier und den direkten Nachbarn zu befinden, aber ich kann den blassen Schimmer von Lichtern zu jeder Seite erkennen. Vor uns befindet sich nichts außer dem Ausblick auf den Nationalpark und einem ... einem Zelt?

Vince stellt den Motor ab und kommt um die Motorhaube herum, um mir die Tür zu öffnen. Für die Verhältnisse in Nevada ist es fast schon kühl; nach Sonnenuntergang herrschen nur noch etwa um die zwanzig Grad. Vince legt seinen Arm um mich und führt mich in Richtung des Zelts, wobei er aufpasst, dass ich in meinen High Heels nicht stolpere.

Doch es ist mehr als nur ein Zelt. Vielmehr ist es ein voll ausgestattetes Luxuscamp. Die Zeltplane ist zurückgeschlagen und gibt den Blick auf ein echtes Bett frei. Wow. Vermutlich handelt es sich bei der Matratze ebenfalls um eine richtige Matratze und keine Luftmatratze. Ein Kronleuchter hängt am Ast eines Baums, der mit lauter kleinen Lichtern geschmückt ist. Zudem gibt es eine Feuerstelle aus Steinen, in der bereits ein Feuer knistert. Vor der Feuerstelle stehen zwei Stühle und dazwischen befindet sich etwas, das entfernt an einen Baumstumpf erinnert, allerdings zu perfekt ist, um real zu sein. Ich bin mir ziemlich sicher, dass es aus einem Designeinrichtungsgeschäft stammt. Auf dem baumstumpfartigen Tisch liegen alle Utensilien, die man braucht, um S'mores zu machen. Grahamcracker, Schokoriegel und Marshmallows befinden sich auf einem Kuchenständer, der von einer Glaskuppel abgedeckt wird, und daneben liegen zwei perfekte Stöcke, um Marshmallows daran zu rösten.

Ich gehe näher heran und sehe, dass ein Ende des einen

Stocks mit pinkem Glitzernagellack bemalt wurde.

Genau wie der, den ich als Kind gestaltet hatte, aber nie benutzen konnte. Vince hat den Campingtrip rekreiert, der mir als Kind entgangen ist. Na ja, in einer viel besseren Version. Besser, weil er hier ist, und besser, weil das hier mehr Luxuscamping als echtem Camping gleicht, was perfekt ist, weil mich damals ohnehin nur die S'mores und das Camping-Abzeichen interessiert haben. Ich werde Vince fragen müssen, wen er beauftragt hat, um das alles vorzubereiten, denn ich bin beeindruckt. Das hat er nicht allein gemacht. Hierfür braucht man ein Team von Leuten und eine Art Gabelstapler, um all die Lichter aufzuhängen. Und einen Generator. Heiliger.

»Du hast dich daran erinnert«, sage ich, nehme einen der Stöcke hoch und lasse ihn durch meine Finger wandern.

»Ich erinnere mich an alles, was du mir sagst«, antwortet er. Seine Hände hat er in die Taschen seiner Hose geschoben und er beobachtet mich sehr aufmerksam, als ich den Stock in meiner Hand herumdrehe.

»Wo sind wir? Was ist das für ein Ort?«

»Mir gehört dieses Grundstück«, sagt er. »Ich besitze es jetzt seit fast zehn Jahren.«

»Aber es ist leer.« Ich sehe mich um, obwohl mir natürlich klar ist, dass nicht auf einmal ein Haus vor meiner Nase auftauchen wird. Auch wenn dies ganz eindeutig ein Wohngrundstück ist und er das Land nicht einfach besitzt, um mit einem Geländemotorrad darauf herumzucruisen oder dergleichen.

»Ich wollte bauen. Immobilien sind eine gute Wertanlage, also dachte ich, ich würde hier ein Haus errichten lassen.«

»Warum hast du das nicht gemacht? Zehn Jahre sind eine lange Zeit, um auf eine Baugenehmigung zu warten.«

Er lächelt angesichts meiner Worte, was mich wiederum zum Lächeln bringt. Doch dann wird seine Miene ernst. »Weil ich auf dich gewartet habe.«

Oh Gott, oh Gott! Der Blick, mit dem er mich ansieht, als er das sagt. Heiliger Bimbam. Die Schwäne in meinem Bauch haben sich vor Aufregung gerade übergeben, weil ich denke, dass mir mein Ehemann vielleicht gleich einen Antrag machen wird.

»Ich hatte bereits einen Architekten engagiert, einen Grundriss anfertigen lassen, das volle Paket. Eines Tages bin ich hergefahren, nachdem ein Umriss des Hauses abgesteckt worden war, um sicherzustellen, dass die Fenster so angeordnet sein würden, dass sie mit meinem gewünschten Ausblick übereinstimmten, und zu überprüfen, dass die Küche an genau der richtigen Stelle eine Tür zum Garten hatte. Solchen Mist halt.«

»Was ist passiert?«

»Dieses kleine Mädchen kam herüber«, sagt er lachend und lässt seinen Blick über das leere Grundstück schweifen. »Eine Pfadfinderin mit einem Bollerwagen voll Kekse. Sie ließ den Bollerwagen an der Straße bei ihrer Mom zurück, ehe sie diesen beschissenen Schotterweg hinaufgelaufen kam, um mich zu fragen, ob ich Kekse kaufen wolle.« Wieder lächelt er und schüttelt angesichts dieser Erinnerung leicht den Kopf. »In dem Moment dachte ich nur *Vince, was machst du hier? Du baust ein Haus für eine Familie, ohne überhaupt eine zu haben. Du baust ein Haus, das deine zukünftige Frau vielleicht gar nicht mag. Sie sollte ein Teil davon sein, wenn dieses Haus designt und gebaut wird.* Also habe ich das Projekt gecancelt, aber das Grundstück behalten.«

»Nachdem du jede Cookiepackung gekauft hast, die dieses Kind hatte.«

»Gott, ja, die ganze Wagenladung.« Die Erinnerung zaubert ihm ein weiteres Lächeln ins Gesicht. »Ich möchte, dass du die Ehefrau bist, mit der ich ein Haus baue. Genau hier, wenn du das Grundstück nicht allzu furchtbar findest.«

»Ich finde es nicht furchtbar«, wispere ich und nicke, um meine Aussage zu bekräftigen.

»Ich möchte mit dir nichts überstürzen, Payton. Ich möchte nichts auslassen. Ich möchte jeden Moment mit dir auskosten.«

»Wirklich?«

»Ja, du und deine lebhafte Fantasie, ihr habt mich zum Nachdenken angeregt.«

»Ja?«

»Ja, habt ihr. Ich möchte alles haben. Ich möchte mit dir im Einklang sein. Ich möchte das Leben mit dir erleben, Payton, alles davon. Jeden einzelnen Schritt. Selbst dann, wenn der Hund um drei Uhr morgens irgendwo hinkotzt und einer von uns aufstehen muss, um sich darum zu kümmern.«

»Wir werden einen Hund haben?«, frage ich.

»Ja, werden wir.« Er nickt. »Und Kinder. Der Hund wird eines ihrer Wissenschaftsprojekte zerstören, in der Nacht, bevor sie es abgeben müssen, aber es wird in Ordnung sein, da wir nach vielen Tränen die ganze Nacht wachbleiben und es reparieren, ehe wir eine Flasche Wein köpfen und darüber lachen, was für ein Arschloch unser Hund ist.«

»Wir werden Kinder haben?«

»Jede Menge Kinder.« Vince lächelt und ich denke, dass er recht hat. Ich werde ständig einen Braten in der Röhre haben, solange er mich so ansieht. Er hält kurz inne, ehe er weiterspricht. »Zumindest glaube ich, dass wir welche haben werden. Werden wir doch, oder?«

»Auf jeden Fall. Wir würden wirklich hübsche Babys zusammen machen. Das war das Erste, das mir bei deinem Anblick in den Sinn gekommen ist.«

»Tatsächlich?« Seine Mundwinkel zucken amüsiert.

»Hm«, murmle ich und beiße mir auf die Unterlippe, um nicht bis über beide Ohren zu grinsen. Mir gefällt das Leben, das er sich da für uns ausmalt. Es ist schön, jemanden zu haben, der das für einen macht. Richtig schön.

»Wir werden jeden Dienstag Date-Night haben«, fährt er fort. »Das können wir wegen all der Fußballturniere und Ballettaufführungen nicht am Wochenende machen. Nicht zu vergessen, dass eins der Kinder unbedingt noch einen viermonatigen Töpferkurs belegen möchte, der nur auf der anderen Seite der Stadt stattfindet, und zwar samstags um acht Uhr morgens.«

Ich nicke, denn genauso stelle ich mir das auch vor.

»Unser Babysitter wird an unserem Hochzeitstag absagen«, er zuckt mit den Schultern, »aber das ist okay, weil wir all diese Kinder haben und ohnehin müde sind. Also bleiben wir einfach zu Hause, bestellen Pizza und schauen uns etwas auf Netflix an.«

»Nein.« Ich schüttle den Kopf, noch immer gegen ein Lächeln ankämpfend. »Wir werden niemals das Feiern unseres Hochzeitstags sausen lassen müssen, weil Canon unser Back-up-Babysitter sein wird. Wir lassen ihn mit unserer Kinderschar allein und gehen essen, immerhin leben wir gern riskant.«

»Einverstanden.« Vince nickt. »Lydia wäre eine zu sinnvolle Wahl für den Job. Uns gefällt die verrücktere Wahl besser.«

»Wir lieben die verrücktere Wahl. Wenn wir nach Hause kommen, wird mindestens eins der Kinder Kaugummi im Haar haben und wir werden ein Kätzchen besitzen, das wir vorher noch nicht hatten.«

»Oder etwas Schlimmeres wie ein Trommelset für Kleinkinder.«

»Verfluchter Canon.« Vince schüttelt erneut den Kopf.

»Also werden wir all diese Dinge bekommen?«, frage ich, weil es zwar Spaß macht, sich das alles vorzustellen, aber die Realität nun mal deutlich komplizierter ist. Ist er wirklich auf ein Fürimmer eingestellt?

»Es wird nicht das Einfachste sein, das wir jemals getan haben«, antwortet Vince. »Aber wir werden daran arbeiten. Jeden Tag.«

»Mir gefällt diese Vorstellung von uns.«

»Natürlich wird es für mich leichter sein.«

»Warum das? Weil du weniger verrückt bist als ich?« Ich knabbere auf meiner Unterlippe herum, aus Angst, dass er mich für völlig durchgeknallt hält.

»Nein, für mich wird es einfacher sein, weil ich den besseren Teil des Deals bekomme: nämlich dich. Jeder Tag, den ich mit dir verbringen darf, ist ein Gewinn für mich.«

»Oh.« Er sieht mich wieder so an, als würde ich ihn faszinieren. Als würde er mich lieben. Jedes einzelne verrückte Teilchen von mir. »Also möchtest du mit mir verheiratet bleiben? Einer beliebigen Frau, die dich vielleicht auf eine gewisse Art und Weise dazu verführt hat, sie zu heiraten, als du betrunken warst?«

»Ich werde dir mal ein Geheimnis verraten, Payton.«

»Das da wäre?«

»Ich war gar nicht so betrunken.«

»Nicht?«

»Ich war nüchtern genug, um es besser zu wissen, und gerade betrunken genug, dass mir die Vernunft egal war. Ich war gefesselt von dir, und ja, es war das Unverantwortlichste und Untypischste für mich, was ich je im Leben gemacht habe, aber drauf geschissen, ich wollte wissen, wohin diese Sache führen würde.«

»Du hättest einfach hinnehmen können, dass ich mir dieses Tattoo stechen lasse, um mich danach wie eine normale Person um ein Date zu bitten.«

»Was für eine Geschichte wäre das denn für unsere Enkelkinder?«

Ich nicke, da sein Argument hieb- und stichfest ist.

»Also, Mrs Rossi, bist du damit einverstanden, dass wir verheiratet bleiben? In guten wie in schlechten Zeiten. Mit den Hunden, die sich übergeben werden, den Kindern, die sich streiten werden, und dem Babysitter, der an unserem Hochzeitstag absagt. Mit all den Dingen, die noch nicht geschehen sind, und denen, die wir niemals kommen sehen werden. Was sagst du? Gelobst du, dass du es mit mir aushalten und mit mir verheiratet bleiben wirst, bis dass der Tod uns scheidet?«

»Weil du mich liebst?«

»Ich liebe dich sehr«, antwortet er, als er etwas aus seiner Tasche zieht und auf ein Knie sinkt, ehe er mir einen Ring zeigt. Einen wunderschönen Ring. Bestehend aus einem großen, runden Diamanten, der von mehreren kleinen Diamanten umgeben ist. Er glitzert im Schein des Feuers und ich liebe ihn. Doch die Tatsache, dass Vince ihn ausgesucht hat, und die Geste als solches liebe ich noch viel mehr.

»Liebe bedeutet Vernarrtheit und Verlangen, Respekt und Hingabe«, erklärt er und steckt mir den Ring an den Finger. »Zärtlichkeit und Zuneigung, Freundschaft und Leidenschaft. All diese Dinge empfinde ich für dich, Payton, und ich werde den Rest meines Lebens damit verbringen, dir zu zeigen, wie sehr, wenn du einwilligst, zu bleiben und meine Frau zu sein.«

»Ich würde nichts lieber tun.«

Epilog

Vince

Happy wife, happy life.

Da ich ein intelligenter Mann bin, lebe ich mein Leben nach dieser Philosophie. Zum Glück ist das nicht schwierig, denn wenn der Name Payton eine Definition hätte, wäre es *glücklich.* Charakterisiert durch Freude und Vergnügen. Zwar weiß ich nicht, was ich getan habe, um sie zu verdienen, aber ich behalte sie für immer. Am Anfang hatte ich Angst, dass sie irgendwann von mir gelangweilt sein könnte, dass sie zu jung sein und es nicht so ernst mit mir meinen könnte, wie ich mit ihr.

So lächerlich es sich auch anfühlte, ernsthafte Gefühle für jemanden zu haben, den man zwei Wochen kannte: Ich habe sie an einem Samstagmittag kennengelernt. Innerhalb von vierundzwanzig Stunden waren wir verheiratet und sie ließ mich in der Honeymoon-Suite zurück, die wir nur teilweise eingeweiht hatten. Ohne ein Wort, eine Telefonnummer oder eine Notiz auf dem Nachttisch.

Ich habe mich an diesem Morgen in sie verliebt.

Trotz ihres Abgangs fuhr ich zu ihrem Appartement, um zu reden. Um sicherzustellen, dass es ihr gut ging. Dass sie etwas essen würde. Ich habe mit ihr geschlafen, weil sie dieses Mal nüchtern war und sie mich darum gefragt hat. Die bestimmende Art und Weise, auf die sie mir gesagt hat, wie sie es besorgt bekommen möchte, bevor sie sich ohne jegliche Finesse vor mir ausgezogen hat, hat unglaublich verführerisch auf mich gewirkt. Der in Tennessee gemeldete Führerschein in ihrer Handtasche war das erste Zeichen dafür, dass zwischen uns etwas passierte, zumindest für mich. *Geh nicht,* dachte ich. *Heiliger, was auch immer du tust, verlass nicht den Bundesstaat.* Nicht, weil es die Annullierung schwierig gemacht hätte, sondern weil ich die Vorstellung furchtbar fand, dass sie so weit weg wäre. Trotzdem hat sie weniger als eine Stunde später wieder die Flucht ergriffen und ist mit ihrem BH in der Hand Richtung Tür gerannt, während sie etwas davon murmelte, dass sie einen Termin hätte, anstatt sich nach dem Sex zu mir zu kuscheln.

Am Sonntag habe ich sie noch nicht geliebt. Zur Hölle, oder vielleicht doch. Auf jeden Fall war ich immer noch damit beschäftigt, zu analysieren, was mich dazu bewegt hatte, sie überhaupt zu heiraten. Ich war gut angetrunken gewesen, ja, aber nicht völlig besoffen. Doch als ihre Augen bei der Idee aufleuchteten, sich ein Tigertattoo auf den Hintern stechen zu lassen, konnte ich das unter keinen Umständen zulassen.

»Was ist B?«, habe ich gefragt. Wir hatten den ganzen Abend damit verbracht, Entscheidungen auf der Grundlage von Option A oder B zu treffen, also gäbe es mit Sicherheit auch eine Alternative zum Tigertattoo. Als sie scherzhaft vorschlug, wir sollten stattdessen heiraten, hat irgendwo in meinem sonst sehr praktisch und ordentlich veranlagten Verstand etwas *Ja, mach das* geflüstert.

Ich liebe es, gute Taten zu vollbringen, und welch bessere Tat hätte es geben können, als ihren Hintern vor einem Tigertattoo zu bewahren?

Schwach. Das ist eine wirklich schwache Ausrede. Das war sie von Anfang an. Kurzfristige Unzurechnungsfähigkeit ist die einzige Rechtfertigung dafür, dass ich sie in dieser Nacht geheiratet habe. Kurzfristige Unzurechnungsfähigkeit oder Schicksal.

Als ich am Montagmorgen begann, die Annullierungspapiere auszufüllen, tendierte ich eher zu kurzfristiger Unzurechnungsfähigkeit. Papiere, die für mich so irrelevant waren, dass ich sie an Gwen weitergereicht habe, damit sie sich darum kümmert. Gwen, meine für mich derart irrelevante Exfreundin, dass es mir nicht in den Sinn kam, dass es möglicherweise unangemessen und anstößig war, sie damit zu beauftragen. Sie war für mich immer mehr eine platonische Freundin als irgendetwas anderes. Sie hat die Aufgabe erledigt, ohne mich zu verurteilen, die Papiere diskret in mein Büro gebracht und auf meinen Schreibtisch gelegt, während sie sich mit der freien Hand über ihren schwangeren Bauch strich. Gwen war eine nette Frau, aber ich habe sie nie geliebt. Wir hatten im Bereich Wohltätigkeitsarbeit ein paar Gemeinsamkeiten und arbeiteten beide im Rechtswesen, mehr aber auch nicht. Wir waren Kollegen mit gewissen Vorzügen, was ihr nicht ausreichte, also hat sie mich verlassen und ist mit dem Anwalt für Steuerrecht zusammengekommen, den sie dann auch geheiratet hat. Ein netter Typ. Ich habe mich ausschließlich für sie gefreut, auf eine Weise, auf die man sich für jeden anderen Menschen ebenfalls freuen würde.

Am Montagabend verließ ich die Arbeit mit der Intention, bei Payton vorbeizuschauen und die Annullierungspapiere mit ihr zu besprechen. Ich hätte sie ihr auch einfach wortlos zustellen lassen können, aber ich bin ja kein Arschloch. Eine Stunde Zeit, um ihr den Vorgang zu erklären, damit sie nicht völlig überrumpelt wäre, hatte ich also definitiv übrig. Das war's. Das Wochenende voll Feierei und idiotischer Entscheidungen war vorbei.

Also warum habe ich auf dem Weg zu ihr am Supermarkt angehalten und Lebensmittel eingekauft, damit ich ihr Abendessen kochen konnte, während wir reden würden? Ich habe keine Ahnung.

Schicksal oder Unzurechnungsfähigkeit?

Als sie breit grinsend und mit einem Witz darüber, dass ich ihr aus dem Weg gegangen wäre, die Haustür aufmachte, hat sich etwas in meinem Inneren verschoben. Sie war bereits in ihren Pyjama geschlüpft – einen Pyjama, der kaum weniger sexy oder verführerisch hätte sein können. Sie hatte mich nicht erwartet, oder wenn doch, hatte sie nicht geplant, mich zu verführen. Aber vielleicht war das auch ganz einfach nur Payton.

Wahrscheinlich war sie schon immer so.

In diesem Moment war es einfach, mir ein gemeinsames Leben mit ihr vorzustellen – einfach so. Wie sie mich abends ohne Make-up im Pyjama zu Hause empfängt, die Haare zu einem unordentlichen Knoten aufgesteckt, und mich neckt.

Die Vorstellung hat mir definitiv gefallen.

Sie fragte mich, warum ich ihr Abendessen vorbeibringen würde, und ich hätte beinah »Weil ich es mochte, mit dir zu reden« geantwortet, aber der Gedanke hat mich so sehr überrascht, dass ich stattdessen zur Ablenkung einen Kommentar über meine Neigung zum Multitasking fallen ließ.

Ich bin mir nicht sicher, ob ich den genauen Moment an diesem Abend ausmachen kann, an dem ich nicht mehr mit ihr über die Papiere sprechen, sondern stattdessen mehr über sie erfahren wollte.

Zu diesem Zeitpunkt war sie ein Rätsel für mich. War sie einfach nur auf der Suche nach Spaß? Oder wollte sie mehr? Sie hatte mir Sex angeboten, mich geheiratet und dann die Flucht ergriffen. Zweimal. Aber an diesem Abend saß sie in einem Baumwollpyjama an ihrem Küchentisch, biss sich auf die Unterlippe und bot mir an, mich mit in ihre Krankenversicherung aufzunehmen. Als Anreiz dafür, dass ich mit ihr zusammenbleiben würde. Sie bot mir zudem eine Art Zweckehe an, als würde sie das zwischen uns behalten wollen, in welcher Form auch immer sie es bekommen konnte. Sie war so ein Widerspruch in sich. Selbstbewusst gepaart mit einem Hauch von Unsicherheit. Forsch, aber zugleich unglaublich liebenswert. Verrückt, aber mit einem Herz aus Gold.

Also blieb ich. Unterhielt mich mit ihr. Schlief wieder mit ihr.

Jeden Abend und jede Nacht.

Ich konnte nichts dagegen tun. Mein Appartement war fußläufig von meinem Büro entfernt – der einzige Grund, warum ich es ausgewählt hatte –, aber dennoch fand ich mich jeden Abend in meinem Auto wieder und fuhr zu Payton.

Sie mochte mich, so viel wusste ich. Sie mochte mich selbst dann, als sie noch dachte, ich wäre ein Stripclubbesitzer, der möglicherweise eine Krankenversicherung und steuerliche Vorteile brauchte. Ihr gefiel die Vorstellung, verheiratet zu sein, gleichzeitig jagte sie ihr aber auch Angst ein. Also hat sie mich ausprobiert, wie eine Art Kostprobe, und ich habe mich in sie verliebt.

Sie sagte, dass sie sich in mich verlieben würde, aber konnte ich dem vertrauen? Nach einer Woche Beziehung? Nach einer Woche unserer Ehe? Schließlich glich Payton einem spontanen Lauffeuer und hatte eine hyperaktive Fantasie.

Und ich liebte sie.

Dann erhielt sie die Annullierungspapiere und machte dicht, bevor sie auch nur einmal mit mir darüber gesprochen hatte. Papiere, die ihr nie zugeschickt werden sollten, aber statt ihrem Instinkt in Bezug auf uns, auf mich, zu vertrauen, sagte sie kein Wort mehr. Später einmal hat sie mir erzählt, dass ihr Plan vorsah, mich zu umwerben, nachdem die Annullierung über die Bühne gegangen wäre. Sie dachte, wir würden einander daten und sie würde mich dazu bringen, ihre Liebe zu erwidern.

Doch es bestand keinerlei Chance, dass das passieren würde, denn ich liebte sie bereits und hätte sie nicht gehen lassen.

Also fragte ich sie, ob sie das Ganze wiederholen wollte. In Form einer richtigen Hochzeit. Mit einem Hochzeitskleid, Blumen und einem schicken Abendessen in Gegenwart all ihrer Freunde und Familienmitglieder. Woraufhin sie mich jedoch mit einem Ausdruck im Gesicht ansah, der ehrlichem Entsetzen glich, und *Gott, nein. Bitte zwing mich nicht dazu* erwiderte.

Nachdem ich mit Lachen fertig war, küsste sie mich und sagte, dass die Hochzeit, die wir bereits hatten, die einzige wäre, die sie wollte und die sie jemals brauchen würde.

»Das wirst du später vielleicht einmal bereuen«, warnte ich sie, doch sie versprach einfach, dass sie es mich wissen lassen würde, sollte sie jemals das Bedürfnis nach einer weiteren Hochzeit verspüren.

Allerdings bat sie mich um neue Flitterwochen und diesen Wunsch erfüllte ich ihr nur allzu gern.

Ich habe sie auf die Malediven entführt, in eines dieser Resorts mit den privaten, strohgedeckten Bungalows, die ins Wasser hineingehen. Zehn Tage voller Entspannung, Sex und nicht einer einzigen Bräunungsnaht auf Paytons Körper.

Es war himmlisch, aber jeder Tag seitdem war genauso toll. Seit zwei Jahren betrachte ich jetzt die Welt durch Paytons Augen und ich weiß nicht so recht, wie ich jemals ohne sie klargekommen bin.

Am Anfang ist sie in meine kühle Eigentumswohnung gezogen, der es gänzlich an Leben fehlte, weil das für uns am meisten Sinn machte. Natürlich war es nicht überraschend, dass sich diese mit Payton darin nicht mehr kalt und leblos anfühlte. Trotzdem vermisse ich mein altes Appartement nicht. Letzten Monat sind wir in unser neues Zuhause gezogen. Wir haben es dort errichten lassen, wo ich sie damals gebeten hatte, zu bleiben, wo ich ihr eine Fantasie-Vision unserer gemeinsamen Zukunft aufgezeigt und ihr gesagt hatte, dass mein Herz und mein Verstand ihr gehören.

Die Realität ist sogar noch besser.

Das Garagentor öffnet sich, als ich in die Einfahrt biege, was an einer modernen Vorrichtung liegt, die mein Auto mit dem automatischen Tor verbindet. Ich parke den Wagen und muss zugeben, dass es verdammt befriedigend ist, ein Eigenheim zu haben. Ich habe noch nie zuvor ein Haus besessen. Noch nie zuvor in einem Haus gelebt. Als ich klein war, habe ich immer in Appartements gewohnt. Nachdem ich schließlich über Geld verfügte, waren es schönere Appartements und schließlich die Eigentumswohnung. Ich wünschte, meine Mom könnte hier sein, um es zu sehen, aber ich weiß, dass sie stolz auf mich wäre, und das gibt mir Frieden.

Meine entzückende Frau ist in der Küche, als ich das Haus durch die Garage betrete. Sie steht an der Kücheninsel und schreibt gerade irgendeine Liste auf einen Notizzettel. Sie arbeitet noch immer im Eventmarketing im *Windsor*, hat aber nebenbei viel mit eigenen Events zu tun. Sie sieht auf und grinst, ehe sie mich mit einem enthusiastischen Kuss und einem *Hallo* begrüßt. Ich schaffe es nur wenige Schritte an der Küche vorbei, ehe ich stehen bleibe.

Unser Zuhause ist gänzlich offen gestaltet, sodass ich Payton von meinem Standpunkt aus sehen kann. Außerdem kann ich ein Baby erkennen. Ich gehe näher heran, nur um sicherzugehen, dass mir meine Augen keinen Streich spielen oder sie eine dieser wirklich teuren Puppen gekauft hat, die man im Highschoolunterricht benutzt, um Teenagerschwangerschaften zu verhindern.

Aber es ist ein echtes Baby. Schlafend, aber definitiv echt. Es befindet sich in einer Art Wippe, die mitten in unserem Wohnzimmer steht.

Wir haben aber kein Baby.

Wir haben auch keine Freunde, die ein Baby haben.

Ich sehe Payton an, aber sie ignoriert mich und kümmert sich weiter um ihre Liste.

»Payton, woher kommt dieses Baby?«

»Oh!« Sie schaut auf, einen aufgeregten Ausdruck im Gesicht. Sie klatscht in die Hände, als könne sie ihren Enthusiasmus nicht zügeln, und kommt zu mir herüber. »Sie gehört uns. Gefällt sie dir?«

»Payton Elizabeth, woher hast du dieses Baby?«

»Ich nehme dich nur auf den Arm.« Sie verdreht die Augen und schüttelt den Kopf, als wäre ich so leichtgläubig. »Sie ist die Tochter unserer Nachbarin und ich habe sie mir nicht ohne Erlaubnis zu Testzwecken ausgeborgt, also kannst du dir diesen Ausdruck aus deinem Gesicht wischen.«

»Warum ist sie hier?« Es muss eine Sie sein, denn sie trägt ein Babystirnband mit einer großen rosafarbenen Schleife.

»Nun, ich habe dabei geholfen, Lucys Geburtstagsparty zu planen«, beginnt Payton.

»Wer ist Lucy?«

»Das Baby. Ich persönlich hätte den Namen nicht ausgewählt, aber er ist entzückend. Ich habe mir überlegt, dass Option A Annabel und Option B Joseph ist. Was hältst du davon?«

Großer Gott, wo soll ich nur anfangen? Vorsichtig werfe ich ihr einen abschätzenden Blick zu. »Bist du schwanger, Payton?«

»Noch nicht, aber ich habe gedacht, dass ich es vielleicht sein sollte. Dass es vielleicht an der Zeit ist, es zu versuchen?«

»Das hast du dir nach ein paar Stunden mit dem Baby gedacht?«

»Oh, sei nicht albern. Lucy ist erst seit fünf Minuten hier. Ihre Mutter ist gerade raus, um dem Schulbus entgegenzulaufen.«

»Okay, also wie bist du dann zu dem Entschluss gekommen,

dass wir bereit sind, Eltern zu werden?« Ich denke auch, dass wir dafür bereit sind, aber ich möchte gern hören, was sie diesbezüglich denkt. Ich höre mir ihre Gedanken immer gern an.

»Ich habe gedacht, dass es möglicherweise an der Zeit ist, dass wir versuchen, ein Baby zu bekommen, weil du ziemlich betagt bist.«

Ich bedenke sie mit einem schiefen Seitenblick.

»Also sollten wir wahrscheinlich langsam Eltern werden.«

»Das liegt ganz bei dir, Payton. Wann immer du dafür bereit bist.« Ich bin bereit, ganz unabhängig von meinem Alter.

»Nun, wir wollen sie alle auf dem College haben, wenn du in Rente gehst«, fährt Payton fort. »Und mindestens eins der Kinder wird ein wenig länger brauchen, um seinen Abschluss zu machen. Und ein anderes wird auch noch seinen Master machen oder Anwalt werden wollen. Das wird wahrscheinlich Annabell sein, sie wird ganz nach ihrem Daddy kommen und Anwältin werden.«

»Wie umsichtig von dir, so gründlich darüber nachzudenken.« Ich ziehe sie an mich und sie quietscht, weil sie damit nicht gerechnet hat. Dann küsse ich sie. Ich würde sie ja gern über die Lehne unseres neuen Sofas beugen und sie von hinten nehmen, aber es ist ein Baby im Raum. Diese Zurückhaltung wird eine gute Übung sein, sage ich mir selbst, denn ich glaube nicht, dass wir lange Zeit zu zweit in diesem Haus bleiben werden.

Das ist in Ordnung. Ich habe beim Bau in Auftrag gegeben, dass unser Schlafzimmer schallisoliert wird. Zwar sind wir nicht besonders kinky, aber ein Haus für eine Familie bedeutet ein paar Jahrzehnte, in denen man mit Menschen zusammenlebt, die uns niemals beim Sex hören wollen.

Was mich daran erinnert ...

»Wie funktioniert das Spiel mit A oder B, wenn das A der Name eines Mädchens und das B der eines Jungen ist? So bekommst du in beiden Fällen, was du willst.«

»Ähm, das sehe ich nicht so.«

Ich kann nicht erwarten, mir das von ihr erklären zu lassen. Ich kämpfe gegen ein Lächeln an und vergrabe mein Gesicht in ihrer Halsbeuge, ehe ich einmal tief ihren Duft einatme und frage: »Wie kommt das?«

»Du darfst entscheiden, mit welchem Spermium du mich schwängerst, also ist es am Ende eigentlich nur deine Wahl.«

»Gut gespielt, Mrs Rossi.« Jetzt lache ich aus voller Kehle, denn ich liebe es, mit ihr herumzuplänkeln. »Wir werden mit dem Üben beginnen, sobald deine kleine Kostprobe da drüben wieder abgeholt wurde.«

»Gute Idee«, stimmt meine Frau eifrig nickend zu und fasst mir schelmisch an den Hintern.

»Option A, du an unser neues Kopfende mit den praktischen Eisenstäben gefesselt, oder Option B, du auf mir reitend?«

»C, beides«, antwortet sie und dieses Mal schlägt sie mir auf den Allerwertesten, ehe sie hinüber zum Baby geht, um es hochzunehmen.

Ich bin mir nicht sicher, wie mir so viel Glück zuteilwerden konnte. Ob es Schicksal oder Synchronizität, Kismet oder Zufall war. Doch ich bin so oder so sehr dankbar. Jeder Tag mit Payton ist der beste Tag meines Lebens.

FALLING FOR COLTON
von Aurora Rose Reynolds

ISBN-Paperback: 978-3-903278-21-9
ISBN-EPUB: 978-3-903278-22-6

Colton Allyster ist mit dem Wunsch aufgewachsen, seinem Land zu dienen. Die Biker Bar seiner Eltern zu managen, war niemals Teil seines Plans, doch nach einem Jahr Rehabilitation und dem Verlust seiner Karriere als Marine muss er schnell lernen, was wirklich zählt. Als Gia Caro auftaucht, sieht er zum ersten Mal einen Lichtblick und weiß, dass er am richtigen Ort angekommen ist.

Gia entgleitet seit ihrer Ankunft in der verschlafenen Stadt Ruby Falls in Tennessee zunehmend die Kontrolle. Nicht nur, dass sie ihre Grandma jeden Tag ein bisschen mehr an die Demenz verliert, auch ihr heißer Boss bringt sie zunehmend aus dem Konzept. Nachdem sie Colton wochenlang aus dem Weg gegangen ist, laufen die Dinge langsam aus dem Ruder. Bald kämpft Gia nicht nur mit ihren Gefühlen, sondern muss auch einen Weg finden, mit Coltons Vergangenheit klarzukommen ...

REVENGE IS WHAT YOU GET
von Siobhan Davis

ISBN-Paperback: 978-3-903278-30-1
ISBN-EPUB: 978-3-903278-31-8

Ich werde nicht eher aufgeben, bis ich euch alle in die Knie gezwungen habe ...

Wenn mein Vater denkt, er hätte mich gebrochen und ich würde mich ihm fügen, irrt er sich. Ich gehöre niemandem, und für dieses Spiel habe ich längst eigene Regeln aufgestellt. Ich warte nur auf den richtigen Moment, um zurückzuschlagen.

Kaiden setzt alles daran, mich zu beschützen, doch diese Entscheidung trifft er zu spät. Sein Verrat sitzt zu tief, als dass ich ihm erlauben würde, über mich zu bestimmen. Nun bin ich die Jägerin und er meine Beute. Ich genieße es, ihn hinters Licht zu führen. Ihn zu verletzen, wie er mich verletzt hat.

Doch dann kippt das Gefüge aus Macht und Intrigen, und ich muss ein weiteres Mal über den Abgrund springen. Mit dem Unterschied, dass ich diesmal nicht nur mein eigenes Leben riskiere.